JN032602

the NICKEL BOYS

ニッケル・ボーイズ

コルソン・ホワイトヘッド　藤井光 訳

早川書房

COLSON WHITEHEAD

ニッケル・ボーイズ

THE NICKEL BOYS
by
Colson Whitehead

Translated by
Hikaru Fujii
First published 2020 in Japan by
Hayakawa Publishing, Inc.
This book is published in Japan by
arrangement with
Tricky Lives, Inc.,
c/o The Marsh Agency Ltd. acting in conjunction with Aragi Inc.,
through The English Agency (Japan) Ltd.

カバーデザイン　Oliver Munday
日本版デザイン　早川書房デザイン室

リチャード・ナッシュに捧げる

プロローグ

死んでいてもなお、少年たちは厄介な存在だった。

ニッケル校の北側の敷地、古い作業用の納屋と学校のゴミ捨て場のあいだ、雑草がふぞろいに生えた一エーカーの土地に、その秘密の墓地はあった。生徒たちの生活にかかる税負担を軽くしようとするフロリダ州の政策の一環として、学校が酪農を営み、牛乳を地元の客に売っていたときには牧草地だったところだ。敷地を開発してオフィス街にしようとしていた業者は、その草地を昼食用の広場にするつもりでおり、四つの噴水と、ときおりのイベントのためにコンクリートのステージも造る予定だった。遺体が続々と発見されたことは、環境調査ですべて問題なしというお墨付きを待っていた不動産業者と、虐待の噂に関する調査を終了したばかりの州検事にとっては、さらに費用と手間がかかる展開だった。新たな調査を始め、遺体の身元と死因を突き止めねばならない。そうなると、敷地全体の建物を解体して更地にし、誰もがずっと望んでいたように歴史からきれいさっぱり消し去れる日がいつになるのかはわからない。

その呪われた場所のことを、生徒たちは全員知っていた。ひとり目の少年が縛り上げられてジャガイモ用の袋に入れられ、そこに捨てられてから数十年後、南フロリダ大学のある学生が、それを世間に知らせることになった。どうやって墓地だと見抜いたのか、と訊ねられたその学生、ジョディーは、「土が変な見た目だったので」と答えた。落ち窪んだ地面、みすぼらしい雑草。ジョディーを含む考古学専攻の学生たちは、学校の公式な墓地を数カ月にわたって発掘していた。遺体が適切に埋葬し直されるまでは州はその敷地を処分することができず、考古学の学生たちは野外実習の単位が必要だった。杭と針金を使い、学生たちはそのエリアを調査用の区画に分け、スコップと重機を使って掘っていった。土をふるいにかけると、骨やベルトのバックルやソーダの瓶が、学生たちのトレーの上にちらばり、謎の証拠物件になっていた。

ニッケルの生徒たち（ニッケル・ボーイズ）は、正式な墓地のことを〝ブートヒル〟と呼んでいた。少年院に送られる前に楽しんでいた土曜日午後の映画上映にちなみ、もう手の届かなくなった娯楽を偲んでつけられた名前だった。何世代も過ぎ、生まれてこのかた西部劇など観たことのない南フロリダ大の学生たちのあいだにも、その名前は生き残っていた。ブートヒルは北側の敷地の長い坂を越えてすぐのところにあった。日差しの眩しい午後には、墓の目印になるX字形の白いコンクリートが明るく輝いた。その十字架の三分の二には名前が彫り込まれ、残りは空白のままだった。身元の特定は難しかったが、若手考古学者たちのあいだでの競争が着実な進歩をもたらした。学校の在籍記録は不完全でいいかげんではあったが、「ウィリー　一九五四年」が誰だったのかを絞り込むことはできた。焦げた遺骨は、一九二一年の寮の火災で命を落とした生徒たちだったとわかった。大学生たちが居場所を突き止めることができた存命中の遺族のものとDNA照合が行われ、生者たちがもう過去に葬ったはずの死者たちがふたたび現れた。四十三体の遺体のうち、七名の名前が判明していなかった。

学生たちは発掘現場のそばに白い十字架を積み上げていた。ある朝、作業に戻ってみると、十字架は何者かの手によってことごとく叩き壊され、コンクリートの塊と粉になっていた。

ひとり、またひとりと、ブートヒルは少年たちを手放していった。ジョディーは溝のひとつからの出土物をホースで水洗いして、初めて骨を見つけたときにはすっかり盛り上がった。カーマイン教授は、ジョディーが手に持っている小さな笛のような骨は、おそらくはアライグマかその手の小動物のものだろうと言った。秘密の墓地を見つけたことで、ジョディーは汚名を返上した。携帯電話の電波が届くところを探して敷地を歩き回っていたときに見つけたのだ。その直感を教授が後押ししたのは、ブートヒルの現場で見つかった頭蓋骨にひびが入っていたり陥没していたり、肋骨が散弾で穴だらけになっていたりといった、不自然な点が見られたからだ。正式な墓地の遺骨に不審な点があるのなら、目印のない墓地に葬られた少年たちには何があったのか。二日後、死体探知犬たちと、レーダー画像がそれを裏付けた。白い十字架も、名前もない。ただの骨が、誰かが見つけてくれるのを待っていた。

「これが学校と呼ばれていたのです」と、カーマイン教授は言った。一エーカーの土の下には、実に多くのものを隠すことができる。

かつての生徒たちか、親戚の誰かが、マスコミに情報を漏らした。その時点ですでに、学生たちはかなりの聞き取り調査を行っていたため、元生徒の何人かとのつながりができていた。学生たちから見たかつての生徒たちは、昔の近所にいた気難しそうなおじさんや頑固者たちを思わせた。話すようになれば打ち解けてくれるが、心の奥の固くなった何かを解きほぐせることは決してない。二つ目の墓地について、考古学の学生たちはかつての生徒たちに伝え、自分たちが掘り起こした生徒たちの遺族にも伝えた。すると、地元タラハシーのテレビ局から記者が派遣されてきた。それまでにも、秘密の墓地について語った元生徒たちは大勢いたが、ニッケルでの出来事の例に漏れず、べつの誰かが口にするまでは取り合ってもらえなかったのだ。

全国紙がその記事を取り上げたことで、人々は初めてその少年院と向き合った。ニッケルは閉鎖されて三年が経っていたので、敷地が荒れて十代の少年たちに破壊された跡があるのも無理はなかった。食堂やフットボールのグラウンドといった、ごく無邪気な場所でさえ不気味に映り、映像をいじってみせる必要はなかった。その映像には心穏やかでないものがあった。影は這うように動いて隅で震え、どの染みや汚れも血の跡のように見えた。あたかも、撮影機材がとらえたどの光景にも暗い本性があぶり出されており、目に見えていたニッケルの姿が沈んでいき、目に見えなかったニッケルの姿が浮かび上がってくるかのように。

なにげない場所ですらそう見えるのだとすれば、死者に取り憑かれた場所はどう映るのだろう？

ニッケル・ボーイズは十セントでダンスするよりお得だよ、おなじ金でもっと大勢使えるよ、と昔はよく言われていた。最近になって、かつての生徒たちは互助団体を立ち上げ、インターネットで再会したりダイナーやマクドナルドに集合したりする者も出ていた。一時間ほど車を走らせて、誰かの家のキッチンに集まる者もいた。そうして、自分たちなりの考古学調査を行う——何十年もの歳月を掘り下げていき、かつての日々の破片や遺品を目の前に復元するのだ。かつての生徒それぞれに、自分なりの出土品があった。**あとでお邪魔するからなって、あいつはよく言ってたよ。校舎の地下室に降りる階段はぐらぐらだった。テニスシューズをはいたら、つま先で血がピチャピチャいってた。**そうした断片を集め直し、ともに抱えた闇を確かめ合う。それが自分の身に起きたことなら、ほかの人の身にも起きたのだし、つまり自分は独りぼっちではない。

ビッグ・ジョン・ハーディーはオマハ出身のカーペットの元セールスマンであり、ニッケル・ボーイズの最新情報を載せるウェブサイトを運営していた。新たな調査を求める署名活動や、州政府から公式な謝罪が出されるだろうという近況を知らせていた。点滅するデジタル表示が、提案中の追悼碑のための資金の集まり具合を表示していた。ビッグ・ジョンに、自分のニッケルでの日々について書いてEメールで送れば、彼はそれを写真つきで載せてくれる。家族とリンクを共有するのは、俺の人間性はここででき上がってしまったんだ、というメッセージだった。それは言い訳であり、謝罪でもある。

もう五回目を迎えた年一度の同窓会は、奇妙ではあったが欠かせないものでもあった。かつての少年たちは老人になり、結婚し、あるいは離婚し、自分の子どもとよく話している者もいれば疎遠になった者もいて、おっかなびっくりな様子の孫たちを連れてくる者もいれば、孫に会わせてもらえない者もいた。ニッケルを出たあと、どうにかまともな人生を送れた者、最後まで一般人にはなじめないままだった者。見たこともないような銘柄のタバコに最後までこだわり、自助療法を始めるには手遅れで、いつも消息不明の一歩手前のところにいる。刑務所で死んだか、週払いの賃貸部屋で腐乱死体になっているか、テレビン油を飲んだあと森で凍死しているか。元生徒たちはエレナー・ガーデン・インの会議室に集合し、おたがいの近況を確かめてから、ニッケルへの厳粛なツアーにぞろぞろと出ていく。嫌な記憶が待ち構えている、あのコンクリートの通路を歩いていくだけの気力を出せる年もあれば、出せない年もある。ある建物に近づかないか、正面から見つめるかは、その日の朝にどれだけ気持ちの余裕があるかによって決まる。同窓会に来られなかった人たちのために、ビッグ・ジョンは毎回の報告を載せていた。

ニューヨークの街に、エルウッド・カーティスという名前で呼ばれる、かつてのニッケル・ボーイズのひとりがいた。ときおり、あの少年院をめぐって何か知らせはないかとネットで検索してみることはあったが、さまざまな理由から、同窓会に参加したり名簿に自分の名前を加えたりといったことは控えていた。そんなことをして何になる？　いい大人のくせに。おたがいにティッシュを差し出すっていうのか？　誰かが体験談を投稿していた。スペンサーの家の表に車を停め、窓のなかで動く人影を何時間も見つめて、結局はどうにか復讐を思いとどまったのだと。その男はかつての指導監督相手に使うつもりの革の鞭を作っていた。エルウッドには理解できなかった。そこまで行ったのだから、やり抜けばいいものを。

秘密の墓地が見つかったとき、自分も戻らねばならないと彼は悟った。テレビリポーターの肩越しに映るヒマラヤスギの木立を見ると、肌にひりつくあの熱気が、ハエの羽音が蘇ってきた。それほど遠く離れているわけでもない。遠く離れていられることはありえないのだから。

第一部

第一章

エルウッドが人生最高のプレゼントをもらったのは、一九六二年のクリスマスのことだった。とはいえ、それによって頭のなかに植え付けられた思想が、結局は身の破滅を招くことになるのだが。『ザイオン・ヒルのマーティン・ルーサー・キング』はエルウッドが唯一持っていたアルバムであり、レコードプレーヤーから外されることは一度もなかった。祖母のハリエットはゴスペルのレコードを何枚か持っており、世界から新しい方法で悪意を向けられたときにだけそれをかけていた。モータウンのグループサウンドや、その手のポップスは、猥褻な音楽だということでエルウッドには禁じられていた。その年、彼に与えられたそのほかのプレゼントは服だった。新品の赤いセーターと靴下。それもずっと着てはいたが、そのレコードほど四六時中使われるようになったものはない。それからの数カ月、針がレコードに当たって立てる雑音のひとつひとつが、エルウッドの啓発の印となり、牧師の言葉についての新たな理解を得るたびにその跡を残していた。乾いた雑音を立てる真実だった。

家にはテレビはなかったが、キング牧師の演説が語る、黒人がどのような人々であり、これからどうなるのかを網羅する年代記の鮮やかさによって、そのレコードはテレビ同然になった。もしかすると、テレビよりも優れて堂々としていたかもしれない。二回だけ行ったことのある〈デイヴィス・ドライブインシアター〉のそびえ立つスクリーンのように。エルウッドの目には、すべてがありありと浮かんだ。奴隷制という白人の罪により迫害されるアフリカ人たち、人種隔離により辱められ貶められる黒人たち、そして、来たるべきあの輝かしい未来、つまりは、彼の人種には閉ざされていたすべての場所が開かれる瞬間。

その演説集は、デトロイトやシャーロットやモントゴメリーなど各地で録音されたものであり、エルウッドを全米の公民権運動と結びつけてくれた。自分はキング家の一員なのだ、と思ってしまう演説もあった。娯楽施設〈ファンタウン〉の名前は、どの子どもも聞いたことがあり、行ったことがあるか、もしくは行ったことのある子を羨ましいと思っていた。レコードA面の三つ目の演説（カット）で、キング牧師は、アトランタのスチュアート・アヴェニューにあるその娯楽施設に自分の娘が行きたがっているという話をしていた。高速道路で〈ファンタウン〉の大きな看板を見かけたり、テレビでコマーシャルを見かけるたびに、娘のヨランダはそこに行ってみたいと両親にせがんでくる。それに対し、キング牧師はよく通る低く悲しげな声で、人種隔離政策のせいで有色人種の子どもたちは入れないのだと言うしかない。白人みんながまちがった考えを持っているというわけではないが、十分な数の白人がまちがった考えを持っているせいで、その政策には力と意味が与えられているのだ、と説明することになる。憎んだり恨んだりしてはだめだよ、と娘を諭し、「お前は〈ファンタウン〉には行けないが、行ける子どもたちと比べて何も劣らない立派な人間だということをわかっていてくれ」と断言する。

立派な人間。それがエルウッドだった。アトランタから南に三百七十キロ離れたフロリダ州タラハシーにいる少年。ジョージア州にいるいとこたちの家を訪ねたときに、〈ファンタウン〉のコマーシャルを見たことがあった。揺れる乗り物と明るい音楽、〈ワイルドマウス・ローラーコースター〉や〈ディックのミニゴルフ〉に行列を作る、元気いっぱいの白人の子どもたち。〈原子力ロケット〉に入ってベルトを締め、月へ旅立とう。学校の成績がオールAなら、先生に赤いスタンプをもらえば入場無料だよ、とコマーシャルは言っていた。エルウッドはオールAだった。キング牧師が約束したとおり、〈ファンタウン〉の門が神の子すべてに開かれる日のために、入場できる証拠を積み上げていた。「僕なら楽勝で一カ月ずっと無料入場できる」とエルウッドは祖母に言いながら、居間の敷物の上に寝そべり、擦り切れた布地を片手の親指でなぞっていた。

その敷物は、リッチモンドホテルが最新の改装を行ったあと、裏の路地で祖母ハリエットが見つけて持って帰ってきたものだった。祖母の部屋のたんす、エルウッドのベッドの横にある小さなテーブル、そして三つのランプはどれも、ホテルからのお下がりだった。十四歳のとき、ハリエットは自分の母親の清掃係に加わり、それ以来ずっとリッチモンドホテルで働いていた。エルウッドが高校生になるとすぐ、ホテルの支配人だった白人のパーカー氏は、お前みたいに頭のいいやつが働きたくなったらいつでもポーターとして雇ってやるからな、と言っていた。エルウッドが〈マルコーニ煙草・葉巻店〉で働くようになったと知って、支配人は残念がった。パーカー氏はいつも一家に優しかったし、それは盗みを働いたエルウッドの母親を解雇することになったあとも変わらなかった。

リッチモンドホテルのことも、パーカー氏のこともエルウッドは好きだったが、ホテルの会計簿に四つ目の世代として名前を連ねることになるのかと思うと、なんとも言いがたく落ち着かない気分になった。あの百科事典の件の前からそうだった。もっと小さかったころのエルウッドは、学校が終わるとホテルの調理室で木箱の上に座り、祖母が上の階でベッドを整えて磨き掃除をしているあいだ、コミックや少年探偵ハーディー・ボーイズの本を読んでいた。エルウッドの両親がともにいなくなったので、ハリエットは九歳の孫に家で留守番をさせるよりは近くに置いておきたがったのだ。調理室の男たちと一緒にいるエルウッドを見ると、これはこれで教育なのだ、大人の男たちと一緒にいるのはいいことだと思えた。料理人や給仕係たちはエルウッドをマスコットとして扱い、かくれんぼをしたり、軋(きし)るような声で各種の知恵を小出しに授けていた。白人の流儀や、遊び好きな女の子の扱い方、家にへそくりを貯める方法。年上の男たちが何の話をしているのか、エルウッドにはわからないことが多かったが、勇ましく頷いてみせてから、冒険の物語に戻っていった。

忙しい時間帯が終わると、エルウッドはときどき皿洗い係の男たちに皿拭き競争を挑んだ。エルウッドの腕前に負けた皿洗い係たちは悔しがるふりをしてくれた。男の子の笑顔や、勝つたびに妙に大喜びする姿を見てうれしくなったのだ。それから、スタッフが入れ替わった。数軒のホテルが市街中心部に開業し、従業員を横取りしていき、料理人は来ては去り、洪水の被害を受けたあとで調理室が再開してもウェイターの何人かは戻ってこなかった。従業員の顔ぶれが変わると、エルウッドの競争は愛すべき気分転換から卑劣な詐欺行為に様変わりした。新しい皿洗い係たちは、清掃係の孫に関して、これは勝負だから気を抜くなよと言いさえすれば仕事を肩代わりしてもらえる、とこっそり教わっていた。まわりが必死で働いているのに真面目くさった顔でぶらつき、パーカー氏からは子犬のように頭を撫でてもらい、ほかのことはそっちのけでコミックにかぶりついている、この男の子は何者なんだ？　調理室の新しい男たちは、またちがうたぐいの教えを幼い頭に仕込んだ。世界について学んできたことを。競争の性質が変わったということに、エルウッドは気がつかないままだった。彼から挑戦を申し込まれると、調理室の誰もがにたにた笑わないようにした。

　エルウッドが十二歳のとき、百科事典が登場した。給仕助手のひとりが、箱の山を調理室に引きずってくると、集会を呼び掛けたのだ。エルウッドは人混みに割って入った。訪問販売員が上の部屋に忘れていった、百科事典のセットだった。金持ちの白人たちが部屋に置き忘れた貴重品については数々の伝説があったが、この手の戦利品が自分たちの縄張りに運ばれてくることは稀だった。料理人のバーニーが一番上の箱を開け、革表紙の『フィッシャー百科事典　Ａａ－Ｂｅ』を掲げた。それを渡されたエルウッドは、事典の重さに驚いた。レンガのようで、ページの端が赤く塗られていた。ぱらぱらとページをめくり、小さく印刷された単語に目を凝らしていると――「エーゲ海の（Aegean）」、「アルキメデス（Archimedes）」、「アルゴナウテース（Argonaut）」――自分が居間の寝椅子に座り、気に入った単語を書き写している姿が目に浮かんだ。字が面白いと思ったか、想像してみた発音が面白かった単語を。

俺が見つけたけど誰かにやるよ、と給仕助手のコーリーが言った。コーリーは読み書きができず、すぐに習う予定もなかった。僕がほしい、とエルウッドは言った。調理室の顔ぶれを考えれば、ほかに事典を欲しがるような人がいるとは思えなかった。すると新顔の皿洗い係のピートが、じゃあ俺と競争にしよう、と言い出した。

ピートは働き出して二カ月になる、テキサス出身の図体の大きな男だった。給仕助手として雇われたが、何度かへまをやらかしてしまい、調理室に回された。仕事中は、見張られていると心配しているかのように後ろを振り返り、あまり口をきかなかったが、がらがら声で笑うせいで、そのうちにまわりの男たちも軽口で話しかけるようになった。ピートは両手をズボンで拭くと言った。「ディナータイムになるまで時間はあるぞ。お前がその気ならな」

調理室の人々は、それを正式な競技にした。いままでになく大掛かりな。ストップウォッチが登場し、ホテルで勤務して二十年以上になる灰色の髪の給仕係のレンに渡された。レンは黒色の給仕服の細かいところにまで気を配り、食事室では自分の服装が一番きっちりしている、白人の客たちは形なしだと言い張っていた。細かいところにまで目が行き届くレンなら、優秀な審判になってくれるだろう。エルウッドとピートが見守るなか、皿はしっかり水に浸けられ、五十枚ずつの二つの山に積み重ねられた。二人の給仕係がこの対決のセコンドを務め、求められれば皿拭きの新しい布を渡すことになった。支配人が姿を見せたときに備え、調理室の扉のところに見張りがひとり立った。

エルウッドは虚勢を張るたちではなかったが、皿拭き競争ではそれまでの四年間で無敗を誇っており、その自信が顔にあらわれていた。ピートは集中しているようだった。エルウッドは以前に何度もピートに勝っていたので、怖れてはいなかった。そもそも、ピートは負けても悔しがらない男だった。

十、九、八、とレンが数えていき、そして勝負が始まった。エルウッドは何年もかけて磨きをかけた、機械的で落ち着いた動きを崩さなかった。それまでの彼は、手から皿をすべらせることも、慌ててカウンターに置いて欠けさせてしまうことも一度もなかった。調理室の男たちからの歓声を背に、ピートが拭いて積んでいく皿の山を見て、エルウッドは不安になった。ピートは優勢で、これまでにない余裕を見せていた。野次馬たちは仰天したような声を出した。エルウッドは自分の家の居間に事典が置いてある光景を追いかけ、急いだ。

「そこまで！」とレンが言った。

一枚の差で、エルウッドの勝ちだった。男たちは大声を上げて笑い、目くばせを交わした。その意味を、エルウッドはあとになって知ることになる。

給仕助手のハロルドが、エルウッドの背中を叩いた。「すごいな、生まれついての皿拭きの才能だ」調理室は笑い声に包まれた。

エルウッドは『Ａａ－Ｂｅ』の巻を箱に戻した。上等なご褒美だった。

「ものにしたな」とピートは言った。「しっかり使ってやれよ」

エルウッドは清掃係監督に、もう家に帰ると祖母に伝えてほしいと頼んだ。優雅で立派な百科事典が家の本棚に並んでいるのを見た祖母がどんな顔になるかと思うと、待ちきれなかった。腰をかがめて、テネシー通りにあるバス停まで箱を引きずっていった。世界の知識という重荷を少年が運んでいる様子を、通りの向かい側から見れば、ノーマン・ロックウェル（アメリカ合衆国のイラスト画家）がいかにも挿絵に描きそうな場面だったが、それはエルウッドの肌が白かったならの話だ。

家に着くと、居間の本棚から少年探偵ハーディー・ボーイズやトム・スイフトSF冒険シリーズの本を片付け、箱を開けた。『Ｇａ』のところで手を止めた。フィッシャー社の賢い人たちが、「銀河（galaxy）」をどう定義しているのかが気になったのだ。ページは真っ白だった。どのページも。ひとつ目の箱に入っていた本は、調理室で見た一冊を除けば、すべて中身が白紙だった。顔を火照（ほて）らせながら、エルウッドは残り二つの箱も開けてみた。どの本も中身は白紙だった。

祖母は家に帰ってくると首を横に振り、本が欠陥品なのか、それとも販売員がサンプルとして見せて、お宅の本棚に並べるとこんな感じになりますと言うためのダミーなのかもしれないね、と言った。

その夜、ベッドに入ったエルウッドの頭のなかでは、機械仕掛けのようにかちかち刻んだり低く唸る音がひしめいていた。あの給仕助手も、調理室の男たちもみんな、本には何も書かれていないと知っていたのだ、とふと思った。みんなにかつがれたのだ。

それでも、エルウッドは本棚に事典を並べたままにした。湿気で表紙がめくれかけていても、なかなか壮観だった。革も偽物だった。

次の日が、エルウッドが調理室で過ごす最後の午後になった。誰もが顔色をあからさまに見てくる。

コーリーは「あの事典どうだった?」と探りを入れ、反応をうかがってくる。流しのところでピートが浮かべている笑顔は、あごにナイフで思い切って切り込みを入れたようだった。みんな、知っていたのだ。もう家で留守番をしても安心だ、と祖母も了解してくれた。高校生になってもずっと、エルウッドはそのことを思い返した。皿洗い係のみんなは最初から、わざと負けていたんじゃないか。つまらない単純作業ではあっても、エルウッドにとっては自慢の腕前だった。どちらかの結論に落ち着くことはなかったが、ニッケルにやってきたとき、競争とはそもそもどういうものなのかを見せつけられることになった。

第二章

調理室に別れを告げる。それは、自分だけでひそかにしていたゲームに別れを告げることでもあった。食事室の扉が大きく開くたびに、そこに黒人の客がいるかどうかで賭けをしていたのだ。ブラウン判決では、学校での人種分離は撤廃されねばならないとされた。目に見えない壁のすべてが倒れるのは時間の問題だった。ラジオが最高裁判所の判決を伝えた夜、祖母ハリエットは、膝に熱いスープをかけられたような金切り声を上げた。それから落ち着きを取り戻し、ワンピースを整えた。「ジム・クロウ（アメリカ南部諸州で人種隔離を定めた法律の総称）はこそこそ逃げていったりはしないよ」と言った。「あいつは性根が腐ってるからね」

判決が出た翌朝、日は昇り、すべてはいつもと変わらないように見えた。エルウッドは祖母に、黒人がリッチモンドに泊まれるようになるのはいつなのかと訊いてみた。すると祖母が言うには、正しいことをしなさいと人に言ったとしても、その人が実際に正しいことをするようになるとはかぎらない、ということだった。あんたにもそういうところがある、と祖母に証拠として挙げられ、エルウッドは頷いた。そういうものかもしれない。だが、早かれ遅かれ、扉が大きく開き、茶色い顔がそこに見えるはずだ――出張でタラハシーにきたこぎれいなビジネスマンか、市内見物にきた上品な婦人が、料理人たちの出す食事のいい匂いを楽しんでいる。それはまちがいない。九歳のときにそのゲームを始め、それから三年が経っても、食事室で見かける黒人といえば、皿か飲み物かモップを持った人だけだった。リッチモンドで過ごす午後が終わるときまでずっと、そのゲームをやめることはなかった。ゲームの相手が自分の愚かさなのか、意地でも変わろうとしない世界なのかは、よくわからなかった。

エルウッドが立派な従業員になるだろうと見抜いたのは、パーカー氏だけではなかった。真面目で落ち着いた性格を見て取ったか、少なくとも同年代の黒人の子たちとはちがう雰囲気なのは真面目さがあるからだろうと考え、白人たちは絶えず仕事の話を持ちかけてきた。マコーム通りで煙草店を営むマルコーニ氏は、錆びついた乳母車で泣き声を上げていた赤ん坊のころからエルウッドを見守っていた。黒く疲れた目をした細身のエルウッドの母親は、子どもが泣いていても放ったらかしだった。映画雑誌を山ほど買うと、通りに消えていき、そのあいだもエルウッドはずっと泣き声を張り上げていた。

マルコーニ氏は、めったなことではレジのそばを離れなかった。ずんぐりとした汗っかきの男だったので、ぺったりしたオールバックの髪と太い口ひげという容貌は、夕方にはぼさぼさになってしまう。店の表には、彼が使うヘアトニックの匂いがつんと立ち込め、暑い午後にはその匂いをたどっていくこともできた。椅子に座ったマルコーニ氏は、エルウッドが成長して自分だけの太陽に向かって傾いていき、近所の男の子たちから離れていくのを目にしていた。近所の男の子たちは、店の棚の前で大騒ぎをしつつ、マルコーニ氏から見えていないと思ったときには青いデニムの下に赤いキャンディーをこっそり入れていた。店主はすべて見ていたが、何も言わなかった。

エルウッドはフレンチタウン（タラハシー市でアフリカ系アメリカ人が住んでいた地区）の常連客の第二世代だった。マルコーニ氏が店の看板を掲げたのは、一九四二年に軍の基地ができて数カ月後のことだった。黒人の兵士たちは、南のカラベルにあるゴードン・ジョンストン訓練基地や、デイル・メイブリー空軍飛行場からバスでやってきて、フレンチタウンで騒いで週末を過ごし、そしてぐったりした様子で軍事訓練を受けに戻っていく。マルコーニ氏にはダウンタウンで店を開いて儲けている親戚もいたが、人種隔離の経済に通じている白人は、本物の金儲けができた。マルコーニの店から二、三軒先には、〈ブルーベルホテル〉がある。角を曲がったところには〈ティップトップバー〉や〈メリーベル・ビリヤード場〉がある。マルコーニは各種の煙草と缶入りのロミオコンドームでしっかりと儲けていた。

戦争が終わると、マルコーニは葉巻を店の奥に移し、壁を白く塗り直して、雑誌用の棚と安いキャンディーとソーダ用のクーラーを入れた。そのおかげで、店の評判はかなりよくなった。店の手伝いも雇った。店員は必要ではなかったが、うちの店は人を雇っているんです、と彼の妻は言いたがったし、手伝いがいるほうがフレンチタウンの上品な黒人層には受けがいいだろうとマルコーニは踏んだ。

エルウッドが十三歳のとき、煙草店で長らく商品補充係をしていたヴィンセントが軍に入隊した。

特別気が利く店員というわけではなかったとはいえ、てきぱきとして、身なりもきちんとしていた。マルコーニ氏からすれば、自分のことは棚に上げて、人に求める資質はその二つだった。ヴィンセントが勤める最後の日の午後、エルウッドはいつものようにコミックの棚のところでぐずぐずしていた。コミックは隅から隅まで読んだあとで買い、手に取ったものはかならず買う、それがエルウッドの奇妙な癖だった。中身が良かろうが悪かろうが、どのみち買うものをどうしてぜんぶ読むのか、とマルコーニ氏に訊かれて、「一応念のため」とエルウッドは答えた。うちで働いてみないか、と店主は訊ねた。エルウッドは『ジャーニー・イントゥ・ミステリー』を閉じると、お祖母さんに訊いてみますと言った。

何がちゃんとしていて何はそうではないのかについて、ハリエットは実に多くのルールを決めており、エルウッドはまちがいを犯さないとその全貌がわからないこともあった。彼は夕食に出してもらったナマズのフライとサワーグリーンキャベツを食べ終わり、片付けようと祖母が立ち上がるまで待った。今回は、祖母はひそかに異議を唱えることはなかった。おじのエイブが葉巻好きであんなことになってしまったうえに、マコーム通りには悪徳を次々に生み出してきた歴史があり、何十年も前にイタリア系の店員にひどい扱いを受けたことをいまだに蒸し返しているにもかかわらず。「あの店の親戚じゃない」と、両手を拭きながら祖母は言った。「親戚だったとしても、またいとこくらいだね」

祖母は放課後と土日にエルウッドを店で働かせ、一週間ごとに給料の半分を家に入れ、残り半分は大学の学費に取っておいた。前の年の夏、エルウッドは大学に行きたいとなにげなく言い、それがどれだけ重大なことかはまったくわかっていなかった。ブラウン判決は予期せぬ転機だったが、ハリエットの一家から高等教育を目指す人間が出るとは、本物の奇跡だった。それを考えれば、煙草店にまつわる悪い予感など、ひとたまりもなかった。

エルウッドは針金製の棚に入った新聞やコミックの本を整頓し、あまり人気のないお菓子についた埃を払い、葉巻の箱については包装と「人間の脳の明るい部分が活性化するから」というマルコーニ氏の持論にもとづいて並べてあるかどうかを確かめた。あいかわらずコミックのコーナーをうろつき、ダイナマイトでも扱うかのように、こわごわとした手つきで読んでいると、ニュース雑誌に強く惹き寄せられた。《ライフ》誌の贅沢な力に屈したのだ。毎週木曜日に、白く大きなトラックが《ライフ》の山をひとつ置いていく。そのトラックのブレーキ音を、エルウッドは聞き分けられるようになった。返品分を整理して新着分を並べ終えると、エルウッドは脚立の上でかがみ、今週の号がアメリカのどのような土地について教えてくれるのかを知ろうとした。

フレンチタウンでの黒人の苦闘については、自分の地区が終わって白人の法が取って代わるところで知っていた。《ライフ》の写真エッセイは、エルウッドを最前線に連れていった。バトンルージュでのバスボイコットや、グリーンズボロのカウンターでの座り込みでは、彼より少し年上くらいの若者たちが運動を始めていた。彼らは金属製の棒で殴られ、消防用ホースから水を浴びせられ、怒りに満ちた顔つきの白人の主婦たちから唾を吐きかけられ、カメラによって、気高い抵抗の活人画に固定された。ささやかな細部に、エルウッドは目を奪われた――若い男たちのネクタイは、渦巻く暴力のさなかにあってもまっすぐな黒い矢の形のまま乱れていない。若い女たちの完璧に整えた髪の曲線が、掲げる四角形の抗議のプラカードを背景に浮かんでいる。顔から血を流しているときですら、そうした男女は魅力に溢れていた。ドラゴンの群れに戦いを挑む、若き騎士たち。エルウッドは肩が細く、鳩のように痩せていた。自分のかけている高価な眼鏡が、警棒かタイヤレバー、あるいはバットで割られてしまったらどうしようという心配はあったが、そこに加わりたいと思った。迷っている場合ではない。

客のこないときに、ページをぱらぱらめくる。マルコーニの店で働く時間で、エルウッドはこうありたいというお手本を与えられ、自分以外のフレンチタウンの少年たちからは離れていった。祖母はずっと前から、近所の子たちはだらしがなく、やかましく騒いでいるだけだと思い、エルウッドにはあまり付き合わせないようにしてきた。ホテルの調理室とおなじく、煙草店は安全な領域だった。ハリエットが厳しくしつけをしていることは誰もが知っており、ブルヴァード通りのそのあたりの親たちは、あの子を見習いなさいと言うことでエルウッドとのあいだに一線を引いていた。一緒に〈カウボーイとインディアン〉をして遊んでいた男の子たちに、ときおりエルウッドが通りで追い回されたり石を投げつけられたりするのは、いたずら心からというよりも恨みによるものだった。

近所の人々は、ひっきりなしにマルコーニの店にやってきたので、エルウッドのさまざまな世界は折り重なった。ある日の午後、扉の上にある鈴が鳴り、トーマス夫人が入ってきた。

「こんにちは、トーマス夫人」とエルウッドは言った。「そこのオレンジソーダは冷えてますよ」

「それにしようかしらね、エル」とトーマス夫人は言った。最新の流行に通じている彼女は、その日の午後は手作りの黄色いポルカドットのワンピースを着ていた。雑誌の紹介記事に出ていたオードリー・ヘップバーンを真似た服だった。近所でそれを自信たっぷりに着られるのは自分くらいだとわかっていた彼女が、動かずに立っている様子を見ると、ポーズを取ってカメラのフラッシュが光るのを待っているのではないかと思わずにはいられなかった。

トーマス夫人は、エルウッドの母親イヴリン・カーティスの小さいころからの親友だった。エルウッドの一番昔の思い出のひとつは、ある暑い日に、トーマス夫人とイヴリンがトランプでジン・ラミーをしているあいだ母親の膝に座っていたときのことだった。母親の持っているカードを見ようとしてエルウッドが体をくねらせると、じっとしてなさい、外は暑いんだから、と叱られた。イヴリンが立ち上がって屋外の便所に行くと、トーマス夫人は自分のオレンジソーダをこっそり飲ませてくれた。舌がオレンジ色になったのでばれてしまい、イヴリンに形だけ怒られながら、二人はくすくす笑っていた。エルウッドにとっては、大事な思い出だった。

トーマス夫人は財布を開け、ソーダを二本と、その週の《ジェット》の号を買った。「学校の勉強はちゃんとやってる?」

「やってます」

「あまりこき使ってはいないからな」とマルコーニ氏は言った。

「ふうん」と言うトーマス夫人の口調は怪しんでいるようだった。フレンチタウンの女たちは、煙草店がいかがわしい商売をしていたころを覚えており、イタリア系の店主は家庭内の惨めな状況の共犯者だと思っていた。「やるべきことをしっかりやるのよ、エル」トーマス夫人はお釣りを受け取り、エルウッドに見守られつつ店から出ていった。エルウッドの母親は、二人とも置いて出て行った。息子に手紙を送るのを忘れてはいても、親友のトーマス夫人には各地から葉書を送っているのかもしれない。いつか、トーマス夫人から何かの知らせをもらえるかもしれない。

もちろん、マルコーニ氏は《ジェット》も《エボニー》も店に置いていた。エルウッドは《クライシス》と《シカゴ・ディフェンダー》をはじめとする黒人向けの新聞も置いてもらうようにした。祖母も、祖母の友達も購読していたので、店で売っていないのは変だと思ったのだ。

「そのとおりだな」とマルコーニ氏は言って、唇を結んだ。「前は置いてたんだが、どうしてなくなったんだか」

「よかったです」とエルウッドは言った。

店の常連客が何を買うのか、マルコーニ氏がまったく気にしなくなっても、エルウッドはそれぞれの客が何を求めて店にくるのかを覚えていた。前任のヴィンセントは、ときおりの下ネタで店に活気をもたらすことはあっても、主導権を持っていたとはいえなかった。エルウッドははっきりと主導権を握り、どの煙草の行商人の仕入れが前回には不足していたか、どのキャンディーの補充をやめるべきかをマルコーニ氏に思い出させた。マルコーニ氏はフレンチタウンの黒人女性をなかなか見分けられず――彼を見かけると、そろって苦々しい顔になるのだ――その点でもエルウッドは有能な大使だった。エルウッドが夢中で雑誌を読んでいると、マルコーニ氏はその様子をじっと見つめ、この少年が万事においてきっちりしているのはどうしてなのかと考えた。祖母がしっかりしている、それは確かだ。この少年は頭がよく、真面目で、黒人の誉れだ。だが、いかにも簡単なことで頭が回らないときもある。一歩引いて、放っておけばいいときを心得ていない。目のまわりに黒いあざを作ったときのように。

肌の色が何であれ、子どもはキャンディーをこっそり盗んでいくものだ。マルコーニ氏も、やんちゃな子どもだったときには、ありとあらゆる愚かな行為に走った。ちょこちょこと小さな損にはなるが、それも総計のうちに入っている。子どもたちは、今日はキャンディーバーを一本盗んでいくが、その子たちや友達連中は、何年も店で買い物をしてくれる。その親たちも。ささいなことでその子たちを追いかけ回せば、噂が広まってしまうし、誰もがおたがいのことをよく知るこの地区では特にそうだ。すると、親たちは恥ずかしく思い、店にこなくなってしまう。子どもたちに盗みをさせておくのは、マルコーニからすれば将来への投資のようなものだった。

エルウッドのほうは、店で働くうちにちがう見方をするようになった。マルコーニの店で働く前、エルウッドの仲間たちはキャンディーを盗んできたぞと胸を張り、店からそれなりに遠くにくると、甲高い笑い声を上げて、バブルガムの生意気なピンク色の風船を膨らませた。エルウッドはその仲間には入らなかったが、かといって何とも思っていなかった。雇ってもらったとき、マルコーニ氏からは、モップの置き場所はどこか、大掛かりな配達のある日はいつか、といった説明に加えて、手癖の悪い子たちは放っておくようにと言い含められていた。それからの数カ月、エルウッドはお菓子が少年たちのポケットに消えていくのを目にした。知り合いの少年たちだった。エルウッドと軽く目が合えば、目くばせしてくることもある。一年間、エルウッドは何も言わなかった。だが、ある日、マルコーニ氏がカウンターの奥で体を屈めた隙にラリーとウィリーがレモンキャンディーをつかんだ瞬間、もう我慢できなくなった。

「それを戻せ」

ラリーとウィリーは固まった。二人はほんの小さなころからの顔なじみだった。小さかったときにはビー玉や鬼ごっこで遊んだこともあったが、ラリーがデイド通りにある空き地でぼや騒ぎを起こし、ウィリーが二度留年したときに、その友情は終わった。付き合ってもいい仲間のリストから、ハリエットがその二人を叩き出したのだ。彼ら三家族は、何世代にもわたってフレンチタウンに住んでいた。ラリーの祖母はハリエットとおなじ教会に通い、ウィリーの父親はエルウッドの父親のパーシーと幼なじみだった。二人は一緒に陸軍に入隊した。ウィリーの父親は、毎日家のポーチで車椅子に座ってパイプを吹かし、エルウッドが通りかかるといつも手を振ってくれた。

「戻せ」とエルウッドは言った。

マルコーニ氏は首を傾げた。そこまでにしておけ、と。少年たちはキャンディーを戻し、怒りを燻らせながら店を出ていった。

二人はエルウッドが家に帰る道を知っていた。自転車に乗って家に帰る途中のエルウッドを、ラリーの家の窓から見かけた二人が、いい子ぶってんなお前、と馬鹿にしてくることもあった。その日の夜、二人はエルウッドに襲いかかった。ちょうど暗くなってきたところで、マグノリアの花の匂いが、豚肉の揚げ物の強い匂いと混じり合っていた。郡がその年の冬に敷設したばかりのアスファルトに、少年たちはエルウッドと自転車を叩きつけた。エルウッドのセーターを引き裂き、眼鏡を通りに投げつけた。エルウッドを殴りつけながら、頭がどうかしたのかよ、とラリーは言った。ちょっと思い知らせてやらなきゃだめだな、とウィリーは言い、それを実行に移した。エルウッドはあちこちを数発殴られたが、それは大したことではなかった。泣かなかった。自分の家の近くで喧嘩をしている子どもがいれば、エルウッドは割って入って落ち着かせようとするような子だった。そういう人間に、今回はエルウッドが助けてもらった。通りの向かい側にいた老人が喧嘩をやめさせ、エルウッドに、体を洗っていくか、水を一杯飲んでいくか、と訊いた。エルウッドは断った。

自転車のチェーンが外れてしまったので、歩いて家に帰った。目をどうしたの、とハリエットは訊ねたが、しつこく問いただしはしなかった。エルウッドは首を横に振った。翌朝には、肌の下の青黒いこぶは、血が浮いた泡程度になっていた。

ラリーにも一理ある、ということは認めざるをえなかった。ときおり、自分でも頭がどうかしたのかと思ってしまう。それが何なのかは説明できないが、『ザイオン・ヒル』がはっきりと答えをくれた。**私たちは魂のなかで、自分はひとかどの人物であり、重要なのであり、価値があるのだと信じな**

ければなりません。その尊厳をもって、ひとかどの人物なのだという感覚をもって、人生という通りを歩かねばならないのです。レコードが回り続ける様子は、論破しようのない前提につねに戻っていく議論のようであり、キング牧師の言葉は縦長の家の居間に響き渡った。エルウッドはある法典にしたがっていた。その法典に、キング牧師は、形と、はっきりとした言葉と、意味を与えた。ジム・クロウのように、黒人たちをひれ伏させようとする大きな力があり、ほかの人たちのように、人をひれ伏させようとする小さな力がある。そうした大小さまざまな力を前にして、まっすぐ立ち、自分は何者であるのかを見失わないようにせねばならない。百科事典は白紙だった。笑顔を浮かべつつ人を騙して、中身のないものを手渡そうとしてくる者もいれば、自分を大事に思う心を奪う者もいる。自分が何者なのか、それを心に刻んでおかねばならない。

その尊厳をもって。そう語る牧師の口調、レコードの雑音などは、遠ざけることのできない力を持っていた。それが招く結果が、家に帰る途中に暗い通りに潜んでいたとしても。二人は彼を殴り、服を破った。彼がどうして白人を守ろうとしたのかは理解できていなかった。マルコーニ氏に対する違反行為がキャンディーであれコミックの本であれ、それはエルウッド本人に対する侮辱でもあるのだと、どうすれば伝えることができるのだろう？　教会で言われているように、同胞(ブラザー)への攻撃は自分自身への攻撃だからではなく、エルウッドにとっては、何もしないことは自分の尊厳を損なうことだからだ。マルコーニ氏からは気にしていないと言われていようが、エルウッドがそれまで目の前で盗みをした友達を見逃してこようが、それは関係ない。それまではもやもやしていたものが、ついにはっきり見えるようになったのだ。

立派な人間、それがエルウッドだった。エルウッドが逮捕された日、保安官代理が現れる直前、〈ファンタウン〉のコマーシャルがラジオで流れた。エルウッドはそれに合わせて鼻歌を歌った。そして思い出した。ヨランダ・キングは六歳のときに、父親から、その娯楽施設の実態を聞かされ、柵の外から覗くしかないと定める白人の秩序について教えられたのだ。つねに、そのもうひとつの世界を覗くしかない。エルウッドが六歳のとき、両親は家から出ていった。それもまた、ヨランダと自分との接点だと思った。なぜならそのとき、エルウッドは世界が見えるようになったのだから。

第三章

新学期の初日、リンカーン高校の生徒たちは、向かいにある白人の高校から中古の教科書を受け取る。自分たちの教科書がどこに行くのかを知っている白人生徒たちは、次の持ち主に向けた書き込みを残していく。死ね、黒んぼ！　お前臭ぇよ。クソ食らえ。九月とは、スカートの裾や髪型のように、タラハシーの若者たちのあいだで毎年変わる流行の罵倒語を知る機会だった。生物の教科書を開き、消化器官のページを見て、**逝っちまえ黒んぼ**という言葉に対面するのは屈辱ではあったが、学期が進むにつれ、リンカーン高校の生徒たちは罵りや無礼な忠告は気にならなくなっていく。侮辱されるたびに野垂れ死にしそうな気分になっていたら、日々を生きていくことはできない。目を向けるべき場所をしっかり学ぶようになるのだ。

ヒル先生がリンカーン高校に赴任してきたのは、エルウッドが三年生になったときだった（アメリカ合衆国の公立高校の多くは四年制）。ヒル先生はエルウッドをはじめ歴史のクラスの生徒たちに挨拶をすると、自分の名前を黒板に書いた。そして黒のマーカーペンを生徒たちに渡すと、まずやるべきは教科書に書かれた悪い言葉をすべて消すことだ、と生徒たちに言った。「あれにはいつもイライラさせられた」と言った。「あんなものを見せられるとな。君たちは教育を受けようとしているんだ。あんなバカどもの言うことにかまう必要はない」クラスのほかの生徒たちとおなじく、エルウッドも最初はゆっくりやっていた。教科書を見て、そして先生を見た。それから、マーカーを手に猛然と取り掛かった。エルウッドは有頂天になった。鼓動が早まる。この型破りな行為――どうして誰も、そうしろと言ってくれなかったのか？

「ひとつたりとも残すんじゃないぞ」とヒル先生は言った。「あの手の白人のガキどもは悪賢いからな」悪口や呪いの言葉を生徒が消している時間を使い、先生は自分のことを話した。モントゴメリー教育大学で勉強を終えたばかりで、タラハシーに新任教員としてやってきた。フロリダに初めてきたのは前の年の夏、「フリーダム・ライド」（一九六一年に行われた、州間バス路線での人種隔離に抗議する運動）に加わってワシントンDCを出発したバスから、タラハシーで降りたときだという。デモ行進にも加わったことがある。黒人の使用が禁じられたランチカウンターに陣取り、給仕されるのをずっと待ったこともある。「授業の課題がよく進んだよ」と先生は言った。「そこに座って、コーヒー一杯を待ってただけで」平和を乱したかどで、保安官たちに拘置所に放り込まれた。退屈しているのかと思いそうな口調でそうした話をしている様子は、ごく当たり前のことをしてきたのだとでも言いたげだった。ヒル先生の姿を《ライフ》や《ディフェンダー》で見かけたことがあっただろうか、とエルウッドは考え込んだ。公民権運動の偉大なリーダーたちと腕を組んでいたり、無名の人たちとともに後ろで誇り高く背筋を伸ばして立っていたりしただろうか。

ヒル先生は蝶ネクタイの幅広いコレクションの持ち主だった。ポルカドット、朱色、バナナの黄色。大きくて優しげな顔は、右目の上にある三日月形の傷痕によって、どういうわけかさらに優しそうに見えた。白人の男にタイヤレバーで殴られた痕だった。ある日の午後、生徒に訊ねられたヒル先生は「ナッシュヴィルだよ」と言い、梨にかぶりついた。授業では南北戦争以降のアメリカ史を扱っていたが、ヒル先生はことあるごとに現在に話を持っていき、百年前の出来事を自分たちの暮らしにつなげてみせた。授業の最初にはある道を進み始めるが、いつも自分たちの家の前に戻ってくるのだ。

エルウッドが公民権運動に夢中になっていることにヒル先生は気がつき、教室に入ってくるときには唇の片端を上げて微笑みかけた。リンカーン高校のほかの教師たちは、ずっとエルウッドを大事にしており、その落ち着いた性格に感謝していた。ずっと昔にエルウッドの両親を教えたことのある教師たちは、なかなかエルウッドに慣れることができなかった。父親とおなじ苗字だが、パーシーの野性的な魅力はなく、イヴリンの不気味な暗さもない。暑い午後、教室を眠気が支配しているときに、エルウッドが「アルキメデス」や「アムステルダム」と要所で発言してくれるので助けてもらった教師はありがたく思っていた。その少年には『フィッシャー百科事典』で使える一冊があり、それを使っていた。ほかに何ができただろう。何もないよりましだ。あちこちをめくり、使い古し、まるで冒険の物語のようにお気に入りの項目を何度も見る。物語としては、事典はばらばらで未完成だったが、それでも心躍るものだった。エルウッドは好きな項目や定義や語源をノートにびっしり書き込んでいた。あとになって、そうやって残り物を漁っていたなんて情けない、と思うことになる。

一年生の終わりになって、毎年の奴隷解放記念日の劇に新しく主役を選ぶとなったとき、エルウッドに白羽の矢が立ったのはごく自然な成り行きだった。トーマス・ジャクソンの役を演じ、みんなもう自由なんだぞとタラハシーの奴隷たちに告げることは、未来に生きる自分自身に向けた練習でもあった。任されたことすべてに対するのとおなじ真面目さでもって、エルウッドはその役に取り組んだ。劇のなかで、トーマス・ジャクソンはサトウキビ農園で伐採係をしていたが、脱走し、南北戦争が始まると北軍に加わり、政治家として帰郷した。毎年、エルウッドは新しい声の抑揚や身振りを編み出し、これでいけるという確信をもってその人物像に息を吹き込んだ。それによって、演説からは固さが消えていった。「紳士淑女のみなさんに、うれしいお知らせがあります。奴隷という軛(くびき)を捨て去り、真のアメリカ人としての立場をものにするときがきたのです――ついに!」その脚本を書いた生物の教師が、何年も前に一度だけブロードウェイに行ったときの魔法を呼び起こそうとした結果だった。

エルウッドがその役を演じた三年間、ひとつだけ変わらなかったのは、劇のクライマックスでジャクソンが恋人の頬にキスをするときの緊張だった。二人は結婚することになっており、さらには新生タラハシーでの幸せで子だくさんな人生を送るのだろう、と匂わせる締めくくりだった。その恋人マリー＝ジーンを演じるのが、そばかすのある優しげな丸顔のアンだとしても、出っ歯のベアトリスだとしても、あるいは最後の公演のときは三十センチも背が高いのでエルウッドがつま先立ちになるしかないグロリア・テイラーだとしても、胸のなかでは緊張の糸がぴんと張り詰めたようになり、頭がふらふらしてしまった。マルコーニの店の蔵書を前に過ごした時間のおかげで、重々しい演説のリハーサルはできていたが、リンカーン高校の黒い肌の美人たちとやりとりするとなると、舞台でもその外でも、準備はできていなかった。

エルウッドが読み、想像を膨らませていた運動は遠くにあったが、やがて、じりじりと近づいてきた。フレンチタウンでも抗議活動はあったものの、エルウッドの年齢では参加できなかった。フロリダ農業機械大学の女子学生が二人、バスのボイコットを呼び掛けたとき、エルウッドは十歳だった。祖母は最初、どうして自分たちの街に騒ぎを持ち込むのかと言っていたが、数日後にはまわりとおなじように車に相乗りしてホテルに通っていた。「レオン郡の人はみんなおかしくなってしまった」と祖母は言った。「私もおかしくなったよ！」その冬、市はついにバスの人種分離を廃止し、祖母がバスに乗るようになると、黒人の運転手もひとりいた。祖母は好きな席に座った。

四年後、ウールワースのランチカウンターで座り込みをしようと学生たちが思い立ったとき、祖母が甲高い声を上げて賛成したことを、エルウッドは覚えていた。学生たちが保安官によって収監されたときは、裁判費用の足しになればと五十セントを寄付することまでした。その活動が下火になっても、祖母は引き続きダウンタウンにある店をボイコットした。とはいえ、それが連帯意識によるものか、高い値段に自分なりに抗議しただけなのかははっきりしなかった。一九六三年の春、フロリダ・シアターを大学生たちがピケで封鎖し、黒人にも席を開放するように求める、という噂が広まった。

それに参加すれば祖母は誇りに思ってくれるだろう、とエルウッドは考えた。

それはまちがいだった。ほっそりしたハチドリのような姿のハリエット・ジョンソンは、すべてにおいて猛烈な目的意識をもって行動していた。働くにせよ、食べるにせよ、誰かと話をするにせよ、やるべきことは真剣にやらないのならまったく無価値なのだ。侵入者に備えて、枕の下にはサトウキビ用の鉈を忍ばせていたが、エルウッドからすれば、祖母が何かを恐れているとはどうしても思えなかった。だが、彼女を突き動かしていたのは恐怖だった。

確かに、ハリエットはバスボイコットに参加した。そうせざるをえなかった。フレンチタウンで公共交通機関を使っている女は自分ひとりだ、というわけにはいかない。だが、スリム・ハリスンが一九五七年型のキャディラックを停め、ダウンタウンに向かうほかの女たちと後部座席にぎゅうぎゅう詰めになって座るとき、祖母は毎回震えていた。座り込みが始まると、誰からも態度表明を求められないことにほっとした。座り込みは若者がやることであり、彼女にはそこまでの勇気はなかった。身の丈をわきまえない行動をすれば、あとでしっぺ返しをくらう。彼女がみずからの分をわきまえなかったと怒る神であれ、与えてやる以上を求めるなと教えてくる白人であれ、ハリエットにしっぺ返しがくる。彼女の父親は、テネシー・アヴェニューで白人女性に道を譲らなかったことでしっぺ返しをくらった。夫のモンティーは、歩み出たときにしっぺ返しをくらった。エルウッドの父親のパーシーは、陸軍に入ったときにあれこれ思想に目覚めたせいで、帰ってきたときには自分の思想とタラハシーのあいだで折り合いをつけられなくなっていた。そして、今度はエルウッド。リッチモンドホテルの表で、祖母はセールスマンからマーティン・ルーサー・キングのレコードを十セントで買った。人生で最も憎むべき十セントの使い方だった。あのレコードには、思想しか詰まっていない。一所懸命に取り組むこと、それが基本的な美徳だ。一所懸命であれば、行進や座り込みをする暇はないのだから。映画館の馬鹿げた騒ぎになんか関わるんじゃありません、と祖母はエルウッドに言った。「学校が終わればマルコーニさんのところで働く約束のはずでしょう。ボスから頼れないと思われたら、仕事を失うことになる」職務がエルウッドを守ってくれるかもしれない。祖母のことも守ってくれたのだから。

家の下にいるコオロギが一匹、大きな音を立てた。家賃を払ってもらいたいくらい、二人とはもう長い付き合いだった。エルウッドは科学の本から顔を上げて、「わかった」と言った。翌日の午後、エルウッドはマルコーニ氏に、休みを一日もらいたいと頼んだ。それまでにも二日を病欠したことはあったが、それと親戚のところに行くとき以外では、店で働いた三年間で仕事を休んだことはなかった。

いいとも、とマルコーニ氏は言った。読んでいた競馬新聞から顔を上げることもしなかった。

エルウッドは昨年の奴隷解放記念日の劇で使った黒いスラックスにはき替えた。身長が五、六センチ伸びていたので、縫い目を広げ、白い靴下がほんのわずかに見えるくらいにした。新品のエメラルド色のタイクリップで黒いネクタイを留め、早くも六回目でネクタイをきっちり締めた。磨き上げた靴は光っていた。外見はばっちり決まっていたが、警官が警棒を抜いたら眼鏡はどうなるのかが心配だった。白人たちが鉄パイプやバットを持ってきたらどうなるのか。新聞や雑誌で見た血まみれの写真を頭から振り払い、エルウッドはシャツをたくし込んだ。

モンロー通りにあるガソリンスタンドまできたとき、シュプレヒコールの声が聞こえてきた。「我々は何を求めている？　自由だ！　いつ求めている？　いまだ！」農業機械大学の学生たちはへビのようにぐるぐる輪を描きながらフロリダ・シアターの前を歩き、ひさしの下でプラカードを掲げたり、順番にシュプレヒコールを上げたりしていた。映画館では『侵略』（原題は「醜いアメリカ人」の意味）が上映中で、七十五セントと正しい色の肌があれば、主演のマーロン・ブランドを見ることができた。保安官と保安官代理たちは、サングラスをかけて歩道で仁王立ちになり、腕組みをしていた。その後ろから白人の一団が野次を浴びせており、そこに小走りで加わっていく白人の数は増えていった。エルウッドは目を伏せながら、その集団をよけていって抗議の列にするりと入り、ストライプ柄のセーターを着た年上の女の子の後ろに立った。その女の子はエルウッドを待っていたかのように笑顔で頷きかけてきた。

人の鎖に入り、一緒にシュプレヒコールを上げると、エルウッドの気持ちはすぐに落ち着いた。**法の下での平等な扱い**。作ったプラカードはどこだろう。その場にふさわしい服装をすることにかかりきりで、プラカードのことを忘れていた。とはいえ、持ってきたとしても、年上の若者たちの言葉づかいには太刀打ちできなかっただろう。みんな場数を踏んできていた。**非暴力こそ我らの合言葉**。**愛の力で勝つ**。頭を剃り上げた背の低い少年は、**君は醜いアメリカ人か**という言葉のまわりを、漫画めいた「?」マークで埋め尽くしていた。誰かがエルウッドの肩をつかんできた。モンキーレンチが振り下ろされるのが見えるかと思ったが、それはヒル先生だった。歴史教師に手招きされ、エルウッドはリンカーン高校の四年生に加わった。ビル・タディーとアルヴィン・テイト、高校のバスケットボール代表チームの二人が、エルウッドと握手をした。それまでは、エルウッドの存在すら認めていなかった二人が。公民権運動に加わりたいという夢を胸に固く秘めていたエルウッドは、立ち上がらねばという思いをもった人がおなじ高校にもいるとは考えもしなかった。

翌月、保安官は抗議活動の参加者を二百人以上逮捕し、侮辱罪で訴追し、渦巻く催涙ガスのなかで襟元をつかもうとしたが、その日、最初の行進は何事もなく行われた。そのころには、フロリダ農業機械大学の学生たちに、メルヴィンググリッグス工科大学の学生たちも加わっていた。フロリダ大学やフロリダ州立大学の白人学生たちもいた。人種平等会議の手練れたちも。その日、白人の男たちが老いも若きも彼らに向けて怒声を浴びせたが、それはエルウッドが自転車で通りを走っているときに車から浴びせられた言葉と何も変わらなかった。赤ら顔の白人の少年は、リッチモンドホテルの支配人の息子キャメロン・パーカーに似ていた。もう一周してみると、息子だとわかった。数年前、二人はホテル裏の路地でコミックの本を交換していた。キャメロンはエルウッドだとはわかっていなかった。目の前でフラッシュがたかれるボンという音がして、エルウッドはびくっとしたが、それは《レジスター》紙のカメラマンだった。祖母のハリエットは、人種問題の扱い方が偏っているからと言って、《レジスター》を決して読もうとはしなかった。エルウッドは、ぴっちりした青いセーターを着た大学生の女の子から**私は人間だ**と書いてあるプラカードを渡され、行進がステイト・シアターの前に移ると、それを頭上に掲げ、誇り高いコーラスの声に加わった。ステイト・シアターでは『火星人侵略の日』が上映中だった。その夜、彼は一日で十万マイルも旅をしたような気分だった。

三日後、ハリエットはエルウッドに詰め寄った。知り合いのひとりが彼の姿を見かけており、三日経ってようやくそれが祖母の耳に入ったのだ。エルウッドの尻をベルトで叩いたのはもう何年も前のことであり、エルウッドはもう大きくなっていたので、祖母はジョンソン家に古くから伝わる沈黙の罰を使った。南北戦争後の連邦再建期にまでさかのぼる、完全に存在を消し去られた気分にさせる手だ。レコードプレーヤーの使用禁止を通達し、黒人のこの若者世代のしぶとさを知っていたので、自分の部屋に持っていってレンガをいくつも上に載せた。二人とも、静寂のなかで苦しんだ。

一週間後、家のなかはいつもどおりに戻ったが、エルウッドは変わった。**より近く**。デモ行進のとき、なぜか自分自身を**より近く**に感じたのだ。ほんの一瞬。太陽の光を浴びているときに。自分の夢を育むには、それで十分だった。大学に入り、ブルヴァード通りにあるこの縦長の家を出れば、そこから自分の人生が始まる。女の子と一緒に映画に行って――それについて想像を封じるのはもうやめた――何を勉強したいのかを見極める。黒人の地位向上に身を捧げる若者たちの混みあった列のなかで、自分のいるべき場所を見つけるのだ。

タラハシーでのその最後の夏は、あっというまに過ぎていった。ヒル先生から、学年最後の日にジェイムズ・ボールドウィンの『アメリカの息子のノート』を渡され、エルウッドの頭は揺さぶられた。

黒人はアメリカ人であり、アメリカと運命を共にする。フロリダ・シアターの前でデモ行進をしたのは、自分の権利を守るためでも、自分を含む黒人たちの権利を守るためでもなかった。全員の権利、彼に罵声を浴びせてきた者たちの権利すら守るために行進したのだ。僕の闘いは君の闘い、君の重荷は僕の重荷だ。だが、それをどうやって人々に伝えればいいのか。エルウッドは夜遅くまで、人種問題についての投書を《タラハシー・レジスター》紙に向けて書いていたが、掲載はしてもらえず、《シカゴ・ディフェンダー》に書いたもののうち一通は載せてもらえた。「僕らは上の世代に対して訊ねる。僕らの挑戦に参加してもらえないだろうか」。恥ずかしがりだったエルウッドは、誰にもこのことを言わず、偽名を使って書いた。アーチャー・モンゴメリー。古臭くて、賢そうな名前だった。自分が祖父の名前を選んでいたことに気がついたのは、白黒の新聞紙に印刷された文字を目にしたときだった。

六月、マルコーニ氏に孫が生まれた。その節目をきっかけに、イタリア系の店主は新しい面を見せるようになった。店を年長者の熱弁のショーケースに変えたのだ。かつての長い静寂はいまや、自分の移民としての苦労話や、商売についての風変わりなアドバイスに変わった。店を一時間早く閉めて孫娘の顔を見にいくようになり、エルウッドにはそれまでどおりの勤務時間分の給料を払った。店が閉まると、エルウッドはバスケットボールのコートにのんびり向かい、誰かプレーしていないかと見にいった。眺めるだけだったが、思いきって抗議活動に足を運んだことで内気さが少し消え、コートサイドで、もう何年も見かけてはいたが話したことはなかった二つ向こうの通りの格好いい少年たちと友達になった。あるいは、近所のピーター・クームスとダウンタウンに行った。ピーターはバイオリンを弾くのと、エルウッドとおなじく読書好きの性格だったので、祖母ハリエットからお墨付きをもらっていた。ピーターが練習のないときには一緒にレコード店を歩き回り、買うことを禁止されているレコードのカバーをこっそりと見た。

「ダイナサウンドって何だ？」とピーターは訊いた。

新しい音楽のスタイルだろうか。新しい聴き方だろうか。二人は頭をひねらせた。

ときおり、暑い日の午後には、フロリダ農業機械大学の女の子たちがソーダを買いに店にきた。フロリダ・シアターのデモに参加していた女の子たちだった。エルウッドが抗議活動の近況について訊ねると、その接点を知って彼女たちの顔は明るくなり、エルウッドのことを覚えているふりをした。大学生かと思った、と言われることも一度や二度ではなかった。エルウッドはそれを褒め言葉だと思い、家を出るという想像がさらに膨らんだ。前向きな気分のおかげで、レジの下にある安物のタフィーキャンディーのように柔軟になった。そうして準備ができたとき、七月に、ヒル先生が店に入ってきて、ある話をもちかけた。

エルウッドには、最初は誰なのかわからなかった。カラフルな蝶ネクタイはなく、オレンジの格子柄のシャツがはだけて肌着が見えており、サングラスをかけている。ヒル先生は、仕事のことなど数週間はおろか数カ月は考えてこなかったように見えた。そして、かつての生徒であるエルウッドに対し、夏はずっと休暇中のようなけだるく気さくな雰囲気で挨拶してきた。旅をしていない夏は久しぶりだよ、とエルウッドに言った。「ここでやることが山ほどあるからね」と言うと、歩道のほうに頷きかけた。だらりとした麦わら帽をかぶった若い女性が彼を待っていた。ほっそりした片手を、目の上にかざしていた。

何かご入り用ですか、とエルウッドはヒル先生に訊ねた。

「エルウッド、君に会いにきたんだよ」とヒル先生は言った。「友達からあるチャンスのことを教えてもらって、真っ先に君のことが頭に浮かんだ」

ヒル先生の「フリーダム・ライド」での仲間に、タラハシーのすぐ南にある黒人用の単科大学、メルヴィングリッグス工科大学に就職した教授がいた。英米文学を教え始めて三年目が終わったところだ。大学の運営はここしばらくはずさんだったが、新しい学長になってから好転しつつある。しばらく前から、成績優秀な高校生はメルヴィングリッグス大の授業を受講することができたのだが、地元の人々はまったく知らなかった。学長はヒル先生の友人をそのプログラムに入れ、そこから知らせがきた。ひょっとして、リンカーン高校でとびきり優秀な子で、興味を持ってくれそうな生徒はいたりするだろうか?

エルウッドは箒の柄を握る力を強めた。「それはすごい話ですね。でも、その手の授業を受けるお金があるかどうか」あとになって、エルウッドは馬鹿なことを言ったと思った。自分はほかでもない大学での授業のために貯金してきたのだから、リンカーン高校にいるうちに授業を受けてもかまわないじゃないか、と。

「エルウッド、まさにそこだよ。授業は無料なんだ。少なくとも、次の秋学期は無料にして、地元に話を広めようとしている」

「お祖母さんに相談しないと」

「ぜひそうしてくれ」とヒル先生は言った。「私から話をしてもいい」そしてエルウッドの肩に片手を置いた。「大事なのは、君みたいな若者にはぴったりの話だということだ。君のような生徒のためにあるプログラムなんだよ」

その日の午後、店を飛び回って音を立てる丸々としたハエを追い回しながら、エルウッドは、タラハシーには大学レベルの勉強をしている白人の若者はそう多くないはずだと思った。**競争で遅れをとった者は、いつまでも後ろにいるか、前にいる者より速く走るかのどちらかなのです。**

ハリエットは、ヒル先生からの提案にまったく不安を見せなかった。「無料」という言葉がすべてを解決した。それからのエルウッドの夏は、ドロガメのようにゆっくりと進んでいった。ヒル先生の友達は英文学科の教授だったので、文学の授業を取らねばならないのだろうとエルウッドは思い、好きな授業を取っていいとわかったときもその気持ちは変わらなかった。祖母も言うように、イギリス作家たちの概論の授業は実用的ではないが、考えれば考えるほど、そこに魅力があった。いままでの自分はずっと、あまりにも実用的に生きてきたのだ。

ひょっとすると、大学の教科書は新品かもしれない。傷などなく。何も消さなくていいかもしれない。それはありうる。

初めて大学に行く前日、エルウッドはレジのところにいるマルコーニ氏に呼ばれた。授業に出席するために、エルウッドは木曜日の仕事は休まねばならなかった。自分がいない日に備えて確認をしておきたいのだろう、とエルウッドは思った。イタリア系の店主は咳払いをすると、ビロードのケースをエルウッドのほうに押しやった。「お前の教育のためだ」と言った。

それは真鍮飾りのついた深い紺色の万年筆だった。マルコーニ氏が文房具業者の長年の顧客だったので割引きしてもらったのだとしても、素敵なプレゼントだった。二人は大人の男らしく握手を交わした。

がんばってきて、とハリエットは言った。毎朝、エルウッドが学校に行くときの服を見て、きちんとした身だしなみかどうか確認していたが、ときおり糸くずを取るほかは何も直すことはなかった。その日もおなじだった。「賢く見えるよ、エル」と祖母は言った。エルウッドの片頬にキスをすると、バス停に向かった。両肩を丸めた姿勢は、孫の前では泣くまいとこらえているときのようだった。

学校が終わってから大学に行く時間はたっぷりあったが、メルヴィングリッグスを初めて見てみたくて気がはやっていたエルウッドは早めに出発した。目のまわりにあざを作ったあの夜に、自転車のチェーンのリベットが二つ壊れてしまい、それ以来、長く乗っているとチェーンが外れてしまう。親指を立ててヒッチハイクをするか、十一キロを徒歩で行くつもりだった。大学の門をくぐってキャンパスを探検し、建物から建物へさまようか、広場のそばにあるベンチに座って雰囲気に浸るか。

エルウッドはオールド・ベインブリッジ通りの角に立ち、州道に向かう黒人の運転する車を待った。

ピックアップトラックが二台通り過ぎていき、それから、鮮やかな緑色の一九六一年型プリムスフューリーが速度を落とした。巨大なナマズのようなひれがついた、低い車体だった。運転していた男は身を乗り出し、助手席のドアを開けた。「南に行くよ」と男は言った。エルウッドが乗り込むと、緑と白のビニールシートはぎしぎしと音を立てた。

「ロドニーだ」と男は言った。手足はだらりと長いが、がっしりとした体格で、黒人版エドワード・G・ロビンソン（アメリカ合衆国の俳優。『深夜の告白』などに出演）といったところだった。グレーと紫のピンストライプのスーツが服装の仕上げになっていた。握手をすると、ロドニーが指につけた指輪がいくつも食い込んできて、エルウッドは顔をしかめた。

「エルウッドです」とエルウッドは言い、脚のあいだに学生鞄を置くと、プリムスの宇宙船のようなダッシュボードを見た。銀色の装飾部分から、ボタンがいくつも飛び出ている。

　車は南にある州道六三六号線に向かった。ロドニーは自慢げにラジオをつついた。「こいつはいつも機嫌が悪くてな。試してみてくれ」エルウッドがボタンをあれこれ押してみると、R&Bのラジオ局につながった。べつの局に変えそうになったが、祖母がそこにいて、歌詞に込められた二重の意味に舌打ちしているわけではない。祖母の説明を聞くと、エルウッドはいつもキツネにつままれたようなおぼつかない気分になった。ラジオ局はそのままにしておいた。ドゥワップのグループの曲がかかっていた。ロドニーがつけているヘアトニックは、マルコーニ氏とおなじものだった。ヘアトニックのせいで、車内にはつんとする匂いが立ち込めていた。休みの日ですら、その匂いから逃れられない。

ロドニーはジョージア州ヴァルドスタに住んでいる母親に会いに行った帰りだった。メルヴィングリッグス大学の名前は聞いたことがないと言われ、エルウッドは自分の晴れの日に水を差された気分だった。「大学か」とロドニーは言った。歯のあいだから口笛を吹いた。「俺は十四のときに椅子の工場で働き始めた」と付け加えた。

「僕は煙草店で働いていて」とエルウッドは言った。

「そうだろうさ」とロドニーは言った。

ディスクジョッキーが、日曜日の中古品交換市についての情報をぺらぺら喋っていた。〈ファンタウン〉のコマーシャルが流れると、エルウッドはそれに合わせて鼻歌を歌った。

「おい、なんだよ?」とロドニーは言った。大きな音で息を吐くと、悪態をついた。まっすぐにした髪を片手で撫でた。

パトロールカーの赤いライトが回転しているのが、バックミラーに見えた。

二人は田舎に出ていた。ほかに車はなかった。ロドニーは何やらつぶやくと、車を停めた。エルウッドは学生鞄を膝に載せ、ロドニーは慌てるなよと言った。

白人の保安官代理が、二人の数メートル後ろで停車した。拳銃のホルスターに左手を当てながら歩いてくる。サングラスを外すと、胸ポケットに入れた。

ロドニーは口を開いた。「お前と俺とは赤の他人だよな?」

「そうです」とエルウッドは言った。

「あいつにはそう言っとく」

保安官代理は銃を抜いていた。「プリムスが通りかからないか見張ってくれと言われて、まず思ったよ」と彼は言った。「盗むとしたら黒んぼしかいないだろうってな」

第二部

第四章

判事からニッケル行きを命じられたエルウッドには、家で過ごす時間が三日あった。州の車は火曜日の午前七時に到着した。法廷の職員は、山男のようなひげをたっぷりと蓄え、二日酔いのような足取りの古くさい男だった。太りすぎた体にシャツが合わなくなっており、ボタンがはちきれそうな様子は、ソファの布張りのようだった。だが、銃を持った白人の男である以上、どれだけだらしない格好でも迫力がある。通りに沿って、近所の男たちはポーチに出てきて見守り、そこから転げ落ちるのを怖れているかのように手すりをつかみながら煙草を吸っていた。近所の人たちは窓から見ようと顔を出し、その場面を何年も前の、少年だったか大人の男だったかが連行されたときの出来事と結びつけた。彼はただ通りの向かいに住んでいたのではなく、同胞だった。兄弟であり、息子だった。

職員は話すときにはつまようじを口でうねらせるように動かしたが、口数は少なかった。エルウッドに手錠をかけ、前部座席の裏側を横切る金属棒につなぐと、四百五十キロ近くにわたって口をきかなかった。

車はタンパに着き、五分後には、職員は拘置所の事務員と喧嘩を始めていた。手ちがいがあったのだ。三人の少年はいずれもニッケル校に送られることになっていたが、黒人の少年は最初ではなく最後に車に乗せられるはずだった。なんといっても、タラハシーからニッケルまではほんの一時間なのだ。その少年を乗せてヨーヨーのように州を南北に行ったり来たりするなんて変だと思わなかったのか、と事務員に訊ねられて、その職員は顔を真っ赤にしていた。

「書類に書いてあるとおりにやっただけだ」と職員は言った。

エルウッドは手錠のせいで両手首にできた痕をさすった。待合室にあるベンチは、まちがいなく教会の座席だった。形がおなじだ。

「あれはABC順だよ」と事務員は言った。

三十分後、車はふたたび走り出した。フランクリン・Tとビル・Y。名前がABC順で離れているだけでなく、性格はさらに離れていた。エルウッドは、最初のしかめ面からして、同乗する二人は荒っぽい気性だろうと思った。フランクリン・Tの見たこともないほどそばかすだらけの顔は深く日焼けしており、赤毛の髪は角刈りにしていた。目を伏せて、首をがくりとうなだれ、自分のつま先をじっと見ていたが、顔を上げてほかの同乗者たちを見るときの目は、いつも怒りをたたえていた。ビル・Yの目はといえば、殴られたせいで濃くけばけばしい紫色になっていた。唇は腫れ上がり、かさぶたができていた。梨の形になった茶色いあざが、まだら模様の顔にさらに彩りを添えている。エルウッドを見ると、ふんと鼻を鳴らし、乗っているあいだに二人の脚が触れ合うときはいつも、熱いストーブにもたれかかってしまったかのように自分の脚を引っ込めた。

どんな人生を送ってきて、どんな行為によってニッケルに送られることになったにせよ、三人の少年はおなじように手錠をかけられ、おなじ目的地に向かっている。しばらくすると、フランクリンとビルは手短に情報を交換した。フランクリンがニッケルに行くのはこれで二回目だった。一回目は反抗的だったせい、今回はずる休みのせいだ。寮父のひとりの妻をしげしげ見つめていたせいで殴られたことはあるが、それ以外ではまともなところだ、というのがフランクリンの見立てだった。少なくとも、継父からは離れていられる。ビルは姉に育ててもらっており、判事が言うところの「腐ったリンゴ」と混ざってしまった。薬局の店頭のウィンドウを割ったのだが、ビルは軽い処分で済んだ。まだ十四歳なのでニッケルに行くことになるが、ほかの連中はピードモント送りになる。

同乗しているのは自動車泥棒だ、と職員がその二人に伝えると、ビルは笑い出した。「おう、俺だって他人の車をしょっちゅう乗り回してたさ」と言った。「アホらしいウィンドウなんかじゃなくて、そっちのほうで捕まえりゃよかったのにな」

ゲインズヴィルを出たところで、車は州間高速道路から出た。職員は車を停めて三人に用を足させ、マスタードのサンドイッチを与えた。三人が車に戻るときには手錠をかけなかった。少年たちは逃げ出しはしない、と知っていたのだ。田舎道を走り、もう存在しないかのようにタラハシーはよけていった。木ですら見覚えがない種類だ、とジャクソン郡に入るとエルウッドは心のなかでつぶやいた。

気分が落ち込んでいた。

学校を見やり、フランクリンの言うとおりかもしれないと思った。ニッケルはそこまでひどくはなかった。高い石壁と有刺鉄線に囲まれているものと思っていたが、そもそも壁などなかった。敷地はきれいに整備されており、青々とした草木のなかに、二階建てや三階建ての赤レンガの建物が点在している。ヒマラヤスギやブナノキの巨木が日陰を作っている。エルウッドが見たなかで、一番きれいな学校の敷地だった。それまで数週間にわたって思い浮かべていたような、おどろおどろしい少年院ではなく、本物の、いい学校だ。悲しい冗談ではあるが、それはエルウッドが思い描いていたメルヴィンググリッグス工科大学から、いくつか像や柱を取り去っただけの姿だった。

車は長い道路を走って中央の本部棟に向かった。エルウッドはフットボールのフィールドでスクリメージの練習をしながら声を上げる何人かの生徒を見た。それまで頭のなかにあったのは、漫画に出てくるような鎖と鉄の玉につながれた子どもたちだったが、この仲間たちは大声で草地を走り回り、大いに楽しんでいる。

「よし」とビルはうれしそうに言った。安心したのはエルウッドだけではなかった。

職員が言った。「妙な真似はするなよ。ここの用務員に追い詰められるとか、沼地に飲み込まれるとかにならなかったとしても――」

「アパラチーの州重罪刑務所から犬を連れてくるんだ」とフランクリンは言った。

「なじもうとすれば、ちゃんとなじめる」と職員は言った。

建物に入ると、職員は手を振って事務官に仕事を引き継ぎ、三人は壁際に木製の書類整理棚が並んだ黄色い部屋に連れていかれた。椅子は教室のように並んでおり、三人はおたがいから離れた席を選んだ。エルウッドはいつもの習慣で前の席に座った。三人とも、指導監督のスペンサーがノックして入ってくると背筋を伸ばした。

メイナード・スペンサーは五十代後半の白人であり、きっちり切りそろえた黒い髪にはちらほらと白いものが混じっていた。祖母のハリエットがよく言っていた、本物の「折り目正しい人」だ。一挙手一投足を鏡の前で練習しているような、考え抜かれた身のこなしだった。アライグマのような幅の狭い顔のなかで、エルウッドの目を引いたのは、小さな鼻と目の下の円い隈、太い剛毛の眉だった。スペンサーは紺色のニッケル校の職員服をきっちり着ていた。服のどの折り目も、物を切れそうなほど鋭く、歩く刃のようだった。

机の両端をつかんでいるフランクリンに、スペンサーは頷きかけた。笑みを見せるのをこらえている様子は、フランクリンが戻ってくるとわかっていたかのようだった。そして黒板にもたれかかると、腕組みをした。「もうすぐ日も暮れるしな」と言った。「話は短めにしておく。ここにいる者はそろって、どうすればまっとうな人間の仲間入りをできるのかがわからなかったわけだ。それはかまわない。ここは学校だし、俺たちは教師だ。お前たちに、どうすれば人並みのことができるようになるかを教えてやる。

フランクリン、お前からすればもう聞いた話だが、どうやら頭にちゃんと入っていなかったようだな。今回は入るかもしれんな。現時点で、お前たちは全員〈地虫〉だ。ここには態度に応じて四つの階級がある。〈地虫〉からスタートして、努力すれば〈探検者〉、そして〈開拓者〉、一番上が〈エース〉だ。折り目正しくして点数を稼げば、上がっていける。一番上の〈エース〉になるべく努力すれば、卒業して、家族の元に帰れる」スペンサーはいったん言葉を切った。「もし迎え入れてもらえるならの話だが、それはお前たちの問題だ」〈エース〉とは、用務員や寮父の話をちゃんと聞き、言い逃れや仮病を使わずに仕事をこなし、ちゃんと勉強もする人間のことだ、とスペンサーは言った。〈エース〉は馬鹿騒ぎはせず、人をけなさず、悪態をついたり大人げない振る舞いをしたりもしない。自分を矯正するべく、日の出から日の入りまで取り組む。「どれくらいここにいることになるのかは自分次第だ」とスペンサーは言った。「俺たちは馬鹿は相手にしない。馬鹿なことをやらかしたら、そのための場所は用意してあるし、そこで後悔することになる。俺がしっかり面倒を見てやるからな」

スペンサーはいかめしい顔つきだったが、ベルトにつけた巨大な鍵の輪に触れるときは、口元がぴくりと動いた。うれしいのか、もっと読み取りづらい感情の表れなのか。指導監督の彼は、ふたたびニッケルの空気を吸いに戻ってきたフランクリンのほうを向いた。「フランクリン、教えてやれ」

フランクリンの声はかすれてしまい、少し気を取り直してからようやく言った。「そのとおりです。ここでは一線を越えて得なことはありません」

スペンサーは少年たちをひとりずつ見つめ、何やら頭のなかでメモを取ると、立ち上がった。「ルーミスさんがお前たちの手続きを最後までやってくれる」と言って出ていった。ベルトにつけた鍵が、西部劇に出てくる保安官の拍車のような音を立てた。

数分後、むっつりとした白人の若い男ルーミスが現れ、学校の制服を保管している地下室に三人を連れていった。デニムのズボン、灰色の作業用シャツ、粗革の茶色い靴が、壁に並んだ棚にサイズごとにぎっしり入れてあった。自分に合うサイズを見つけるようにルーミスは少年たちに言い、エルウッドには有色人種用の場所に行くよう指示した。そこにある服はひと回り擦り切れていた。少年たちは新しい服に着替えた。エルウッドは自分のシャツとダンガリー布のズボンをたたみ、家から持ってきた布袋に入れた。その袋にはセーターが二着あり、奴隷解放記念日の劇で着たスーツを礼拝用に持ってきていた。フランクリンとビルは何も持ってきていなかった。

着替えている二人の体についた痕を、エルウッドはあまり見つめないようにした。二人とも、こぶのようになった長い切り傷と、火傷のような痕があった。その日のあと、フランクリンとビルに会うことはなかった。ニッケルには六百人以上の生徒がいた。白人生徒は丘の下、黒人生徒は丘の上に行くことになる。

新入り用の部屋に戻ると、三人は寮父たちに案内してもらうのを待った。エルウッドの寮父が先にやってきた。ずんぐりとした、白髪の男であり、肌は黒く、陽気そうな灰色の目をしていた。スペンサーはいかめしく威圧的だったが、寮父のブレイクリーは人当たりがもの柔らかだった。エルウッドと心のこもった握手をすると、お前はクリーヴランド寮に入ることになる、担当は俺だと言った。

二人は有色人種用の宿舎に向かって歩いた。エルウッドは少し力を抜いた姿勢になった。スペンサーのような男がいて、そこで自分が過ごすことが何を意味するのかを思うと怖かった。脅しをかけたがり、その脅しが相手にどう効いているのかを見て楽しむような男たちに見張られているのだ。だが、黒人の職員なら黒人の面倒を見てくれるかもしれない。それに、彼らも白人たちと変わらず意地が悪いのだとしても、ほかの生徒たちが厄介ごとに巻き込まれたような非行を、エルウッドはみずからに許したことはなかった。いままでやってきたとおりにすればいいんだ、と考えて自分を慰めた。正しい行いをすればいい。

外に出ている生徒は、あまり多くはなかった。宿泊用の建物の窓のところで、人影がいくつか動いている。夕食の時間なのだろう。コンクリートの通路で二人とすれちがった黒人生徒の何人かは、敬意を込めてブレイクリーに挨拶をしたが、エルウッドのほうには目もくれなかった。

ブレイクリーは、「古き悪しき時代からいままで」十一年間、この学校で働いているのだという。生徒たちの手に自分の運命を握らせるのが学校の方針だ、と彼は説明した。「お前たちがすべてに責任を持つんだ」とブレイクリーは言った。「ここに見えてる建物のレンガすべてを焼いて、コンクリートを敷いて、草の手入れをする。見てのとおり、いい仕事をするんだ」仕事のおかげで生徒たちの水準が保たれ、卒業したときに役に立つ技術が身につく、とブレイクリーは話を続けた。ニッケルの印刷機は、納税規定から建物の番号から駐車違反切符まで、フロリダ州のすべての行政印刷物を請け負っていた。「そうした大口の注文をどう処理するのかを覚えて、自分の職務を果たす、それが後々の人生でずっと使える知識になる」

生徒はみんな授業に出なければならない規則になっている、とブレイクリーは言った。ほかの少年院は更生と教育のバランスをそこまで取ろうとはしていないが、ニッケル校は預かった子どもたちが落ちこぼれてしまわないように気をつけており、教室での授業と細かい仕事の日が一日交替になるようにしている。日曜日は休みだ。

寮父はエルウッドの表情が変わったことに気がついた。「思ってたのとちがったか？」

「今年は大学の授業を受けることになっていて」とエルウッドは言った。十月だったので、もう学期も佳境に入っているはずだった。

「ならグッドール先生に言ってみるといい」とブレイクリーは言った。「上級生を担当してる。きっといいやり方が見つかるはずだ」そして笑顔になった。「畑仕事をしたことはあるか？」とエルウッドに訊ねた。学校では千四百エーカーもの畑で作物を育てている。ライム、サツマイモ、スイカ。

「俺は農家の育ちなんだ」とブレイクリーは言った。「ここの子の多くは、何かの手入れをするなんてやったことがない」

「わかりました」とエルウッドは言った。シャツにタグか何かがついているらしく、首のところに当たっていた。

ブレイクリーは足を止めた。「わかりましたって言うべきときがわかってれば、うまくやれる。いつもってことだ」彼はエルウッドの〝事情〟についてはよく知っていた。その口ぶりは、事情という言葉を婉曲的に包み込んでいた。「ここの子たちはな、頭がこんがらがってしまったんだ。今回は自分を見つめ直して、頭をすっきりさせるチャンスなんだよ」

クリーヴランド寮は、敷地にあるほかの寮の建物とまったくおなじつくりだった。学校で作ったレンガの上に緑色の銅の屋根がかけられ、赤土からかぎ爪のように伸びた生垣が四角く刈り込まれている。ブレイクリーに連れられて正面玄関から入ってみると、建物の外側と内側はまったくの別物だということが見て取れた。歪んだ床板は絶えまなく軋み、黄色い壁には擦れ傷や引っかき傷がついている。娯楽室のソファや肘掛け椅子からは詰め物がはみ出して垂れていた。イニシャルや悪口が、百ものいたずらな手によってテーブルに残されている。祖母ハリエットならまちがいなく目を向けさせたであろう掃除すべき場所に、エルウッドは神経を集中した。あらゆる戸棚の掛け金とドアノブのあたりに指の垢汚れがついてぼんやりした光の輪のようになり、隅には土や髪の塊がある。

ブレイクリーが部屋の配置を説明した。どの寮にも、一階に小さな厨房と管理室、二つの大きな集会室がある。二階は大寝室で、二つは上級生用の、ひとつは下級生用の部屋だ。「下級生は〝チャック〟と呼ばれてるが、なぜかは訊かないでくれ。誰も知らんからな」一番上の階には、ブレイクリーの住み込みの部屋と〝物置用〟の部屋がいくつかある。みんなこれから寝るところだ、とブレイクリーは言った。食堂までは歩いていくことになるし、もう夕食の時間は終わりかけているが、厨房が閉まる前に何か食べておきたくはないか？　エルウッドは胃が締め付けられていて、食べ物のことなど考えられなかった。

二号室に、空いているベッドがひとつあった。青いリノリウムの床に、一列に十台のベッドが三列並んでおり、それぞれの足元には生徒の持ち物を入れたトランクが置いてある。エルウッドが歩いていっても誰も目を向けてこなかったが、ここでは誰もが彼を見定めていたし、何人かはブレイクリーがエルウッドを連れて列を進んでいくと仲間とこっそり話し込み、エルウッドをどう思ったかをあとで話し合うべく頭にしまっておく少年たちもいた。ある生徒は三十歳のような見た目だったが、十八歳になれば外に出されるのだからそれはありえないはずだ。なかには、タンパからの車内での白人少年たちのように荒っぽい物腰の生徒もいたが、多くは近所にいた普通の子どもたちと変わらない様子なので安心した。悲しげだ、というだけだ。普通の子たちとなら、やっていける。

それまで耳にしてきたこととはちがい、ニッケル校はほんとうに学校であり、少年用の恐るべき監獄ではなかった。運がよかったよ、とエルウッドの弁護士は言った。車の窃盗は、ニッケル送りになるにはかなりの重罪だ。ほとんどの生徒たちは、もっと軽く、不明瞭かつ不可解な罪でここに送られているのだ、とエルウッドは知ることになる。なかには、家族がおらず州が後見者になっており、ほかに入れる場所がないという理由だけで送られた少年たちもいた。

ブレイクリーはトランクを開け、エルウッドに石鹸とタオルを見せると、両隣のベッドを使っているデズモンドとパットに彼を紹介した。それから、その二人に、エルウッドにひととおりの要領を教えてやれよと指示をした。「俺が見てないと思うなよ」こんにちは、と二人はもごもごと言い、ブレイクリーの姿が見えなくなるとすぐに野球カードに目を戻した。

それまでのエルウッドは泣き虫ではなかったが、逮捕されてからはよく泣くようになっていた。夜になって、ニッケルで何が待ち受けているのかを思うとき、涙が出てくる。あるいは、隣の部屋で祖母が啜り泣いていたり、何も手につかないせいであれこれ開けては閉める音が聞こえてくるとき。どうして自分の人生がこの惨めな通りを歩むことになってしまったのか、と答えの出ない問いを考えるとき。まわりの少年たちには泣いている姿を見られるわけにはいかないと心得ていたので、エルウッドは寝床にうつ伏せになると頭に枕をかぶせ、物音に耳を澄ました。冗談やからかい、家の話や遠くの親友たちの話、いかにも少年らしい、世界の仕組みやそれを出し抜くやり方についての仮説。

エルウッドの一日は前の人生で始まり、ここで終わる。枕カバーからは酢のような匂いがして、夜にはキリギリスやコオロギの甲高い鳴き声が、波のように、小さくなっては大きくなり、うねるように響いた。

エルウッドが眠っていると、またちがう轟音が始まった。外から、変化のない猛烈なビューンという音が聞こえてくる。不気味で、機械的で、どこから出ているのかまったく見当がつかない音。どの本で知ったのかはわからないが、「瀑布(ばくふ)のよう」という言葉が頭に浮かんだ。

部屋の向こう側から、声が聞こえてきた。「誰かアイスクリームをもらいに行ったな」すると、何人かがくすくす笑った。

第五章

エルウッドがターナーに会ったのは、ニッケルでの二日目のことだった。それは、前夜の大きな音が何のためのものかを知ってぞっとした日でもあった。「たいていのやつはさ、何週間も耐えてからようやく降参するんだよな」と、ターナーという名前の生徒はあとになってエルウッドに言った。「ビーバーみたいにこつこつがんばる真似はやめろよ、エル」

たいていの日の朝は、元気のいい起床らっぱを持ったらっぱ吹きに起こされる。ブレイクリーが二号室の扉をとんとんと叩き、「起きる時間だぞ！」と怒鳴るのだ。うめき声や悪態とともに、生徒たちはニッケルでの新しい朝を迎える。二列に並んで出席を取ると、二分間のシャワーがあり、少年たちは持ち時間がなくなる前にチョークのような石鹸を猛然と泡立てて体を洗う。エルウッドは共同シャワーには驚いた顔色を見せずに切り抜けたものの、容赦なく肌を刺すような冷え切った水に対する恐怖は、それほどうまくは隠せなかった。配管から出てくる水は腐った卵の匂いであり、少年たちの体も、乾くまではおなじ匂いだった。

「さあ朝飯だ」とデズモンドは言った。エルウッドの隣の寝台を使っているデズモンドは、前の夜の、寮父のブレイクリーからの指示をこなそうとした。丸い頭に、ぷっくりした頬、初対面の誰もがびっくりする重低音のどら声をしていた。〝チャック〟たちにこっそり近づいていって話しかけると飛び上がるので、デズモンドはそれを楽しんでいたが、それもある日、彼よりもさらにどすの効いた声の監督がこっそりデズモンドに近づいていって懲らしめるまでの話だった。

エルウッドはあらためて自分の名前を伝え、新しく人間関係を築こうとした。

「それは昨日の晩に聞いた」とデズモンドは言った。完璧に磨き上げられた茶色い靴の紐を結んだ。

「ここにしばらくいれば、〈地虫〉の手伝いをしてやれって言われるんだ。そうすると点を稼げるからさ。俺、〈開拓者〉まであと半分だから」

デズモンドはエルウッドと一緒に四百メートルほど歩いて食堂に行ったが、給食の列ではばらばらになり、エルウッドが座る場所を見つけようとしたときにはどこにも見当たらなかった。食堂には騒々しい音が響き、クリーヴランド寮の生徒たちが朝一番のくだらない騒ぎを楽しんでいた。エルウッドはまた透明人間扱いだった。長いテーブルのひとつに、空いた席を見つけた。近づいていくと、ある少年がベンチを叩いて、そこは取ってあるんだと言ってきた。隣のテーブルには下級生たちしかいなかったが、エルウッドがトレーを置くと、気でも狂ったのかという目を向けてきた。「上級生は下級生の席に座ったらだめなんだ」とひとりが言った。

エルウッドは次に目に入った空席にさっさと座り、何を言われようと気にするまいとして人と目を合わせず、食べることに集中した。オートミールのひどい味をごまかすために、大量のシナモンが投入されていた。エルウッドはがつがつと飲み込んだ。オレンジの皮を剝き終わったところでようやく目を上げると、テーブルの向かいに座った少年がじっと見つめていた。

エルウッドがまず気がついたのは、その少年の左耳に入った切り込みだった。ほかの猫との喧嘩をくぐり抜けてきた野良猫のような傷。その少年が口を開いた。「お前さ、ママに作ってもらったみたいにそのオートミール食ってるな」

母親のことを言ってくるとは、何様なのか。「なんだって？」

「いや、そういう意味じゃなくてさ。その飯をそんなふうに食うやつは初めて見たって言いたかったんだ。その飯が好きみたいにさ」

次にエルウッドが気がついたのは、その少年の不気味な雰囲気だった。十代の少年たちが動き回って立てる音であたりはがやがやしていたが、この少年は自分のまわりに作った落ち着きの鞘のなかで動いている。そのうちに、エルウッドにはわかった。その少年はいつも、どこに居合わせたとしてもくつろいでいると同時に、そこにいるべきではないのだとも思わせる。内側にいると同時に上にもいて、一部であると同時に離れている。小さな川の支流に横向きに倒れた木の幹のように。そこが本来の場所ではないが、そこになかったわけではなく、より大きな流れのなかにさざ波を作り出していく。

ターナーっていうんだ、とその少年は言った。

「僕はエルウッド。タラハシー出身の。フレンチタウンだ」

「フレンチタウンだ」少し離れた席にいる少年が、女っぽい響きでエルウッドの声を真似てみせると、その仲間たちは笑い声を上げた。

彼らは三人組だった。一番体が大きいのが、昨晩も見かけた、もうニッケルに通う年齢とは思えない少年だった。グリフという名前の巨漢だった。大人びた風貌に加え、胸の筋肉も分厚く、大きなヒグマのように背を丸めていた。噂によると、グリフの父親は自分の妻を殺したかどでアラバマ州の刑務所に入っており、その親からグリフは性格の悪さを受け継いだのだという。仲間の二人はエルウッドとおなじくらいの体格で、線は細かったが、目は荒々しく残酷そうだった。ロニーの幅広でブルドッグのような顔は、上にかけて細くなっていき、剃り上げた頭のてっぺんでは銃弾のような形になっていた。つぎはぎの口ひげをどうにかそろえており、それを親指と人差し指で撫でつけつつ残虐な行為を考えだすという癖があった。三人組の最後はブラック・マイクだった。ルイジアナ州オペルーサス出身で、細身の、落ち着きのない自分の性分と絶えず闘っている少年だった。その日の朝は、座りながらぐらぐら揺れていて、両手を尻の下に置いて飛んでいかないようにしていた。三人はテーブルの反対側の端に陣取っていた。そのあいだにある席に座るほど、ほかの少年たちは愚かではなかった。

「グリフ、どうしてそんなに騒ぐんだ」とターナーは言った。「今週は目をつけられてるって知ってるだろ」

寮の用務員たちのことだろう、とエルウッドは当たりをつけた。食堂のそれぞれのテーブルに八人が散らばり、生徒たちと食事をしている。先ほどの会話を耳にしたというのはありえないが、一番近くにいる用務員が顔を上げたので、誰もが打ち解けたふりをした。がっしりしたグリフがターナーに向けて吠えるような声を出すと、仲間の二人は笑った。犬の真似は、いつもの冗談のひとつだった。頭を剃り上げたロニーはエルウッドに目くばせを送り、朝の仲間内の話に戻った。

「俺はヒューストンの生まれなんだ」とターナーは言った。退屈そうな口調だった。「あそこはマジで都会だよ。ここのど田舎な感じはゼロだな」

「さっきはありがとう」とエルウッドは言った。頭を少し傾け、いじめっ子たちのことだと示した。

ターナーは自分のトレーを持った。「何もしてない」

すると、全員が立ち上がった。授業の時間だ。デズモンドがエルウッドの肩を叩き、連れていった。黒人用の校舎は丘を下ったところ、車庫と倉庫の隣にあった。「昔は学校なんか嫌いだったけどさ」とデズモンドは言った。「ここなら居眠りしててもいいし」

「ここは厳しいんだと思ってた」とエルウッドは言った。

「家にいたときは、学校を一日でも休もうもんなら親父にケツを引っぱたかれてた。でも、ニッケルはちがう」成績は卒業への道のりとはまったく関係ない、とデズモンドは説明した。教師は出席を取らないし、成績をつけることもしない。賢いやつらは自分の点を稼ぐ。それがちゃんと貯まれば、素行良好ということで早めに出してもらえる。ただし、仕事、態度、親切さや従順さを示すこと、そうしたことは階級分けの要因になってくるので、デズモンドが疎(おろそ)かにすることはなかった。家に帰らねばならないのだ。父親は故郷のゲインズヴィルで靴磨きの露店を営んでいる。デズモンドが何度も家出しては騒動を起こすせいで、父親からの頼みでニッケルに連れていかれた。「しょっちゅう野宿してるから、家があることのありがたみを思い知るだろうって親父は思ったわけ」

そのとおりになっているのか、とエルウッドは訊ねた。

デズモンドは顔を背けた。「俺、〈開拓者〉になんないと」大人びた声が、痩せこけた体から出ていると、その願いは痛切に響いた。

有色人種用の校舎は寮よりも古く、開校時にまでさかのぼる建物のひとつだった。チャック用には二階に教室が二部屋、上級生用には一階に二部屋あった。デズモンドがエルウッドを連れていった教室には、五十ほどの机がところ狭しと置かれていた。二列目に体をねじ込んで座ったエルウッドは、すぐにぎょっとした。壁に貼られたポスターには、眼鏡をかけたフクロウが上げる鳴き声がアルファベットになっていて、そのそばには初歩的な名詞が派手な色で描かれている。家、猫、納屋。小さな子ども用のポスターだ。ニッケル校の教科書はリンカーン高校の中古の教科書よりもひどく、エルウッドが生まれるよりも前に出た、小学校一年生のときに使ったものだった。

教師のグッドールが現れたが、誰も気にしなかった。グッドールは六十代半ばのピンク色の肌の男であり、べっこうの分厚い眼鏡をかけ、リネンのスーツを着て、たてがみのような白髪が教養ある雰囲気を醸し出していた。学者めいた物腰は、すぐに消え失せた。心ここにあらずといった活気のない授業に気落ちしているのはエルウッドだけだった。ほかの生徒たちは、午前中は時間を潰したり冗談を言ったりしていた。グリフと仲間たちは教室の後ろのほうでスペードをして遊び、エルウッドと目が合ったときのターナーはしわだらけのスーパーマンのコミックを読んでいた。エルウッドを見ると肩をすくめ、ページをめくった。デズモンドはすっかり眠り込み、首は痛々しい角度に折れ曲がっていた。

マルコーニ氏の会計をすべて暗算でこなしていたエルウッドにとって、その初歩的な算数の授業は屈辱だった。自分はいまごろ、大学の授業を受けているはずだ。だからこそあの車に乗っていたのだ。それが、朝食のげっぷを派手に繰り返す隣の太った少年と初等教科書を共用して、不毛な引っ張り合いをしている。ニッケルの生徒のほとんどは読み書きができなかった。午前の授業で取り上げた物語、真面目なノウサギについてのくだらない話を交代で読み上げていっても、グッドール先生はまちがいを訂正したり、正しい発音をクラス全体に教えたりはしない。エルウッドはすべての音をきっちりと分けて正確に発音してみせたので、まわりの少年たちは白昼夢から覚めて身動きし、どこの黒人少年がそんな話し方をするのかと好奇心をくすぐられていた。

昼食のベルが鳴ると、エルウッドはグッドールのところに行った。教師は彼のことを知っているふりをした。「こんにちは。どうしたかな?」来ては去っていく、黒人生徒のひとりでしかない。近くから見てみると、グッドールのピンク色の頬と鼻はずんぐりしていて毛穴が目立っていた。前の晩の酒が混じった汗は、甘ったるい匂いだった。

エルウッドは屈辱的な気分が声に出ないように気をつけながら、ニッケルには大学進学を目指す生徒のための上級クラスはありますかと訊ねた。この教科書はずっと前に習ったので、と控えめに説明した。

グッドールは愛想がよかった。「そりゃあるとも！　校長に話してみよう。君の名前はなんだったかな？」

エルウッドはクリーヴランド寮に戻る途中でデズモンドに追いついた。いましがたの教師とのやりとりについて話した。「そんなクソみたいな話を信じてんのか？」とデズモンドは言った。

昼食が終わり、美術の授業と仕事の時間になると、ブレイクリーがエルウッドを呼んだ。寮父としては、〈地虫〉の何人かと一緒に清掃班で作業をしてほしいのだという。ほかの生徒たちが作業中のところに入ることになるが、構内の手入れをすれば敷地の様子がわかる。「よく見ておくといい」とブレイクリーは言った。

その初日の午後、エルウッドと五人の生徒たち――ほとんどがチャックだった――は、鎌や熊手を手に、有色人種側の敷地を歩き回った。リーダーになったのはジェイミーという物静かな少年で、栄養失調気味のひょろりとした体格は、ニッケルの生徒にはおなじみのものだった。ジェイミーはニッケルのあちこちを渡り歩いていた。母親がメキシコ出身で、学校は彼をどう扱えばいいかわからなかったのだ。到着したときには白人生徒たちのところに入れられたが、ライム畑で仕事をした初日にすっかり肌が浅黒くなったので、スペンサーによって有色人種側に移された。ジェイミーはクリーヴランドで一カ月を過ごしたが、ある日ハーディー校長が視察をしたとき、黒い顔が並ぶなかにひとりだけ色の薄い顔が混じっていたので白人側に戻させた。スペンサーはしばらく待ってから、数週間後に黒人生徒たちのほうに放り出した。「行ったり来たりだな」と、熊手で松の葉の山を作りながらジェイミーは言った。歯がぐらぐらしている少年特有の、ねじで留めたような笑顔だった。「そのうち、どっちかに決めてくれるんだろうさ」

エルウッドにはいい校内巡りになった。班は丘を上がっていき、ほかにも二つある有色人種用の寮、赤土のバスケットボール用コート、大きな洗濯用建物を通り過ぎた。そこから見下ろすと、木々の向こうにある白人用の敷地がほとんど見えた。三つの寮、病院、管理棟がいくつか。学校の代表者であるハーディー校長は、アメリカ国旗を掲げた赤く大きな建物で職務にあたっていた。黒人生徒と白人生徒が時間帯を分けて使用する体育館や礼拝堂、木材加工所といった大型施設もあった。上から見ると、白人用の校舎は有色人種用の校舎とまったくおなじだった。エルウッドは自問した。タラハシーでの学校のように、白人の校舎のほうが状態はいいのだろうか。それとも、ニッケルは肌の色を問わず、すべての生徒に等しく劣悪な教育を与えているのだろうか。

丘の頂上に着くと、清掃班は振り返った。丘の反対側には墓地、通称〝ブートヒル〟がある。でこぼこの石で作った低い塀に囲まれ、白い十字架、灰色の雑草、曲がったり傾いだりした木々がある。少年たちはそこには近づかないようにした。

ジェイミーが説明してくれた。丘の反対側を通っていく道を進めば、やがて、印刷所、手前にある農場のいくつか、それから敷地の北端にある沼地にたどり着く。「いまは行かなくても、そのうちジャガイモ掘りをやることになる」と、ジェイミーはエルウッドに言った。生徒たちの集団がいくつも、指定された作業に向かって小道や道路を歩いていき、監督たちは州の公用車に乗って敷地内を縦横に走り、見守っていた。十三歳か十四歳くらいの黒人の少年が年代物のトラクターを運転し、生徒たちを満載した木製のトレーラーを曳いていくのを見て、エルウッドは啞然とした。運転している少年は、眠たげで落ち着き払った様子で大きな座席に座り、班の少年たちを農場に運んでいった。

ほかの少年たちがさっと張り詰めて話を止めるときは、近くにスペンサーがいるということだ。

有色人種用と白人用の敷地の中間のところに、細長い長方形の平屋があった。倉庫だろう、とエルウッドは思った。コンクリートブロックの壁に塗ってある白いペンキの上を、錆の汚れがつる植物のように垂れているが、窓や正面扉のまわりの緑色の枠は新しく色鮮やかだ。長いほうの壁には、大きな窓がひとつと、カモのひなのような小さな窓が三つある。

刈り込んでいない幅三十センチほどの草地が、手つかずのまま、その建物を囲んでいた。「あれも刈ったほうがいいのかな?」とエルウッドは訊ねた。

エルウッドの横にいた少年二人は、生唾を飲み込んだ。「あのな、あそこは連れていかれるところで、自分から行くところじゃない」と、ひとりが言った。

夕食前の自由時間を、エルウッドはクリーヴランド寮の娯楽室で過ごした。戸棚をいろいろ調べてみた。トランプやゲームやクモが入っていた。生徒たちは次に卓球をするのは誰かで言い争い、だらりと垂れたネットに向けてラケットを叩きつけ、見当ちがいの方向に玉を打ってしまうと悪態をついている。白い玉が立てる高い音は、思春期の午後のごつごつした鼓動のようだった。エルウッドは本棚にある貧相な蔵書、ハーディー・ボーイズのシリーズやコミック本を眺めた。自然科学についてのカビ臭い本が何冊かあり、宇宙のパノラマ図や海底の拡大図が載っていた。板紙のチェスセットをひとつ開けてみた。入っていた駒は三つ、ルークがひとつとポーンが二つだけだった。

ほかの生徒たちは動き回っていた。仕事に行くかスポーツをしに行くか、そこから戻ってくるか。二階の寝床に行くか、こっそりいたずらをする自分だけの場所に行くか。ブレイクリーは通る途中で足を止め、黒人の用務員のカーターにエルウッドを紹介した。カーターは寮父より年下で、うるさがたといった身のこなしだった。エルウッドに向かって曖昧にさっと頷きかけると、隅にいた泣き虫には、とっとと黙れと言った。

クリーヴランド寮の用務員の半数は黒人、半数は白人だった。「あいつらが見てないふりをするか、しつこく絡んでくるかは運次第だ」とデズモンドは言った。「それは肌の色に関係ない」デズモンドは寝椅子のひとつに横になり、漫画のページに頭を預けて、詰め物の汚らしい染みには触れないようにしていた。「ほとんどのやつは問題ないけど、狂犬のクソが詰まったみたいなのもいる」デズモンドはキャプテンの生徒を指した。規則違反や出席をチェックするのがキャプテンの仕事だった。その週のクリーヴランドのキャプテン、肌の色は薄く金髪の巻き毛をしたバーディーという名前の少年は、内股で歩いていた。バーディーは役職の飾りであるクリップボードと鉛筆を手に一階を巡回し、幸せそうに歌を口ずさんでいた。「あいつは一秒でも隙があればチクりやがる」とデズモンドは言った。

「でも、まともなキャプテンのときは、〈探検者〉か〈開拓者〉に上がるための点をけっこう稼げる」

南のほう、丘の下で、汽笛の高い音が響いた。それが何なのかはわからない。エルウッドは木の箱を裏返し、ぐったりと腰を下ろした。自分の人生の歩みのどこに、この場所を位置付ければいいのだろう。天井からはペンキが細い皮になって垂れ下がり、煤けた窓のせいで一日じゅう薄暗い。ワシントンDCの高校生に向けた演説で、キング牧師が、ジム・クロウの屈辱と、その屈辱感を行動に変える必要があると言っていたことを、エルウッドは考えていた。**それはほかの何よりも、あなたたちの精神を豊かにしてくれるのです。それによって得られる、気高さという貴重な感覚は、愛と、仲間を無欲に助けることからのみ生じるものです。人間らしい道を歩むことです。それを中心にして生きていくのです。**

ここに足止めされてはいるが、できるだけいい経験にしよう、とエルウッドは自分に言い聞かせた。それと、なるべく短い経験にしよう。故郷では、落ち着いていて頼れる人間だと周囲には思われていた。ニッケルの人たちもすぐにわかってくれるだろう。夕食のときに、何点あれば〈地虫〉を抜けられるのか、たいていの場合はどれくらいの時間で昇級して卒業するのか、デズモンドに訊いてみよう。その倍のスピードで進んでみせる。それが自分なりの抵抗だ。

その思いを胸に、エルウッドはチェスセットを三つ開け、完全なセットをひとつ作ると、二戦連続で勝利した。

トイレでの喧嘩に割って入ったのはなぜなのか、あとになってもちゃんとした答えは出せなかった。祖母ハリエットの話に出てくる祖父ならやりそうなことだった。何かおかしなことがあれば、歩み出るのだ。

いじめに遭っていた下級生のコーリーとは、エルウッドは会ったことがなかった。いじめている子たちとは、朝食のテーブルで顔を合わせていた。ブルドッグ顔のロニーと、躁状態の相棒ブラック・マイク。エルウッドが小用を足そうと一階のトイレに入ってみると、背の高い二人が、ひびの入ったタイルの壁にコーリーを追い詰めていた。もしかすると、フレンチタウンの少年たちも言っていたように、エルウッドの頭がどうかしてしまったせいかもしれない。二人が大きく、もうひとりが小さかったせいかもしれない。弁護士は、エルウッドが自由の身でいられる最後の数日間は家にいられるよう判事を説得してくれた。判決当日に彼をニッケルに連れていける者はいなかったし、タラハシーの拘置所は満杯だった。もし、郡の拘置所というるつぼでもっと長く過ごしていれば、どんな事情があってのことだとしても他人の暴力沙汰には関わらないのが一番だ、とエルウッドにもわかったかもしれない。

「ちょっと」とエルウッドは言って、歩み出た。ブラック・マイクが振り向き、あごを殴られたエルウッドは洗面台に寄り掛かった。

もうひとりのチャックの少年がトイレの扉を開け、「やべえぞ」と怒鳴った。白人用務員のフィルが巡回中だった。フィルは眠たげな様子で、いつもは目の前で何があっても見て見ぬふりをしていた。

若いころに、そのほうが楽だと決めていたのだ。デズモンドがニッケルでの正義を〝運次第〟だと言ったのは、そのとおりだった。この日のフィルは、「お前ら黒んぼは何やってんだ?」と言った。軽い口調で、好奇心のほうが出ていた。喧嘩をどう裁くのか、誰が悪いのか、どうして喧嘩を始めたのかを決めるのはフィルの仕事ではない。彼の仕事とは、ここの黒人の少年たちをしっかり抑えつけておくことであり、その日の職務はしっかりと把握していた。三人の生徒の名前はわかっていた。新入りの生徒に名前を訊ねた。

「スペンサーさんが対応するからな」とフィルは言った。夕食に向けて支度をするように、と生徒たちに言った。

第六章

白人の生徒は、黒人の生徒とはちがう打ち身ができる。あらゆる色の打ち身を作って出てくるので、そこを「アイスクリーム工場」と呼んでいた。黒人生徒たちは「ホワイトハウス」と呼んでいた。それが正式名称だったうえに、ぴったりの名前でもあり、あれこれ工夫する余地はなかったからだ。ホワイトハウスは法を言い渡し、誰もがそれに従う。

彼らがやってきたのは午前一時だったが、それで目を覚ました生徒はほとんどいなかった。くるとわかっていれば、連れていかれるのが自分でなくても、眠っていることは難しい。二台の車のタイヤが砂利を踏み、ドアが開き、階段をどすどすと上がってくる音が、生徒たちの耳に届いた。そうした音は、心のキャンバスに鮮やかな絵を描いて見せてくれる。入ってきた大人たちの懐中電灯の光が踊った。お目当てのベッドがどこにあるのか、彼らは知っていた。寝台同士は六十センチしか離れておらず、人ちがいが何度かあったあとは、前もって確認がされていた。彼らはロニーとブラック・マイクを連れていき、コーリーも、エルウッドも連れていった。

夜にやってきたのは、スペンサーと、アールという名前の用務員だった。アールは大柄で動きが素早く、そのおかげで奥の部屋で生徒がひとり動転してしまい、連れ戻して目的を果たさねばならないときにもすぐに対応できた。州の公用車は茶色のシボレーで、日中はこまごました用事で敷地をうろうろしているが、夜には不吉な前触れとなる。スペンサーがロニーとブラック・マイクを、アールがコーリーとエルウッドを連れていった。コーリーは、それまでずっと泣きじゃくっていた。

夕食のとき、誰もエルウッドに話しかけなかった。まるで、これから起きることが伝染性であるかのように。エルウッドが通りかかると、なんてバカなんだ、とささやく少年はいたし、いじめっ子たちからは怒りのこもった目で睨まれたが、寮のほとんどは悪意と不安からくる重苦しさに支配されており、少年たちが連れていかれるとようやくそれは収まった。まわりの生徒たちはひと息つき、何人かは夢を見ることもできた。

消灯のとき、デズモンドはエルウッドにささやきかけた。始まってしまったら動かないのが一番だぞ、と。革の鞭にはV字形の切れ目が入っていて、じっとしておかないとそれが皮膚に引っかかって切ってくる。車で向かう途中、コーリーは「我慢して動かない、我慢して動かない」と呪文のように言っていたので、おそらくほんとうなのだろう。そのアドバイスのあとはデズモンドが話さなくなったので、そこに何回行ったことがあるのか、エルウッドは訊ねなかった。

ホワイトハウスは、かつては作業用の小屋として使われていた。車はその裏に停まり、スペンサーと部下のアールは裏口から少年たちを入れた。生徒たちいわく「鞭打ち口」だ。表の道路を通りかかるときは、決して目を向けることはない。スペンサーは巨大な鍵輪からすぐに鍵を見つけ、南京錠を二つ開けた。強烈な悪臭だった——尿やそのほかのものが、コンクリートにしみ込んだ臭い。ひとつだけある裸電球が、廊下で低い音を立てている。スペンサーとアールに連れられ、少年たちは二つある小部屋の前を過ぎ、建物の正面にある部屋に入った。ボルトでつなげられた椅子の列と、一台のテーブルが待っていた。

すぐそこに、正面扉がある。逃げ出そうかとエルウッドは考えた。逃げ出しはしなかった。学校の周囲に塀も柵も有刺鉄線もないのは、逃走する生徒がほとんどいないのは、この建物のせいなのだ。ここが、少年たちを囲い込む塀なのだ。

スペンサーとアールが、まずはブラック・マイクを連れていった。「この前で懲りたと思ってたがな」とスペンサーは言った。

「また漏らしちまうかな」とアールは言った。

轟音が始まった。均一な強風のような音が。その音の力で、エルウッドの椅子は細かく震えた。何かの機械が出す音なのか、よくはわからなかったが、その音で、ブラック・マイクの叫び声と体に当たる革の鞭の音はかき消された。途中で、エルウッドは回数を数え始めた。ほかの生徒が何回鞭打たれるのかがわかれば、自分の回数もわかるだろう。とはいえ、それぞれが何回打たれるのかを決める、次元がひとつ上の基準があるのかもしれない——再犯者か、煽動者か、傍観者かによって。エルウッド側の話、つまりはトイレでの喧嘩を止めようとしていたのだという話を誰も訊ねてはこなかった。でも、あいだに入っただけなのだから、回数は少ないかもしれない。二十八回まで数えたところで鞭打ちは止み、ブラック・マイクは車のほうに引きずり出されていった。

コーリーがまだすすり泣いているところにスペンサーは戻ってくると、いいかげんに黙れと言い、次にロニーを部屋に入れた。ロニーは六十回ほど鞭打たれた。裏の部屋でスペンサーとアールが何と言っているのかは聞き取れなかったが、ロニーには仲間よりも多くの指導か戒めが必要だった。

次にコーリーの番になり、テーブルの上に聖書が一冊置いてあることにエルウッドは気がついた。コーリーは七十回ほど鞭打たれた。エルウッドは何度か数字を忘れそうになった。意味がわからなかった。どうして、いじめた側がいじめられた側より少ない回数なのか。自分が何を受けることになるのかがわからない。理解不能だ。もしかすると、スペンサーとアールも回数がわからなくなったのかもしれない。もしかすると、その暴力には何の規則もなく、管理する者もされる者も、何がなんだかわかっていないのかもしれない。

そして、エルウッドの番になった。二つの小部屋は、廊下を挟んで向かい合っている。鞭打ち用の部屋には、血まみれのマットレスと、カバーなしの枕がひとつあり、それまで歯を食いしばるために噛みついたすべての口の汚れが重なっていた。そして、巨大な業務用送風機。それが轟音を生み出し、物理的にありえないほど遠くまで、敷地じゅうに音を響かせるのだ。もともとは洗濯用の施設に置かれ、夏になるとこの世の地獄のような音を立てていた。定期的な見直しによって州が体罰に関する新たな規則を作ると、この建物に送風機を持ってくればいい、と誰かが名案を思いついたのだ。送風機が立てる強風で血が叩きつけられた壁には、染みが点々とついていた。奇妙な音響により、送風機で少年たちの叫び声は消されてしまうが、すぐそばにいても職員たちの指示は完璧に聞こえる。**手すりを握って、離すな。音を立てれば回数を増やすからな。口を閉じておけ、黒んぼ。**

　革の鞭は一メートルほどの長さで木の持ち手があり、スペンサーが勤め始める前から「黒い美人（ブラック・ビューティー）」と呼ばれていたが、スペンサーが握っていたのは第一号ではなかった。その美人はしょっちゅう修理したり交換せねばならなかった。鞭打ちがくるとわかるように、革の鞭は天井をぴしゃりと叩いてから、両脚に振り下ろされ、マットレスのスプリングは毎回軋む。エルウッドはベッドの一番上のところを握り締め、枕を噛んでいたが、鞭打ちが終わる前に気を失ってしまい、何回やられたのか、とあとでまわりから訊かれても答えられなかった。

第七章

愛する家族に対して、ハリエットはきちんとしたお別れを言えたことがほとんどなかった。彼女の父親は、歩道で道を譲らなかったと白人の女に咎められてしばらくしてから、拘置所で死んだ。ジム・クロウが定めるところの〝傲慢な接触〟だった。かつては、それが普通だった。判事との面会の時間を待っているときに、独房で首を吊っているのが見つかった。警察の言い分を信じた者はいなかった。「黒んぼと拘置所だろ」と、ハリエットの伯父は言った。「黒んぼと拘置所だ」その二日前、ハリエットは学校からの帰り道で父親を見かけ、通りの反対側から手を振っていた。それが、最後に見た父親の姿だった。大きくて明るいパパが、二つ目の仕事に向かって歩いていく。

ハリエットの夫のモンティーは、ミス・シモンの店での揉み合いに割って入ったところで、椅子で頭を殴られた。ゴードン・ジョンストン基地からの黒人兵士が何人か、ビリヤードを次にやるのは誰なのかでタラハシーの白人たちと喧嘩になったのだ。死者が二人出た。店で働く皿洗いの少年を、三人の白人から守ろうとしたモンティーが、死者のひとりだった。その皿洗いの少年だった男はいまでも、クリスマスになるとハリエットに手紙を送ってきた。オーランドでタクシーの運転手をしており、三人の子どもがいた。

娘のイヴリンと義理の息子パーシーが夜中に出ていくときには、ハリエットはさよならを言った。パーシーについては何年も前から別れがくるものと思っていたとはいえ、イヴリンも連れていってしまうとは意外だった。太平洋戦線で、物資の供給網の維持に携わり、戦争から戻ってきたパーシーは、もうその町には収まりきらなくなっていた。

戻ってきたパーシーは、すっかり悪い人間になっていた。海外で目にしたもののせいではなく、戻ってきて国内で目にしたもののせいで。彼は軍を愛していたし、有色人種の兵士の扱いが不平等だと隊長に訴える手紙を書いたことで表彰を受けたこともあった。もし、合衆国政府が軍でのやり方にならって有色人種の地位向上を国全体で認めていれば、パーシーの人生の風向きも変わっていたかもしれない。だが、誰かに人殺しをしてもらうのと、その誰かと隣同士で住むのはまったくべつの話だ。復員兵援護法は、パーシーとともに軍務にあたっていた白人の若者たちには有利に働いたが、軍服というものは誰が着ているのかでその意味も変わってしまう。白人の銀行に足を踏み入れさせてもらえないのに、無利子の融資が受けられることにどんな意味があるというのか。パーシーが部隊仲間に会いにミレッジヴィルまで車で行くと、そこの白人たちが騒ぎ始めた。途中でガソリンを入れようと小さな町に立ち寄った。白人の貧しい町、頭をかち割ろうとしてくる町だ。パーシーはすんでのところで逃げ出した。白人の若者たちが、軍服姿の黒人たちをリンチしているということは誰でも知っていたが、自分が標的になるとは思っていなかった。自分はべつだと思っていた。白人の若者たちが、自分は軍服を着なかったことで妬み、そもそも黒んぼに軍服を着せるような世界を恐れている。

イヴリンはパーシーと結婚した。二人が小さいころから、イヴリンはずっとそうするつもりでいた。エルウッドが生まれても、パーシーの荒(すさ)んだ生活はまったく治まらなかった。コーンウイスキーとナイトクラブの夜、ブルヴァード通りにある家に持ち込むごろつきめいた雰囲気。イヴリンは昔から強い人間ではなかった。パーシーが近くにいるときには縮こまってしまい、彼の三本目の腕か脚か、付属物になってしまった。単なる口になってしまった——運試しにカリフォルニアに行く、とイヴリンからハリエットに言わせたのだ。

「どこの誰が、カリフォルニアに向けて真夜中に出発するんだい？」とハリエットは言った。

「仕事の口について会う人がいるんで」とパーシーは言った。

孫を起こしてやるほうがいい、とハリエットは思った。「寝かせておいて」とイヴリンは言い、それが二人からの最後の言葉だった。娘が母親に向いていたのかどうか、それはわからずじまいだった。赤ん坊のエルウッドに胸をしゃぶらせているときの顔つき、喜びのない虚ろな目で、家の壁の向こうにある純粋な無を見つめている様子をいつ思い出しても、ハリエットは体の芯までぞっとした。

法廷の職員がエルウッドを迎えにきた日が、最悪の別れだった。ずっと、孫と二人で生活してきた。私とマルコーニさんで、弁護士さんにこの件は解決してもらうから、とハリエットは言った。アンドリュース弁護士はアトランタ出身で、法学の学位を取りに北部に行って人が変わって帰ってきた、そんな白人の闘士だった。ハリエットは弁護士には軽食を出してからでないと帰さなかった。アンドリュースはハリエットが作るフルーツパイへの褒め言葉も、エルウッドの件についての明るい見通しも、惜しみなく披露した。

この逆境から抜け出す道はきっと見つかるから、とハリエットは孫に言い、ニッケルでの最初の日曜日には面会に行くと約束した。ところが、いざ行ってみると、エルウッドは具合が悪いので面会はできないと言われた。

孫はどこの具合が悪いのか、とハリエットは訊ねた。「そんなの俺が知ってるわけないでしょう？」とニッケルの職員は言った。

エルウッドの病院のそばに置かれた椅子には、新しいデニムズボンが一本置いてあった。鞭打ちのせいで、最初にはいていたズボンの布のかけらが皮膚にめり込んでしまい、医師は二時間かけてそのかけらを除去した。それは、医師にときおり課せられる義務だった。ピンセットが役に立った。歩いても痛みが出なくなるまで、エルウッドは病院にいることになる。

クック医師のオフィスは診察室の隣にあり、医師はそこで葉巻を吸ったり、電話越しに金のことや無能な親戚のことで妻に延々と説教をしたりしていた。ジャガイモのような匂いの葉巻の煙が棟全体に広がり、汗や嘔吐物や肌のきつい臭いを隠し、夜明けに煙の匂いが消えると、医師はまた現れ、建物に匂いを広げる。薬の瓶や箱がいっぱいに入ったガラスケースがひとつあり、医師は真剣そのものの様子でその鍵を開けるが、いつもアスピリンの大容器を取り出すだけだった。

入院中のエルウッドは、ずっとうつ伏せになっていた。言わずもがなの理由で。そして、病院のリズムに引き込まれた。看護師のウィルマは、たいていの日はぶつくさ言いつつ歩き回り、ぶっきらぼうな動きで戸棚やキャビネットを乱暴に開け閉めしている。髪はリコリスのような赤い色のふっくらしたスタイルにし、頬に丸くルージュをつけていたので、彼女を見たエルウッドは、呪われた人形が恐るべき生命を与えられたというホラーコミックの登場人物を思い出した。いとこの屋根裏部屋で窓の明かりを頼りに読んだ、『恐怖の地下聖堂』や『恐怖の地下納骨堂』に出てくるような。ホラーコミックで下される罰は二種類あることに、そのときのエルウッドは気がついた。まったく身に覚えのない罰と、邪悪な者にとっては不吉な正義の裁き。自分のいまの不運は前者に入るだろう、と入院中のエルウッドは思い、その章を終えるときを待った。

看護師のウィルマは、肌を擦りむいたり具合が悪くなったりしてやってくる白人の生徒たちには優しいと言っていいくらいで、母親代わりだった。黒人生徒には、優しい言葉のかけらもない。エルウッドのおまるは、とりわけ侮辱だった。ウィルマの目つきはまるで、自分が差し出した手のひらに小便をされたとでも言いたげだった。一度ならず見た、抗議活動に加わる夢のなかで、ウィルマの顔はエルウッドに食事を出そうとしないウェイトレスの顔だった。水夫のように罵っていて唾が点々とついた、あの主婦の顔。自分が外にいてデモ行進をしていたときのことが夢に出てきた。おかげで、毎朝病院で目が覚めたときに気持ちが落ち込まずにすんだ。自分の心は、まだ旅をすることができるのだ。

病院の初日には、もうひとり生徒がいるだけだった。そのベッドは棟の反対側の奥にあり、折りたたみ式のパーティションで隠れていた。ウィルマや医師のクックがその生徒の手当てをするときには、パーティションを閉めてしまい、付属のキャスターが白いタイルに当たって高い音を立てた。職員に話しかけられても、その生徒はいっさい話をしなかったが、職員の口調には、ほかの生徒に話すときにはない明るさがあった。その少年は死期が近いか、王族なのだろう。病院で過ごした生徒たちのなかで、その少年が何者なのか、どうして入院しているのかを知っている者はいなかった。

さまざまな生徒が入ってきては出ていった。入院しなければ出会わなかったであろう白人の少年たちと、エルウッドは知り合った。州の被後見人、孤児、金目当てに男と寝る母親から離れるためか、真夜中に部屋に入ってくる酒浸りの父親から逃げるために家出した少年。荒っぽい少年たちもいた。金を盗み、教師を罵り、公共物を破壊し、ビリヤード場での流血沙汰や密造酒を売るおじといった武勇伝を持っていた。エルウッドが聞いたこともないような罪状でニッケルに送られてきていた。詐病、軽犯罪、矯正不能。そうした言葉が何なのか、当の少年たちもわかっていなかったが、その意味するところ、つまり「ニッケル」がはっきりしているのならどうでもいいことだ。**寒いからガレージで寝てたらぶち込まれてさ。教師から五ドル盗んだ。ある晩に咳止めシロップの瓶を一気飲みして暴れたわけ。ひとりでどうにかしようとしてたのに。**

「おう、ばっちりやられたな」エルウッドの包帯を替えるたびに、クック医師はそう言った。エルウッドは見たくはなかったが、見ざるをえなかった。自分の内ももをちらりと見ると、鞭で脚の裏側の肉がえぐられた傷が、不気味な指のように這い上がってきていた。クックはエルウッドにアスピリンを与えると、自分のオフィスに戻った。五分後には、計画があるから金を貸してほしいという無能ないとこをめぐって妻と言い争っていた。

鼻をくんくんいわせる生徒の音で、エルウッドは真夜中に目に覚ますと、燃えるような肌のせいで包帯の下で体をよじりつつ、何時間も眠れなかった。

入院して一週間が経ち、目を開けると、反対側のベッドでターナーが横になっていた。〈アンディー・グリフィス・ショー〉のテーマソングを、元気いっぱいのきびきびした口笛で吹いていた。ターナーは口笛がうまく、二人が友達だったあいだはいつも、その音が背景の音楽になり、いたずらの雰囲気をうまくとらえたり、その場に対する批判を奏でたりした。

看護師のウィルマが煙草を一服しに外に出るまで待ってから、ターナーは入院したいきさつを説明した。「ちょっと休暇を取ろうかと思ってさ」と言った。粉石鹸を少しばかり食べて体調を崩し、一時間の腹痛と引き換えに丸一日の休みを手に入れた。あるいは、丸二日の休みか。騙すやり方は心得ていた。「それに、靴下のなかにもう少し粉を入れてあるしさ」とターナーは言った。エルウッドは顔を背けて考え込んだ。

「あの呪術医のことはどう思う?」と、ターナーはあとで訊ねてきた。クック医師はちょうど、列の先のほうで、息を切らして牛のようにあえいでいる白人の生徒を検温したところだった。電話が鳴り、医師は白人生徒の手にアスピリンを二錠置くと、そそくさとオフィスに向かった。

ターナーは車輪を回してエルウッドの近くにきた。小児麻痺患者用の古い車椅子に乗り、病棟を動き回っていたのだ。「首がちょんぎれてここに連れてこられても、あいつからはアスピリンしかもらえないな」と言った。

くすくす笑うのは自分の痛みに浮気をしているような気がしたが、エルウッドは笑ってしまった。革の鞭が脚のあいだに当たったせいで睾丸が腫れ上がっており、笑うと何かが内側に引っ張られ、そこがまた痛くなった。

「生徒がここにやってくるとする」とターナーは言った。「頭も両脚も、両腕も切り落とされてる。それでもあの呪術医は、一錠にしておくか、二錠がいいか？　って感じさ」ターナーは引っかかってしまった車輪をうまく操り、少し荒い息遣いで去っていった。

読むものといえば、学校新聞の《ゲーター》と、開校五十周年記念のパンフレットしかなかった。どちらも、敷地の反対側でニッケルの生徒たちが印刷したものだ。どの写真のどの生徒たちも笑顔だったが、ほんの少しこの学校にいただけのエルウッドにも、ニッケル独特の死んだ目つきがわかった。いまや完全な意味で入学したのだから、自分の目もそうなっているのだろう。ゆっくりと体を横向きにして、片肘をついて体を起こし、パンフレットを何度か読んだ。

一八九九年、州はこの学校を「フロリダ男子工業学校」として設立した。「この少年院では、法を犯した若者たちが悪い影響から離れ、身体的・知的・道徳的な教育を受けることで更生し、しかるべき目的意識と善良な市民たる人格の持ち主として社会に復帰した暁には、それにふさわしい職業か技能をもってみずからを支えていけるような、立派で誠実な男になっているのです」。少年たちは「囚人」ではなく「生徒」と呼ばれ、刑務所に収監された暴力的な犯罪者とは区別された。そこにエルウッドは心のなかで付け加えた――暴力的な犯罪者というのは、みんな職員のほうにいるわけだし。

開校時に入学した少年たちのなかには、まだ五歳の子もいた。無力な子どもたち。その事実に、眠ろうとしたときのエルウッドの心は悲しみに襲われた。最初の千エーカーの土地は、州から譲渡された。それからの歳月で、気前のいい地域の住民たちから、さらに四百エーカーが寄付された。ニッケルは維持費を自分たちで賄(まかな)った。印刷所の建設は、どの点をとってもまちがいなく成功だった。「一九二六年のみをとっても、印刷によって二十五万ドルの利益があり、加えて生徒たちには卒業後の進路を与えることができました」。レンガ製造機は、一日に二万個のレンガを作り出した。それによって、ジャクソン郡全体の大小さまざまな建物が造られた。学校で毎年開催されるクリスマスの飾り付けは、立案も設置も生徒たちが行い、周辺各地から人が見にくる。新聞記者も毎年取材にくる。

一九四九年、そのパンフレットが発行された年、数年前から校長になっていた改革者のトレヴァー・ニッケルにちなんで学校は名称を変更した。俺たちの命なんか五セント以下だからこの名前なんだろ(アメリカの五セント硬貨にはニッケルが使用されている)、と生徒たちはよく言ったが、それはちがった。ときおり、廊下で通りかかるトレヴァー・ニッケルの肖像写真は、お前の考えていることはわかっているからな、と言いたげに眉をひそめている。いや、ちがう。私が何を考えているのか、ちゃんとわかっているよな、と言いたげに。

次に、クリーヴランド寮にいて白癬にかかった生徒がやってくると、エルウッドは戻るときに読書用の本を何冊か持ってきてほしいと頼んだ。その生徒は本を持ってきてくれた。ぼろぼろの自然科学の本の山がどさっと置かれ、それがたまたま、太古の力についての授業のかわりになった。プレートの衝突、空に向けてせり上がる山脈、火山の大噴火。下でうごめく暴力のすべてが、上にある世界を作っている。大型本にはけばけばしい赤やオレンジ色の絵がついており、曇り空のような、白がくすんで灰色になった病棟とは対照的だった。

入院して二日目のターナーが、たたんだ板紙のかけらを靴下から引っ張り出しているのをエルウッドは見つけた。ターナーはその中身を飲み込み、一時間後には大声を上げていた。クック医師が出てくると、ターナーはその靴に嘔吐した。

「食事はするなと言っただろ」とクックは言った。「ここで出る食べ物は具合が悪くなるだけだ」

「先生、ほかに何を食べろっていうんですか?」

医師はまばたきした。

ターナーが嘔吐物の掃除を終えると、エルウッドは言った。「あれでお腹が痛くならないのか?」

「そりゃ痛いって」とターナーは言った。「でも今日は仕事に行きたくない気分でさ。ここのベッドはでこぼこもいいとこだけど、うまく横になるやり方さえわかれば、けっこうよく寝れる」

折りたたみ式のパーティションの奥で、秘密の少年が重いため息をつき、エルウッドもターナーもびくっとした。いつもは大した音を立てないので、その少年がいることを忘れていた。

「なあ！」とエルウッドは言った。「そこの人！」

「しーっ！」とターナーは言った。

音はなかった。毛布が動く音さえしなかった。

「見てきてくれ」とエルウッドは言った。何かが落ち着いていた。その日、エルウッドはいい気分だった。「誰なのか見てくれ。どこの具合が悪いのか訊くんだ」

頭がどうかしたのかよ、という目をターナーは向けてきた。「俺は訊いたりしないからな」

「怖いのか？」とエルウッドは言った。近所にいた少年のように、故郷での仲間同士の嘲り合いを真似ていた。

「ちくしょう」とターナーは言った。「だってさ、わかんないだろ。ちょいと見に行ってみたら、そいつと入れ替わってしまう、なんてこともあるかも。幽霊話みたいに」

その夜、看護師のウィルマは遅くまで残り、パーティションの奥でその少年に本の読み聞かせをしていた。聖書か賛美歌か、神について口にしているときの声音だった。

ベッドに人が入り、そしていなくなる。缶入りの桃がごっそり腐っていたせいで、病棟は満員になった。ベッドが足りなかったので、ガスが溜まったお腹をぐるぐる鳴らしつつ、ひとつのベッドに二人が入り、頭と足が入れ違いになるようにして寝た。病人たちは入れ替わる。〈地虫〉、〈探検者〉、そして真面目な〈開拓者〉たち。怪我をしたり、病気に感染したり、仮病を使ったり、酩酊(めいてい)していたり。クモに咬まれ、足首を挫き、積み込み機に指先をちぎられて。ホワイトハウスに行って。エルウッドも行ったと知ったほかの少年たちは、もう距離を取らなかった。いまや、彼は仲間になったのだ。

自分の新しいズボンが椅子の上に置いてあるのが、エルウッドは嫌になってきた。ズボンをたたみ、マットレスの下に詰め込んだ。

クック医師のオフィスのそばでは大型のラジオが一日中かかっており、隣の金属加工所で鋼鉄同士がぶつかったり電気ノコギリが立てたりする騒音と張り合っていた。ラジオは治療に効果がある、と医師は思っていた。看護師のウィルマは、生徒を甘やかすべきではないと思っていた。〈ドン・マクニールの朝食クラブ〉や説教師、連続ドラマ、エルウッドの祖母が聴いていた昼ドラ。かつては、ラジオ番組に出てくる白人たちの問題は、遠く離れたべつの国の出来事のように思えた。いま、そうした問題はフレンチタウンに彼を連れ戻してくれた。

〈エイモスとアンディー〉を聴くのは数年ぶりだった。その番組がかかると祖母はラジオを切ってしまった。気取った言葉の誤用や、人を貶めるような不幸が出てくるせいだ。「白人たちはこういうのが好きだけど、私たちが聴く必要はないから」と言っていた。《ディフェンダー》の記事で、放送が取りやめになったと知ったときには喜んでいた。ニッケルの近くにあるラジオ局は昔の回、亡霊の電波を放送していた。再放送になると、誰もダイヤルをいじらず、黒人も白人もみんな、エイモスとキングフィッシュの愚かさに笑った。「マジかよ！」

ラジオ局のなかには、〈アンディー・グリフィス・ショー〉のテーマ曲を流すところもあり、ターナーはそれに合わせて口笛を吹いた。

「そんな調子で楽しそうに口笛吹いてたらさ、仮病がバレないかって心配にならないか?」とエルウッドは言った。

「仮病じゃない。あの粉石鹸はひどいよ」とターナーは言った。「でも、選ぶのはほかの誰でもなく俺だ」

それは愚かな物の見方だったが、エルウッドは何も言わなかった。テーマ曲が頭にこびりつき、口ずさんだり口笛を吹いたりしたかったが、真似をしているとは思われたくなかった。その曲は、アメリカから切り出してきた小さく静かなかけらだった。消防用のホースも、州兵も必要ない。エルウッドはふと気がついた。番組の舞台になる小さな町メリベリーでは、黒人はひとりも出てこなかった。

ラジオの男性アナウンサーが、ソニー・リストンの次の対戦相手は、カシアス・クレイという期待の若手だと言っていた(ソニー・リストンは当時のボクシングのヘビー級チャンピオン。クレイはのちにモハメド・アリに改名)。「それって誰?」とエルウッドは言った。

「どこぞの野郎がぶちのめされるな」とターナーは言った。

ある日の午後、エルウッドがうとうとしかけていると、あの音が聞こえ、全身が金縛りにあったようになった。ウインドチャイムのような、あの鍵の音。スペンサーが、医師に会いに病棟にきている。エルウッドは革の鞭が振り下ろされる前に天井を叩く音が聞こえてくるものと身構えた……。そしてスペンサーはいなくなり、ラジオの音がふたたび部屋を支配した。エルウッドはシーツがぐっしょり濡れるくらいの汗をかいていた。

「あいつら、誰にでもああいうことをするのか？」と、昼食のあとエルウッドはターナーに訊ねた。看護師のウィルマからは、ハムサンドと水っぽいグレープジュースが、白人生徒から先に配られていた。

出し抜けのひと言だったが、エルウッドが何の話をしているのか、ターナーにはわかった。ターナーは昼食を膝に載せ、小児麻痺用の車椅子でくるりと向きを変えた。「お前が食らったようなのはない」とターナーは言った。「あそこまでひどくはない。俺は行ったことはないしな。一度、煙草を吸ってたら顔にビンタを食らった」

「僕には弁護士がいる」とエルウッドは言った。「何とかしてもらえる」

「お前はもううまいこと逃れられてるって」とターナーは言った。

「どこが？」

ターナーはずるずる音を立ててジュースを飲み干した。「ときどき、ホワイトハウスに連れていかれたのがケツの見納めになるってやつもいるんだ」

病棟は静かで、聞こえるのは二人の話し声と、隣で喚き声のような音を立てる電動丸鋸だけだった。エルウッドは知りたくはなかったが、それでも、どういうことかと訊ねた。

「何があったんですかって家族が訊いても、脱走しましたって言うんだ」とターナーは言った。白人の生徒たちに見られていないことを確かめた。「エルウッド、お前の問題はさ、ここのやり方を知らなかったことだ。たとえば、コーリーとあの二匹の猫だ。お前はローン・レンジャーの真似をしたかったわけだ——駆けつけて、黒んぼを救えってな。でもな、あの二人はずっと前からコーリーとヤッてるんだ。あの三人はいつもそうなんだよ。コーリーもそれを気に入ってる。あの二人が荒っぽい真似をして、個室だかどっかに連れ込んで、しゃぶらせるのさ。そんな調子だ」

「あいつの顔を見たんだ。怯えてた」とエルウッドは言った。

「お前はコーリーのツボがわかってない」とターナーは言った。「誰のツボもわかってない。俺も昔は、外のことは外のこと、ここに入ったらべつの世界なんだって思ってた。ニッケルにいるせいで、みんな変わってしまうんだって。スペンサーとか、あいつらもだ。もしかしたら、自由な世界(シャバ)ではいい人間なのかもしれない。にこにこしててさ。自分のとこのガキには優しくて」ターナーは虫歯をしゃぶるように口をすぼめた。「でもな、外に出て、またここに連れ戻されてみたら、ここの何かで人が変わったりしないってわかる。ここも外とおなじなんだ。ここじゃ誰も演技しなくていいってだけで」

ターナーの話は堂々巡りで、どの話も出発点に戻っていく。「法に反してる」とエルウッドは言った。州の法律だけでなく、彼自身の法にも。みんなが目を背けているということは、みんなグルだということだ。自分が目を背けるなら、自分もその仲間になってしまう。エルウッドはそう考えていたし、いつもそう考えてきた。

ターナーは何も言わなかった。

「こうあるべきじゃない」とエルウッドは言った。

「どうあるべきかなんて、誰も気にしてない。ブラック・マイクとロニーを相手にするっていうんなら、それを好きにさせてるみんなを相手にすることになる。全員をチクることになるぞ」

「まさにそういうことだよ」エルウッドはターナーに、祖母と弁護士のアンドリュース氏のことを話した。その二人は、スペンサーであれアールであれ、まちがったことをしていれば誰でも通報する。には戻らずに、組織作りをしている。いたるところでデモを行っている。夏休みが終わってもリンカーン高校担任のヒル先生は活動家だ。エルウッドは逮捕されたことを書いた手紙を出したが、それが届いたのかどうかはわからなかった。連絡がつきさえすれば、ヒル先生には、ニッケルのような場所について知りたいと思うような人たちにつてがある。「昔とはちがうんだ」とエルウッドは言った。

「自分たちのために立ち上がれるんだよ」

「そんな話、外でもほとんど通用しないのに、ここでやったらどうなると思う?」

「そう言うのはさ、外で君のために声を上げてくれる人がいなかったからだろ」

「そうだけどな」とターナーは言った。「だからって、世の中の仕組みがわからないわけじゃない。そのおかげで、もっといろいろ見えてるのかもな」粉石鹼による一撃を受け、ターナーは顔をしかめた。「ここでやってくこつは、外で生きてくのとおなじことだ。人がどう動くのかをちゃんと見て、それから障害物競走みたいにそいつらをどうよけてくのか考えなきゃいけない。もし、ここから出ていきたいのなら」

「卒業する、だろ」

「出ていく、だ」とターナーは訂正した。「やれると思うか？　よく見て、考えられるか？　誰かが出してくれるわけじゃない。自分の力で出ていくしかないんだ」

翌朝、クック医師はターナーにアスピリン二錠と、食べ物を口にするなというおなじみの処方箋を与えて出ていかせた。そうすると、病棟にいるのはエルウッドだけになった。名無しの少年を囲んでいたパーティションは、隅のところでたたまれて平らになっていた。ベッドはもぬけの殻だった。夜のうちに、誰にも気づかれることなく姿を消していたのだ。

エルウッドはターナーのアドバイスに従うつもりだったし、本気でいたが、それも自分の両脚を目にするまでの話だった。それでしばらくは打ちのめされた。

さらに五日間を病院で過ごしてから、ニッケル・ボーイズのもとに戻った。授業と仕事に。いまのエルウッドは、沈黙を受け入れたことも含めて、多くの点で生徒たちの一員だった。祖母が面会にきたときも、クック医師に包帯を外してもらって冷たいタイルの上をトイレまで歩いて行ったときに何を目にしたのかを伝えることはできなかった。そのとき、自分の体を目にしたエルウッドは、その姿も、彼がそれを許してしまったという恥も、祖母は受け入れることができないだろうと悟った。これまで姿を消した家族とおなじくらい遠いところにいるはずの自分が、祖母の前に座っている。面会日には、元気だけど悲しいよ、大変だけどどうにかやってる、と言ったが、ほんとうはこう言いたかった。**僕がされた仕打ちを見てくれよ。どんな目に遭ったのか見てくれよ。**

第八章

退院したエルウッドは、清掃班に戻った。メキシコ系のジェイミーは、またも白人側に放り込まれていたので、べつの生徒が班長だった。一度ならず、エルウッドは気がつけば大鎌を乱暴に振り回していた。草を相手に革の鞭を振るうようにして。手を休めると、落ち着くんだと自分に言い聞かせた。十日後、ジェイミーは黒人生徒のところに戻ってきた。スペンサーに引き抜かれたからだが、本人は気にしていなかった。「これが俺の人生だよ。卓球みたいなもんだな」

受ける教育がましになることはない。エルウッドはそれを受け入れるしかなかった。校舎の表でグッドール先生の腕に触っても、誰なのかわかってもらえなかった。もっとやりがいのある課題を考えておく、という約束をグッドールは繰り返したが、教師のことがよくわかっていたエルウッドはもう訊ねることはなかった。十一月下旬の午後、エルウッドは班と一緒に校舎の地下室の掃除をさせられ、一九五四年のカレンダーが入ったいくつかの箱の下に『チップウィック英文学全集』を見つけた。トロロープやディケンズといった名前の作家たちだ。授業のあいだ、まわりの生徒たちが口ごもったりつかえたりしているのをよそに、エルウッドはその全集を一冊ずつ読んでいった。大学では英文学を学ぶつもりだった。いまは独学するしかない。それでどうにかやっていこう。

　身の丈をわきまえないと罰が下される。それが、祖母ハリエットから見た世界の基本原理だった。病院にいたときのエルウッドは、この邪悪な鞭打ちは、もっとレベルの高い授業を求めたせいなのだろうかと自問した。**あの生意気な黒んぼをぶちのめせ。**いまは、新しい説を立てようとしていた。ニッケルの残酷さを動かしている、ひとつ上の次元にある体制などなく、人とは無関係の、見境のない悪意があるだけだ。高校二年生の理科の教科書にあった、架空の話がふと心をとらえた——「永久悲惨機関」という、人間が関わることなくそれ自体で動き続ける機械だ。それから、百科事典で最初に見た項目にあった、アルキメデス。世界を動かせるほどの梃子(てこ)とはただひとつ、暴力だ。

　どうすれば早く卒業できるのか思い描いてみたが、はっきりとした答えは見えてこなかった。罰点と得点の科学者であるデズモンドも、助けにはならなかった。「やるべきことを毎週やってれば、素行良好ってことですぐさま得点になる。でも、寮父からべつのやつとごっちゃにされたり、捕まったりしたら、ゼロだ。罰点については、わかるわけない」罰点の基準は寮ごとに違った。煙草、喧嘩、物を散らかしたままにする。どこに送られるか、そこの用務員がどんな気分かで、罰は変わる。ブレイクリーは神を恐れるたぐいの人間だった。冒瀆的な口をきくことは、クリーヴランド寮では百点の罰点になるが、ルーズヴェルト寮では五十点どまりだった。自慰行為はリンカーン寮では漏れなく二百点の罰点だが、誰かを抜いているところを見つかっても百点だけだ。

「百点だけ？」

「それがリンカーンってとこさ」と言うデズモンドは、異国の土地や精霊や金銭を説明しているかのような口ぶりだった。

ブレイクリーは強い酒が好きだということに、エルウッドは気がついた。昼までは半分ふらふらしている。つまり、この寮父の計算は当てにならないということだろうか。じゃあさ、とエルウッドは訊ねた。面倒ごとを起こさず、すべてをちゃんとやったとして、一番下の〈地虫〉から〈エース〉まで、どれくらいの早さで上りつめることができる？　「すべてが完璧にいったとしたら？」

「もう面倒ごとを起こしたんだから、完璧だなんて手遅れだろ」とデズモンドは言った。

問題は、自分からは面倒ごとを避けているつもりでも、あちらから近づいてきて、それにかっさらわれてしまうということだ。べつの生徒に弱みを嗅ぎつけられて何かされるかもしれないし、笑った顔が気に食わないと言って職員が殴ってくるかもしれない。そもそもここに送られることになったような悪運というイバラの茂みに突っ込んでしまうこともありうる。エルウッドは決心した。判事から下された期間よりも四カ月早く、六月までに点を稼いで、この地獄の底から抜け出してみせる。そう思うと心が休まった。エルウッドは学期の進行に合わせて時間を計ることに慣れていたので、六月に卒業するなら、ニッケルでの刑期は一年を失っただけですむ。来年の秋には、リンカーン高校の四年生に戻り、ヒル先生の推薦であらためてメルヴィングリッグス大学に入る。大学のための学費は弁護士の費用に使ってしまったが、来年の夏に仕事を増やせば取り戻せるはずだ。

目標を決めたら、次は何をすべきかを決めていく。病院から出て数日間は、心が腐ったようになっていたが、そのうち、ターナーのアドバイスと、公民権運動のヒーローたちから学んだことを組み合わせた計画を思いついた。よく観察し、考えて、案を練る。世界は暴徒の集団のままでもかまわない。エルウッドはそのなかを歩いていくつもりだった。暴徒たちに罵られ、唾を吐きかけられ、殴られるかもしれないが、その向こうにたどり着いてみせる。血まみれで、疲れていたとしても、絶対にやりとげてみせる。

覚悟はしていたが、ロニーとブラック・マイクからの報復はなかった。グリフに腰をぶつけられ、階段を転げ落ちてしまった一件を除けば、彼らからは無視された。エルウッドが守ろうとしたコーリーは、一度目くばせをしてきた。みんな、自分たちの手には負えない、ニッケルの次の災難に備えていた。

ある週の水曜日、朝食が終わると、次の仕事のために倉庫にくるように、と用務員のカーターに言われた。そこにはターナーと、白人の若い男がいた。ひょろっとした体格、ビートニクのようなうつむいた姿勢、ぎとぎとした金髪。前にも、その男があちこちの建物の日陰で煙草を吸っているところを見かけていた。ハーパーという現場監督で、職員記録によれば「地域奉仕」の担当だった。ハーパーはエルウッドをざっと眺め、「まあいいだろ」と言った。倉庫の引き戸を閉めて閂(かんぬき)をかけ、三人で灰色のバンの前部座席に乗り込んだ。ほかの公用車とはちがい、ニッケルの名前はペンキで書かれてはいなかった。

エルウッドが真ん中に座った。「さあ行くか」とターナーは言った。そしてウィンドウを下げた。

「スミッティーのかわりは誰がいいかってハーパーに訊かれて、お前だって言った。そのへんにいるバカどもとはちょっとちがうって」

スミッティーは、隣のルーズヴェルト寮にいる上級生だった。最上位の〈エース〉に到達し、前の週に卒業していたが、エルウッドからすれば「卒業」という言葉は馬鹿らしかった。スミッティーは明らかに、まともに本も読めていなかった。

ハーパーが口を開いた。「お前なら黙っていられるって聞いてな。それが大事なんだ」その言葉とともに、バンは学校から出た。

病院で一緒になってから、エルウッドとターナーはたいていの日は一緒にいた。午後はクリーヴランド寮の娯楽室でチェッカーをするか、デズモンドなどの落ち着いた少年たちと卓球をして時間を潰していた。ターナーはたいてい、何かを探しているような雰囲気でふらりと部屋に入ってくると、どうでもいい話を始め、そもそもの用事を忘れてしまった。エルウッドよりもチェスがうまく、デズモンドよりも冗談がうまく、ジェイミーとはちがってより一貫したスケジュールで動いていた。ターナーが「地域奉仕」班に当たっていることはエルウッドも知っていたが、詳しく教えてもらおうとすると、ターナーは口が重くなった。「あれこれ運んでいって、それがしかるべきところに行くようにするって仕事だ」

「それって、な、な、なんだってんだよ」とジェイミーは言った。ジェイミーは悪い言葉遣いがそもそも得意なわけではなく、ときおり吃音が出るせいで効果も半減していたが、ニッケルにある非行の選択肢のなかから、穏当なものとして口汚さを選んでいた。

「地域奉仕ってことだろ」とエルウッドは言った。

「地域奉仕」がまず意味するのは、エルウッドは大学までヒッチハイクをしなかったというふりができるということだった。数時間、ニッケルの外にいられるのだ。やってきてから初めての、自由な世界への外出だった。「シャバ」とは刑務所の俗語だったが、この少年院にもぴったりなので使われるようになっていた。それを広めたのは、運の悪かった父親かおじから耳にした生徒か、ニッケルが内向きにはどのような言葉を使っていたにせよ学校の少年たちを本心ではどう思っているのかを口にした職員だった。

エルウッドの胸に入る空気はひんやりとしていた。ウィンドウの外はすべてがまぶしく、新しく見えた。「これか、これか」と、健康診断のときの眼科医は言い、度合いのちがう二つのレンズから選んでいた。世界のほんの一部しか見えないまま歩き回ることについて、エルウッドはいつも驚きを禁じ得なかった。現実のひとかけらしか見えていないのに、そのことを知らないなんて。「これか、これか」ぜったいに「これ」だ――バンがごとごとと通り過ぎていく景色のすべてだ。倒れかけた細長い掘立て小屋や、悲しげなコンクリートブロックの家や、誰かの庭先で雑草に埋もれかけたおんぼろの自動車まで、すべてが唐突に荘厳になる。ワイルドチェリー味のハイシードリンクの錆び付いた看板を見たエルウッドは、かつてない渇きを覚えた。

　エルウッドの姿勢が変わったことに、ハーパーは気がついた。「外に出るのが気に入ったんだな」と言い、ターナーと一緒に笑った。ハーパーがラジオをつけると、エルヴィスの歌声が流れてきた。ハーパーはそれに合わせて車のハンドルを手で叩いた。

　気性としては、ハーパーはニッケルの職員らしくはなかった。「白人にしてはまあまあだ」というのが、ターナーの評価だった。育ての親である母親の姉が本部で秘書をしていたので、ハーパーは学校の敷地で育ったも同然だった。数えきれない午後を、敷地で白人生徒たちに遊んでもらい、それなりの年齢になるとあれこれ仕事をするようになった。絵筆を持てるようになったときからずっと、毎年のクリスマスの飾り付けではトナカイの絵を担当していた。いまは二十歳、正式な職員だった。「人とうまくやれるタイプだって、伯母さんからは言われている」と、雑貨店の表でアイドリングをしているときにハーパーは二人に言った。「そうかもなって自分でも思う。白人でも黒人でも、お前ら生徒たちに囲まれて育ったからさ、俺と何も変わらなくて、ただ運が悪かっただけだって知ってるんだ」

　彼らは消防署長の家に行くまでに、エレナーの町のあちこちの四カ所に立ち寄った。最初は〈ジョン食堂〉という店で、錆び付いた輪郭が、消えた「ズ」という文字を物語っていた。車は路地に停まり、エルウッドはバンの積荷を見た。ニッケルの厨房の貯蔵室にある、カートンや木箱だった。エンドウ豆の缶詰、業務用の桃の缶、アップルソース、ベイクドビーンズ、グレイビーソース。フロリダ州からの、今週の詰め合わせの発送だった。

ハーパーは煙草に火をつけ、トランジスタラジオに片耳を当てた。試合のある日だった。ターナーがグリーンピースの箱やタマネギの袋を下ろしてエルウッドに渡し、それからレストランの厨房の裏口に運び込んだ。

「糖蜜も忘れるなよ」とハーパーは言った。

その作業を終えると、店主が出てきた。豚のように太った白人の男であり、エプロンには黒っぽい染みが何層にも重なっていた。店主はハーパーの背中をばしっと叩き、封筒を渡すと、家族は元気かと訊ねた。

「ルシール伯母さんはいつもの調子だよ」とハーパーは言った。「横になってなきゃいけないのに、じっとしてられない」

続いて立ち寄った二つの場所もレストランだった。バーベキューの屋台と、郡境を越えたところにある定食屋に行き、そのあと、缶詰入りの野菜を大量に〈トップショップ食料雑貨店〉で下ろした。ハーパーは現金の入った封筒をどれも二つに折り、輪ゴムでくるんでグローブボックスに放り込み、次の目的地に向かった。

ターナーは無言で仕事の要領を見せた。ハーパーはエルウッドが新しい仕事を気に入っているのかどうかを知りたがった。「意外って顔じゃないな」とエルウッドに言った。

「どこかには持っていかないと」とエルウッドは答えた。

「こんな具合さ。どこに持ってけばいいのか、スペンサーが俺に言って、ハーディー校長を儲けさせる」もっとロックンロールを聴こうと、ハーパーはラジオのつまみをいじった。またエルヴィスの曲だった。どこもエルヴィスだ。「昔はもっとひどかった」とハーパーは言った。「伯母さんの話を聞いた感じだと。でも、州が取り締まりを強化して、いまは南側のものには手をつけなくなった」つまり、売っているのは黒人生徒の備品や食料品だということだ。「前にニッケルを仕切ってたロバーツってやつがいて、そいつは売れるなら空気だって売るようなやつだった。ありゃ邪道だったな！」「トイレ掃除よりよっぽどいい」とターナーは言った。「ついでに言えば、草刈りよりもよっぽどいいな」

外に出られて気分がいい。エルウッドはそう言った。それからの数カ月、三人であちこちをめぐるなかで、エルウッドはフロリダ州エレナーのすべてを目にした。ハーパーが通用口のそばに車を停めるので、短いメインストリートの裏側を知るようになった。ノートや鉛筆、薬や包帯を下ろすこともあったが、ほとんどは食料だった。感謝祭の七面鳥やクリスマスのハムは、揚げ物調理師の手に消えていき、小学校の教頭は箱を開けて消しゴムをひとつずつ数えていく。どうして生徒には歯磨き粉がないのだろう、とエルウッドには不思議だった。いまでは、その理由がわかる。雑貨店や〈フィッシャーズ・ドラッグストア〉の裏に車を停め、前もって地元の医者に電話をかけておくと、医者はこそこそした雰囲気で運転席のウィンドウににじり寄ってくる。ときおり、袋小路にある三階建ての緑色の家に寄っていくと、きっちりとした身なりでニットのベストを着た市会議員のような男から、ハーパーはお金を受け取っていた。どんな事情かは知らない、とハーパーは言っていたが、その男は礼儀正しく、新札で支払い、フロリダのスポーツチームの話が好きだった。

これか、これか。学校の敷地から出るたびに、新しいレンズがぱちんとはまり、それが見せてくれるものもはっきりする。

最初の日、バンの後部が空になったとき、もうニッケルに戻るのだろうとエルウッドは思った。だが、車はきれいで閑静な通りに向かい、エルウッドはタラハシーのより上等な地区、白人の地区を思い出した。うねる緑の海のなかにぽつんと浮かぶ、白く大きな家の前で、車は止まった。屋根についたポールから下がるアメリカ国旗が、ため息のような音を立てている。三人が下りると、バンの奥のほうに、カンバスシートで隠された塗装用の備品があるのがわかった。

「デイヴィス夫人」とハーパーは言って、頭を下げた。

ミツバチの巣のような髪型の白人の女が、玄関のポーチから手を振った。「ほんとうにわくわくするわ」と言った。

エルウッドが目を合わせないまま裏庭に案内されると、オークの木立の端に、くたびれた感じの灰色の東屋(あずまや)があった。

「あれですか?」とハーパーは訊ねた。

「四十年前に祖父が建てたのよ」とデイヴィス夫人は言った。「コンラッドからプロポーズされたのもあそこだった」彼女は千鳥格子模様の黄色いドレスと黒いサングラスという、ジャクリーン・ケネディのような格好だった。細長い緑色の羽虫が肩の上にとまっているのを見つけると、指で弾き、笑顔になった。

新しい塗装の仕事が、手際よく始まった。デイヴィス夫人が箒をハーパーに渡し、ハーパーがその箒をエルウッドに渡し、エルウッドが敷板を掃いているあいだに、ターナーがバンから塗料を持ってきた。

「私たちの手伝いをしてくれるなんて、あなたたちは親切ね」とデイヴィス夫人は言うと、家に戻っていった。

「三時ごろに戻るからな」とハーパーは言った。そして、ハーパーもいなくなった。

ハーパーにはメイプル通りに恋人がいるんだ、とターナーが説明した。その恋人には夫がいるが、どこかの工場で働いているから、遅くまで戻ってこない。

「これを二人で塗るってこと？」とエルウッドは言った。

「そういうこと」

「放っとかれて？」

「そうとも。デイヴィスさんは消防署長だ。よく俺たちをここにこさせて、こまごました用事をさせる。スミッティーと俺で、二階の部屋はぜんぶやったよ」ターナーが屋根窓を指す様子は、その手作業の出来をエルウッドに褒めてもらえると思っているかのようだった。「学校の理事をやってるやつらはみんな、俺たちに雑用をさせるんだ。ろくでもない仕事のときもあるけど、学校でやることに比べたら、何だって外にいられるほうがいいしな」

エルウッドもおなじ思いだった。蒸し蒸しした十一月の午後、シャバの羽虫や鳥の音が耳に心地よかった。繁殖期の鳴き声や警告の鳴き声に、じきにターナーの口笛も加わった――聞きまちがいでなければ、チャック・ベリー。塗料の銘柄はディクシー、色は「ディクシー・ホワイト」だった。

エルウッドにとって、塗装をした経験といえば、ラモント夫人の屋外便所の外壁を塗り直したことくらいだった。十セントと引き換えの雑用として、祖母に送り出されたのだ。ターナーは笑い、かつての学校は生徒たちの班をひっきりなしにエレナーに送って仕事をさせてたんだ、とエルウッドに言った。ハーパーによれば、今回の塗装のように無料の手伝いのときもあるが、実際に金が支払われることもかなりあり、学校はそれを「維持費」として、作物や印刷やレンガの売り上げとおなじ扱いにしているという。さらに遡れば、もっとぞっとすることが出てくる。「卒業しても家族のとこに戻るんじゃなくてさ、仮釈放ってことになって、要は町の人らに売り飛ばされたわけ。その家の地下室だかどこかに住んで、奴隷みたいに働く。殴られるわ蹴られるわ、ろくでもないものを食わされるわってわけだ」

「いまみたいなまずいご飯を？」

「何言ってる。もっとひどいって」借りを返すために働かされて、それが終わってようやく自由になれたんだ、とターナーは言った。

「借りって何の？」

その言葉に、ターナーは詰まった。「そういうふうに考えたことはなかったな」そしてエルウッドの片腕を押さえた。「あんまり手早くやらないほうがいい。三日かかるような作業だから、きっちりやるぞ。デイヴィス夫人はレモネードを出してくれる」

ブロンズのトレーに載ったレモネードのグラスが二杯出てきた。ほんとうにおいしかった。

二人は欄干と、壁の格子造りの部分を塗り終えた。エルウッドは新しいディクシー・ホワイトの缶を振り、蓋をこじ開けてかき混ぜた。ターナーには、捕まってニッケルに送られたいきさつを話してあったが——「おい、そりゃひどい話だな」——ターナーのほうは以前の人生について一度も話さなかった。一年近く出ていて、また学校に戻ってきていた。どうして連れ戻されたのか訊ねてみれば、いいきっかけになるかもしれない。ニッケルの引き波はすべてをさらっていくのだし、この友達の過去も、物語に引き込まれてくるかもしれない。

エルウッドが訊ねてみると、ターナーは腰を下ろした。「ピンセッターって何か知ってるか？」

「ボウリング場にいる人だろ」

「俺はタンパのホリデーってボウリング場でピンセッターをしてた。たいていのボウリング場にはそれ専用の機械があるけど、ガーフィールドさんは古いやり方でまだ粘ってた。レーンの端で、ピンセッターたちがうずくまってるのを気に入ってたんだ。短距離走者みたいだろ。それか、これから狩りに出る犬みたいだ。悪い仕事じゃなかった。一回一回ピンを拾い集めて、次のフレームの準備をしてた。ガーフィールドさんは、俺が住んでたエヴェレット家と仲がよかった。エヴェレット家には子どもを引き取るために州から金が出てたんだ。といっても、そんなに大した金額じゃない。いつも、俺たちみたいなはぐれ者が出たり入ったりしてた。

さっき言ったけど、なかなかいい仕事だった。木曜日が〝有色人種ナイト〟で、そこらじゅうの、いろんな有色人種のボウリング愛好会が集まってくる。そのときは楽しいけど、いつもはタンパのアホな白人どもだ。ひどいやつもいれば、そこまでひどくないやつもいる。白人たちはな。俺は動きが速かったし、仕事中に笑顔でいるのも簡単だった。何をやっても、心のなかではべつの場所にいればいいんだ。そしたら客から気に入られたし、チップももらった。常連のなかに知り合いもできた。仲よくなったってんじゃなくて、毎週顔を合わせるんだ。そんな感じ。そいつら相手に、ちょっと脱線するようになった。知ってる客だったら、ファウルのときに軽口を叩くとか、ガターになるとかピンが妙に分かれて残っていたらふざけた顔をしてみせるとか。そうやって常連たちとふざけ合うのが日課になったし、チップもよかった。

厨房で昔から働いてるルーってやつがいてさ。ひどい目にも遭ってきたんだなってわかるタイプの男だ。俺たちピンセッターにはあまり話しかけてこずに、バーガーの肉を焼いてた。あんまり気さくじゃないから、俺も大して話をしなかった。それで、ある日の夜、俺は休憩に入って、煙草を吸おうと思って食堂の裏に行った。すると、脂汚れだらけのエプロンを着たルーがいた。暑い夜だった。ルーは俺をじろじろ見て、こう言うんだ。〝おい、お前があっちでやってる芝居は見てる。あの白人どもを相手に、なんでいつも猿真似をしてるんだ？　自尊心ってものを誰にも教わってないのか？〟

その場にはほかのピンセッターも二人いた。ルーの言ってることを聞いて、こんちくしょうって思ってる感じだった。俺も顔がカッと熱くなって、そのバカなじいさんを一発殴ってやりたくなった。俺のことも知らないくせに。何も知らないくせに。ルーはどうしてるかっていえば、ぴくりとも動かずに、自分で巻いた煙草を吹かしてる。俺には何もできやしないってわかってるんだ。だって、ルーの言ったとおりだからだ。

次に仕事に入ったとき、どういうわけか俺はちがう行動をするようになった。客と冗談を言うんじゃなくて、意地悪になった。ガターになったりラインを越えてしまっても、俺の顔には親しみのかけらも浮かばなかった。ゲームが変わったんだ、とあいつらが悟ったときは、目つきでわかった。前はおたがいおなじ立場なんだってふりをしてて、対等だったかもしれないけど、もうちがうんだ。

営業時間の終わりごろ、俺はそのチンケな白人野郎をずっとバカにしてた。ばかでかい声で笑う脳なしだ。そいつの番になって、ピンが六本残った。俺がバッグズ・バニーみたいに〝やっちまったな〟って言うと、そいつはついにキレた。俺めがけてレーンを突進してきた。追い回された俺はレーンからレーンに飛び移って、ほかのみんなの邪魔をして、ボールをよけたりしてるところで、ようやく仲間たちがそいつを止めた。いつもきてる客だったし、ガーフィールドさんに迷惑をかけるつもりはなかったんだ。俺とも知り合いだったっていうか、俺がおかしくなるまでは知り合いだと思ってて、まわりがその男を捕まえて落ち着かせて、出ていった」

身ぶりを入れて話しながら、ターナーはにやにや笑っていた。最後になると、その笑みが消えた。

東屋の床に向けて目を細め、そこにある小さな何かを見ようとしているかのようだった。「マジで、それが決め手だった」とターナーは言うと、片耳に入った切れ目を掻いた。「次の週にそいつの車を駐車場で見かけて、コンクリートブロックを投げつけてウィンドウをぶち抜いてやったら、パクられたわけ」

ハーパーは一時間遅れで戻ってきた。二人に不満はなかった。ニッケルでの自由時間か、シャバでの労働時間か、天秤にかけてみれば答えはすぐに出る。「はしごが必要になるよ」と、ハーパーが戻ってきたときエルウッドは言った。

「いいとも」とハーパーは言った。

車を出すとき、デイヴィス夫人はポーチから手を振った。

「ハーパー、お嬢さんはどうだった?」とターナーは訊ねた。

ハーパーはシャツの裾をたくし込んだ。「さあ楽しむぞってなったときに、前回会ったときから考えてたっていう全然べつの話を始めやがる」

「そういうもんだよな」とターナーは言った。ハーパーの煙草の箱に手を伸ばし、一本に火をつけた。

エルウッドはシャバのすべてをしっかりと刻み込み、あとで頭のなかで組み立てた。その姿、匂い、そのほかのことを。二日後に、「地域奉仕」の固定メンバーになったとハーパーから言われた。白人の男たちからはいつも勤勉さを目に留めてもらっていたのだから、意外ではなかった。とはいえ、その知らせに気分が明るくなった。ニッケルに戻るたびに、エルウッドは作文ノートに詳細を書き留めた。日付。個人の名前と立場。書くのに時間がかかる名前もあったが、エルウッドはいつも我慢強く、几帳面な性格だった。

第九章

少年たちはグリフを応援していた。グリフがどうしようもないいじめっ子で、ぐりぐりと弱点をこじ開けてきて、それが見つからなければ無理やり弱点をでっち上げ、「ヘナヘナ歩きのクソ野郎」と、生まれてこのかたそんな歩き方をしたことなどない少年を呼んだりしていても。少年たちの足をひっかけ、それに続く派手な尻餅を笑いのめし、咎められないとわかっていればまわりを手荒く扱った。相手を乱暴に扱い、暗い部屋に引きずり込む。馬のような匂いをさせ、少年たちの母親を馬鹿にしたが、彼らの多くに母親がいないことを思えばそれは卑劣だった。にやにや笑いつつ、少年たちのトレーからデザートをかっぱらうことも何度もあり、当のデザートが大したミルクセーキでなくても、その原則は変わらなかった。少年たちがグリフを応援していたのは、毎年のボクシングの試合で彼が有色人種側の代表選手になるからだった。ほかのときに何をしていようと、試合の日にはその黒い体で彼らすべてと一体であり、白人の生徒をノックアウトするからだ。

そうなる前にグリフが誰かにキレたとしても、どうでもいいじゃないか。

有色人種側の生徒たちは、ニッケルのボクシングのタイトルを十五年にわたって守っていた。古株の職員たちは、最後の白人生徒チャンピオンを覚えており、いまだにその少年を褒めちぎっていた。そのほかの昔のことはさして話に出なかった。テリー・〝ドク〟・バーンズは、鉄床（かなとこ）のような手をした古きよき生徒で、スワニー郡のカビ臭い片隅の出身であり、近所の鶏を何羽も絞め殺したかどでニッケルに送られてきた。正確には二十一羽、「襲い掛かろうとしてきたから」が理由だった。雨水がスレートの屋根板を落ちていくように、苦痛は彼の体を流れ落ちていった。ドク・バーンズがシャバに戻ると、決勝戦に駒を進めてくる白人生徒はビビリ屋で足取りもおぼつかなかったので、何年も経つうちに、かつてのチャンピオンの伝説には派手な尾鰭がついていった。ドク・バーンズは生まれつき、ありえないほど長い腕に恵まれていた。疲れ知らずだった。伝説のワンツーパンチでどんな挑戦者も叩き潰され、窓はガタガタ震えた。実際のドク・バーンズは、家族からも見知らぬ人々からも殴られ、ひどい扱いを受けていたせいで、ニッケルにきたときにはどんな罰もそよ風のようなものだった。

グリフはボクシング部に入って一年目だった。グリフがニッケルにきた二月は、前チャンピオンのアクセル・パークスが卒業した直後だった。アクセルはボクシングのシーズン前に卒業するはずだったが、ルーズヴェルト寮の用務員たちのはからいで、それが少し延び、タイトルを防衛することになった。食堂からリンゴを盗んでいたという告発によってアクセルは〈地虫〉に落とされ、ボクシングに起用可能になったのだ。校内一のワルとして台頭したグリフは、当然の成り行きとしてアクセルの後継者となった。リングの外では、グリフは友達がいなかったり泣き虫だったりする弱い生徒たちをいびるのを趣味にしていた。リングに上がれば目の前に餌食が出てくるので、わざわざ探しにいくまでもない。電気トースターや全自動洗濯機のように、ボクシングは人生を楽にしてくれる文明の利器だった。

有色人種チームのコーチは、学校のガレージで働いているミシシッピ州出身のマックス・デイヴィッドという男だった。ウェルター級ボクサーをしていた時代に学んだ技を伝授する引き換えに、一年の終わりに封筒をもらっていた。マックス・デイヴィッドは夏の初めにグリフを勧誘した。「俺は最初の試合で斜視になった」と彼は言った。「それで、最後の試合で目が元に戻った。だから、このスポーツでは、叩き潰されることで前よりよくなるんだっていう俺の言葉を信じろ。それは事実だ」グリフは微笑んだ。巨漢グリフは秋のあいだ、残酷な必然性でもって対戦相手を粉砕し、戦意を喪失させた。動きが優雅なわけでも、正確無比なわけでもなかった。グリフは暴力の強大な手先なのであり、それで十分だった。

職員による妨害がないとして、ニッケルにいる平均的な在学期間を考えれば、大半の生徒はボクシングの季節を一度か二度経験するくらいだった。タイトル戦が近づいてくると、〈地虫〉たちは十二月の試合の重要性を教え込まれる。まずはお前のいる寮のなかで予選があるだろ、それから寮の代表と、あと二つの寮で最後まで残ったボクサーで試合をやって、それから、最高の黒人ボクサーと白人側が出してくる木偶(でく)の坊との勝負になる。タイトル戦は彼らにとって、ニッケルでただひとつ正義を味わえる瞬間になるのだ。

その戦いは、ある種の鎮静剤のような魔法として、日ごろの屈辱を乗り切る力になっていた。トレヴァー・ニッケルがボクシングの試合を導入したのは一九四六年、フロリダ男子工業学校を改革せよという指令を受けて校長に就任してまもなくのことだった。彼に学校運営の実績はなかった。もともとは農業に携わっていた。だが、KKKの集会での演説で、道徳的向上と労働の価値、世話を必要とする若い心の傾向を即興で語ったことで注目を集めた。新校長を探すとなったとき、しかるべき人々がその情熱を思い出したのだ。就任して初めてのクリスマスに、郡は校長による改善の結果を目にすることになった。新しくペンキを塗るべきところには新しくペンキが塗られ、光の入らない独房は一時的にもっと無害な用途に変えられ、鞭打ちの場所は白く小さな多目的建物に移された。エレナーの善良な人々が工業用送風機を目にしていたら、なにがしかの疑問を抱いたかもしれないが、その小屋は見学ルートには入っていなかった。

トレヴァー・ニッケルは長年にわたるボクシングの熱心な支持者であり、オリンピック競技としてより大規模に拡大してもらおうとするロビー団体の舵取り役も務めていた。学校では大半の生徒が自分なりの争いをくぐり抜けてきていたので、ボクシングはつねに人気だったが、新しい校長はそれをさらなる高みに導くのが自分の権限だとみなした。長らく、歴代の校長たちが金をくすねる格好の標的だった体育の予算に手が入れられ、既定の設備を購入してコーチングスタッフを支援することになった。ニッケル校長は、運動全般に興味があった。磨かれた人間の体は奇跡なのだという熱烈な信念の持ち主であり、しばしば生徒たちがシャワーを浴びる姿を見ては、体育の教育の進み具合を確かめていた。

「校長が？」ターナーがシャワーの話をすると、エルウッドは訊ねた。

「キャンベル先生がどこであの技を仕入れたと思う？」とターナーは言った。ニッケルはもう世を去ったが、学校の心理カウンセラーであるキャンベルは、白人生徒用のシャワー室をぶらついてデート相手を物色することで知られていた。「ああいうエロジジイたちはみんな、おなじ穴のムジナなんだよ」

その日の午後、エルウッドとターナーは、体育館のスタンド席で時間を潰していた。グリフのスパーリング相手をしているのは、混血児のチェリーで、彼にとってボクシングは自分の白人の母親について他人を黙らせておくための教育手段だった。身軽でしなやかなチェリーに、グリフは強打を見舞った。

猛練習するグリフを目にすること、それは十二月初めごろのクリーヴランド寮で最高の活動だった。黒人寮の生徒たちが見にきたし、内部情報を求める白人の偵察も丘の下からやってきた。グリフは九月初旬の労働者の日から、厨房での勤務を免除されてトレーニングに入っていた。圧巻だった。マックスはグリフに生卵とオート麦という謎めいた食事を守らせ、アイスボックスにはヤギの血を入れてあるという瓶を保管していた。それをコーチに与えられると、グリフは大げさな仕草をして飲み込み、重いサンドバッグを相手に仕返しした。

ターナーは二年前、ニッケルで過ごした一度目に、アクセルの試合を見たことがあった。アクセルはフットワークは重かったが、古い石橋なみにどっしりとしていて忍耐強かった。天が何を下そうともそれをしのいでいた。グリフのがさつな性格とはちがい、アクセルは優しく、小さな子どもたちを守っていた。「いまはどこにいるんだろうな」とターナーは言った。「あいつには、これっぽっちもまともな頭がなかった。どこにいても、自分から悪いほうに行ってしまうんだ」それはニッケルの伝統だった。

チェリーはよろめき、尻餅をついた。グリフはマウスピースを吐き出して吠えた。ブラック・マイクが練習用リングに足を踏み入れ、自由の女神の松明(たいまつ)のようにグリフの片手を突き上げた。

「あいつをノックアウトできると思うか?」とエルウッドは訊ねた。白人の挑戦者になると思われていたのは、ビッグ・チェットという、沼地に住む一族出身の、ちょっとした怪物だった。

「あの腕を見ろって」とターナーは言った。「ありゃピストンだ。それかスモークハムか」

試合を終えたグリフが有り余るエネルギーで体を震わせ、二人のチャックが従僕のように彼のグラブをほどいていく。それを目にすると、この巨漢が負けるなどとは考えづらかった。そんなわけで、二日後、スペンサーがグリフにわざとノックアウトされて負けろと言ったのを耳にしたとき、ターナーは驚いて上体を起こした。

ターナーは倉庫の屋根裏で昼寝をしていた。業務用の掃除用粉が入った木箱のあいだに、自分だけの寝床をこしらえていたのだ。ハーパーとの仕事のためと言ってその倉庫に入るときには職員の誰もついてくることがなかったので、ターナーにはちょうどいい隠れ家になっていた。監督も、生徒もいない。自分と、枕と、軍用毛布、そしてハーパーのトランジスタラジオだけだ。そこで週に二時間ほど過ごしていた。浮浪児だったとき、誰にも近づこうとせず、誰からも近づかれなかったのに似ていた。ターナーは何度か、根なし草になって古い新聞紙のように通りをぶらついていたことがあった。その屋根裏にいると、昔の時代に引き戻された。

倉庫の扉が閉まる音に、ターナーは目を覚ました。すると、ロバのようなグリフののろまな声がした。「なんでしょう、スペンサーさん？」

「グリフ、練習はどんな感じだ？　マックスのやつからは、お前には生まれつきの才能があるって聞いてる」

ターナーは眉をひそめた。お前がどうのこうのと白人が言ってくるのはいつも、これから叩き潰そうとしているときだ。グリフは馬鹿だから、これからどうなるのかわかっていない。教室では二足す三もろくにできず、自分の片手に指が何本あるのかもわかっていないようだった。向こうみずな生徒たちが校舎でそれを笑うと、グリフは次の週にかけて、ひとりずつ、頭を便器に突っ込んでいく。

ターナーの推測したとおり、グリフはこの秘密の会合がなぜ開かれたのかを理解しようとしなかった。スペンサーはボクシングの意義や、十二月の試合の伝統について詳しく語った。そしてほのめかした――ときには相手チームを勝たせてやるのが、スポーツ精神というものだ。婉曲的な物言いを使った。木の枝はしなるから折れずにすむ。そんなものさ。そして宿命論にも訴えた。どんなに努力したところで、うまくいかないことはあるだろう。だが、グリフは頭が鈍すぎた。そうですね。スペンサーさんの言うとおりだと思います……そのとおりですよね。ついに、監督はグリフに、第三ラウンドでその黒いケツをダウンさせろ、でなきゃ裏に連れていくからな、と伝えた。

「わかりました、スペンサーさん」とグリフは言った。上の屋根裏にいるターナーにはその顔は見えなかったので、わかりましたと言っているのがほんとうなのかどうかは確かめられなかった。グリフの拳のなかには石、頭のなかには岩が詰まっていた。

スペンサーは話を締めくくった。「あいつを倒せることはわかってるよな。わかってれば十分だろ」咳払いをして、こう言った。「さあ、こいよ」はぐれた子羊を群れに戻すような口ぶりだった。

ターナーはまた独りになった。

「そんなのありかよ?」とターナーは言った。エルウッドと一緒に、エレナーでの仕事を終え、クリーヴランド寮の正面の階段でくつろいでいた。陽の光は薄く、古い鍋に置いた蓋のように冬がのしかかってきていた。ターナーが打ち明けられる相手はエルウッドだけだった。ほかののろまどもに言えばべらべら喋ってしまい、そうするとかなりの数の頭が殴られることになる。

ターナーにとって、エルウッドのような少年は初めてだった。「堅実」という言葉が何度も頭に浮かんだが、タラハシー出身のその少年はおとなしそうで、いい子ぶっていたし、なにかと説教してくるのには苛々させられた。あの眼鏡ときたら、蝶々みたいに足でぐりぐり踏み潰してやりたくなる。白人の大学生のような話し方だったし、読まなくてもいいのに本を読み、自分だけの原子爆弾に使うためのウランを掘っている。それでも——堅実だった。

ターナーから知らされても、エルウッドは意外そうではなかった。「組織的なボクシングは、あらゆるレベルで腐敗してるからね」と、断定するように言った。「新聞にはその手の話がよく出てる」マルコーニの店で、客のいない時間帯にスツールに腰掛けて読んだ内容を紹介した。「試合で八百長をやる理由はただひとつ、金を賭けてるからだよ」

「俺だって、金があれば賭ける」とターナーは言った。「ボウリング場ではプレーオフに賭けてたときもあった。俺も儲けたよ」

「みんな落ち込むだろうな」とエルウッドは言った。グリフの勝利はまちがいなくお祭り騒ぎになるだろうが、それに劣らぬ味わいが、生徒たちが期待を込めて交換するちょっとした話にはあった。白人の挑戦者がウンコをチビるんじゃないかとか、ハーディー校長の顔にドバッと血を吐くかもなとか、口から「アイスピックで削ったみたいに」何本も白い歯が飛ぶぞ、といった予想だった。心温まる、気持ちがたかぶる妄想だった。

「そりゃそうだ」とターナーは言った。「でもな、裏に連れてくぞってスペンサーに言われりゃ、聞かないわけにはいかない」

「ホワイトハウスに連れてくってこと?」

「見せてやるよ」とターナーは言った。夕食までにはまだ少し時間があった。

二人は十分ほど歩き、洗濯小屋にきた。この時間の洗濯小屋は閉まっていた。小脇に挟んでいる本は何かとターナーに訊かれたエルウッドは、あるイギリス人の一族が長女を嫁がせて、自分たちの屋敷と爵位を守ろうとする話だと答えた。複雑な展開がいくつもある、と。

「誰もその女と結婚したがらないのか？　そいつブスなのか？」

「きれいな顔立ちだって書いてある」

「なんだよ」

洗濯小屋を過ぎると、荒れ果てた厩舎があった。天井はとうの昔に抜けてしまい、植物が入り込み、仕切りのなかでは骸骨のような藪や弱々しい草が生えていた。亡霊のたぐいを信じていなければ、何かの悪いいたずらでもできそうだったが、亡霊が出るか出ないかについて、生徒の誰もはっきりとは確信できなかったので、みんな用心して近づかなかった。厩舎のそばには二本のオークの木があり、幹の樹皮には鉄の輪が刺さっていた。

「裏ってのはここだ」とターナーは言った。「ときどき、黒人の生徒をここに連れてきて、そこに鎖でつなぐそうだ。両腕を広げさせて。それから馬に使う鞭を持ってきて、体をズタズタにする」

エルウッドは両拳を握りしめ、自分でもそれに気がついた。「白人の生徒にはなし？」

「ホワイトハウスのほうは人種統合された。ここはちがう。裏に連れていかれたら、病院には行けない。脱走した扱いになって、それっきりさ」

「じゃあ家族は？」

「お前のここの知り合いで、家族がいるやつは何人いる？　家族がいたとしても、気にかけてくれているか？　エルウッド、みんながお前みたいな身分じゃないんだ」エルウッドの祖母が面会にきておやつを渡してくれるのがターナーには羨ましく、こうして口に出てしまうことがあった。エルウッドが身につけて歩き回っている遮眼帯がいくつもある。たとえば、法律。デモ行進をしてプラカードを振り、法律を変えるということは、しかるべき数の白人を納得させれば可能だ。タンパで、上等なシャツにネクタイを締めた大学生たちが〈ウールワース〉で座り込みをしているところを、ターナーは見かけていた。ターナーは働かねばならないが、学生たちは抗議に出てきている。そして、それは起きた。店がカウンターを開放したのだ。どちらにせよ、ターナーにはその店で食事をするような金はなかった。法律は変えられても、人や、人がおたがいにどう接するのかは変えられない。ニッケルは差別的もいいところの場所だったし、職員の半分は週末になればＫＫＫの衣装を着るのだろうが、ターナーの見立てでは、邪悪さの根は肌の色よりも深いところにある。スペンサーのせいだ。スペンサーのせいだし、グリフのせいだし、自分たちの子どもがここにくるようにしてしまった親全員のせいだ。人間のせいだ。

だから、ターナーは二本の木のところにエルウッドを連れてきた。本には書いていないものを見せるために。

エルウッドは輪をひとつつかみ、引っ張ってみた。がっしりとして、もう幹の一部になっている。輪を引き抜こうとすれば、人の骨のほうが先に折れるだろう。

賭けが行われているのは事実だ、とハーパーが二日後に認めた。テリーのバーベキュー店で、何頭分かの豚肉を三人で下ろしたところだった。「お届け完了」と、ハーパーがバンの扉を閉めるとターナーは言った。三人の手から生肉の匂いがしている状態で、ターナーは試合のことを訊ねた。

「あのデカいやつに有り金はたくってやつがいれば、俺だって少しは賭けるね」とハーパーは言った。ニッケル校長が仕切っていたときは、賭けは下等なものとされていた。スポーツの純粋さ云々が理由だった。いまでは、金持ちが姿を見せるようになり、周辺の三つの郡で賭け事が好きなら誰でも参加している。まあ、誰でもいいというわけではなく、職員に身元を保証してもらえれば参加できる。

「どっちにしたって、いつも黒人の生徒に賭けるけどな。そうしないのはバカだけだ」

「ボクシングはぜんぶ八百長だよ」とエルウッドは言った。

「田舎の説教師なみに歪んでる」とターナーが付け加えた。

「そんなことがあるもんか」とハーパーは言った。自分が子どもだったころの話をしていた。貴賓席でポップコーンをむしゃむしゃ食べながら、ボクシングの試合を見て育ったのだ。「ボクシングは美しいんだ」

ターナーは鼻を鳴らし、口笛を吹き始めた。

その大一番は、二晩に分けて行われる。一日目の夜に、白人側と黒人側は本番に誰を送り込むのかを決める。そこにいたる二カ月間、体育館には練習用のリングが三つ設置されていた。その広大な空間に残っているのは、いまではひとつだけだ。外は肌寒く、観客たちは湿気のある洞窟のような体育館に足を踏み入れる。町からきた白人の男たちがリングに一番近い折りたたみ椅子を占拠し、それから職員たち、そのあとに、生徒たちがスタンド席に詰めかけたり床でしゃがんだりして、灰のような色の肘をつき合わせる。学校の人種分離は体育館でも再現され、白人生徒は南半分、黒人生徒は北半分に陣取る。境界のところでは押し合いがある。

ハーディー校長が司会役を務めた。本部棟の校長室から出てくるのはめったにないことだった。ターナーが前回姿を見かけたのはハロウィーンのときで、校長はドラキュラの格好になり、汗だらけの手でつかんだキャンディーを下級生たちに配っていた。小柄な体をスーツできっちりと締め、雲のようになった白髪の中央を禿げた頭頂部が漂っていた。ハーディーは妻を同伴していた。たくましい美人妻の来校はすべて、生徒たちの目に焼きつけられていたが、ただしこっそりとだった。向こうみずにじろじろ見ると、有無を言わさず鞭打ちになってしまう。校長の妻はミス・ルイジアナ南部に選ばれたことがあるか、少なくともそういう話だった。紙の扇で首元をあおいでいた。

ハーディー夫妻には、理事会のメンバーたちと、前の特等席が用意されていた。ターナーにはほとんどの理事の顔がわかった。彼らの庭に熊手をかけたり、ハムを届けたりしてきたのだ。リネンからピンクがかった首が出ている、その無防備な一インチこそが狙うべき場所だ。

ハーパーは貴賓席の列の後ろに、職員たちと座った。監督仲間と一緒にいると雰囲気が変わり、怠け者のふりはしなかった。午後に用務員か現場監督が姿を見せると、ハーパーの顔と姿勢が一瞬でしゃきっとするところを、ターナーは幾度となく見てきた。指をぱちんと弾くように、仮面を捨てるか着けるかするのだ。

ハーディーが少しばかり話をした。銀行の頭取であり、ニッケル校の長年の支援者でもある理事長のチャールズ・グレイソン氏が、金曜日に六十歳を迎えるところだった。ハーディーは生徒たちに「ハッピーバースデー」を歌わせた。グレイソン氏が立ち上がって頷き、両手を後ろに回している姿は、独裁者のようだった。

白人寮の試合が先に行われた。ビッグ・チェットがロープのあいだをくぐり、弾むようにしてリングの中央に出た。応援団が大盛り上がりを見せた。ビッグ・チェットは大軍団を従えていた。白人生徒たちの扱いは黒人に比べればましだったが、世間が世話を焼きすぎたせいでニッケルにいるわけではない。ビッグ・チェットは彼らの「大いなる白き希望」（一九七〇年の映画『ボクサー』の原題）だった。眠ったまま歩き回り、目を覚ますことなくトイレの壁にいくつも穴を開けている、というもっぱらの噂だった。朝になると、血だらけの指関節をしゃぶっているのだと。「フランケンシュタインみたいな野郎だな」とターナーは言った。角ばった頭、長い腕、大股の動き。

開幕戦の三ラウンドには、これといった見どころはなかった。日中は印刷所の床の監督を担当している審判は、ビッグ・チェットの判定勝ちを告げ、誰からも異議の声は上がらなかった。その審判はある少年を平手打ちし、大学寮の友愛会の指輪のせいでその少年を半分失明させてしまってからは、穏やかな人柄で知られていた。その一件があってから、審判は我らが救世主にひざまずき、二度と怒りに任せて手を上げることはなかった。妻を相手にしたときを除けば。白人生徒の第二試合は、パシンという音とともに幕を開けた。空気を圧縮するようなビッグ・チェットのアッパーカットが、相手を幼かったころの恐怖に陥れたのだ。そのラウンドの残りと、続く二つのラウンドはずっと、相手はウサギのように跳ねて逃げ回っていた。審判の判定が下ると、ビッグ・チェットは口のなかをもぐもぐ動かし、真っ二つになったマウスピースをぺっと吐き出した。あの大きな腕を二本とも、空に向かって突き上げた。

「こいつならグリフを倒せるんじゃないか」とエルウッドは言った。

「そうかもな。でも念を入れとかないと」人を思いどおりに動かせる力があっても、それを使わないなら、宝の持ち腐れになるからだ。

ルーズヴェルト寮とリンカーン寮のチャンピオンとグリフとの勝負は、あっさりと決着がついた。ペティボーンはグリフよりも三十センチ背が低く、向かい合っているところを見ればミスマッチなのは明らかだったが、ルーズヴェルトの山を登ってきたのだから、いまさらどうしようもない。ゴングが鳴ると、グリフは一気に出て、ビシ、ビシ、ビシという連続ボディーブローで獲物を辱めた。観衆は顔をしかめた。「あばら肉を晩飯にする気だ！」と、ターナーの後ろにいた生徒が叫んだ。ペティボーンが夢を見るようにふらふらした足取りになり、前のめりに倒れ、汚れたマットにキスをすると、校長の妻は金切り声を上げた。

二戦目は、そこまで一方的ではなかった。リンカーン寮代表のウィルソンに、グリフは肉のぶつ切りを柔らかくするように三ラウンドにわたって強打を打ち込んだが、ウィルソンは自分の価値を父親に証明するべく立ち続けた。みんなにも見える勝負と、自分にしか見えない勝負の二つを、ウィルソンは戦っていた。父親は何年も前に死んでいたので、長男がどんな人間かという意見を改めることはもうできなかったが、その日の夜、ウィルソンは数年ぶりに悪夢を見ることなく眠れた。審判は心配そうな笑顔で、グリフの判定勝ちを告げた。

ターナーは体育館を眺め回し、集まったペテンの食い物、生徒や賭けの参加者たちの姿をじっくりと見た。不正試合をするなら、カモども相手にはそれなりの演出が必要だ。タンパにいたとき、エヴェレット夫妻の家から二、三ブロック先にある葉巻店の表では、賭博師が三枚のトランプで賭けをしていた。ダンボール箱の上でカードをくるくる入れ替えながら、一日中カモの金を巻き上げていた。指にはめたいくつもの指輪が、日光を浴びてきらめき、叫んでいた。ターナーはよくその近くをうろついて見守った。賭博師の目の動き、ハートのクイーンがどう動くのかを追おうとするカモの目の動きを見た。そして、カモがカードをめくる。思っていたほど自分の頭がよくないことを知り、がっくりした顔になる。どっか行けよ、と賭博師に言われたが、何週間もターナーがそこで粘っていると、諦めて放っておいてもらえた。「いまどうなってるのか自分はちゃんとわかってる、そう相手に思わせるんだ」ある日、その賭博師はターナーに言った。「自分の目でそれを見てるせいで、気がそっちに逸れてて、もっと大きな動きが見えなくなる」警官に引っ立てられて拘置所行きになったあとも、彼の段ボール箱は角を曲がった路地に何週間も転がっていた。

翌日の対戦カードが決まると、ターナーはその街角の光景に引き戻された。三枚トランプの賭博を見守る、賭博師でもカモでもないよそ者だが、ルールは知り尽くしている。明日の晩、白人の男たちは金を賭け、黒人生徒たちは望みをかけ、そしてペテン師はカードをめくってスペードのエースを出し、金をすべてかき集めていく。二年前の、アクセルの試合の興奮を、ターナーは思い出した。自分たちにもたまにはいい思いが許されるのだ、と気がついたときの、あの狂ったような喜び。二、三時間、彼らはシャバで過ごし幸せを味わい、そしてニッケルに戻った。

全員そろって、カモだ。

グリフの大一番を控えた朝、黒人生徒たちは寝不足の体をどうにか起こした。食堂はお喋りでざわついた。きたるべきグリフの勝利がどのような形になり、どこまで大きなものになるか。**あの白人のやつ、うちのばあちゃんみたく歯なしになるぞ。あの呪術医にバケツいっぱいのアスピリンをもらっても頭痛は治らないだろうな。ＫＫＫはフードの下で一週間泣き続けるだろうよ。**黒人生徒たちは口から泡を飛ばしてあれこれ予想を立て、授業中はぼんやりした目つきになり、サツマイモ畑で怠けていた。黒人のチャンピオンが誕生することに想いを馳せていた。今日、仲間のひとりが勝ち誇り、いつも自分たちを抑え付けていた連中は削り取られて塵になり、目の前を星が舞うことになるのだ。

グリフは黒人の公爵のようにふんぞり返って歩き、チャックの一団を後ろに引き連れていた。下級生たちは、自分にしか見えない敵を相手にパンチを繰り出し、新たなヒーローの力についての歌を作っていた。まるで聖書にかけて誓ったかのように、グリフは丸一週間、リングの外では誰も出血させたりひどい扱いをしていなかった。ブラック・マイクとロニーも、それに合わせて自制していた。どう見ても、グリフはスペンサーからの命令もどこ吹く風でいる。少なくとも、エルウッドにはそう思えた。「もう忘れてるみたいだ」と、朝食を終えて倉庫に行くときにエルウッドはターナーに小声で言った。

「あれだけ尊敬してもらえるんなら、俺だってそれを味わうね」とターナーは言った。翌日になれば、何ごともなかったかのようになるだろう。タイトル戦の次の日のアクセルが、一輪車に載せたセメントをかき混ぜていた姿を、ターナーは思い出した。ふたたび、陰鬱で卑しい立場に落とされたのだ。

「自分を嫌って怖れてるバカどもから、ハリー・ベラフォンテ（黒人の歌手・俳優）みたいに扱ってもらえるなんて、めったにないからな」

「それか、もう忘れてるか」とエルウッドは言った。

その晩、生徒たちは列になって体育館に入った。厨房係の生徒たちが数人で大釜を担当し、取っ手を回転させてポップコーンを作っては紙のコーンにすくい入れていた。チャックたちはそれをむしゃむしゃ噛み、おかわりしようと列の最後尾に走っていった。ターナーとエルウッドとジェイミーはスタンド席の中央に入った。いい場所だった。「なあジェイミー、お前あっち側の席にいるはずじゃないのか?」とターナーは言った。

ジェイミーはにやりと笑った。「俺からしたら、勝負がどっちに転んでも俺の勝ちだな」

ターナーは腕組みをすると、フロア席にいる面々を眺めた。スペンサーがいる。最前列の大物たち、校長と妻と握手をして、職員たちと一緒に腰を下ろした。気取った、自信ありげな様子で。ウインドブレーカーから銀の小瓶を取り出すと、ぐいと一口飲んだ。銀行の頭取は葉巻を配っていた。校長の妻も一本もらい、みんなが見守るなか煙を吹かした。か細い灰色の形がいくつも、頭上の照明の光のなかでのたくり、生きる亡霊となっていた。

体育館の反対側では、白人生徒たちが足をどすどす踏み鳴らし、その音が壁に当たってこだましていた。黒人生徒たちもそれに応え、足を踏み鳴らす音は入れ違いの巨大なうねりとなって体育館を巡った。完全に一周したところで、生徒たちは足を止め、自分たちが作り出した騒音に歓声を上げた。

「葬儀屋送りにしてやれ！」

審判がゴングを鳴らす。対戦する二人は身長も体格もほぼおなじで、似たような境遇の生まれ育ちだった。有色人種の選手がチャンピオンになってきた実績があるとはいえ、互角の勝負だった。最初のラウンドでは、踊るような動きも、頭をひょいと下げてよける動きもなかった。二人はおたがいに嚙みつくように繰り返し接近し、強打を打ち合い、痛みにもひるまなかった。どちらかが突進したり、形勢の逆転があるたびに、観客は怒号を上げ、野次を飛ばした。ブラック・マイクとロニーはロープにつかまり、糞便にまつわる悪口をビッグ・チェットに浴びせていたが、そのうちに審判に手を蹴り飛ばされた。偶然にビッグ・チェットをノックアウトしてしまわないか心配していたとしても、グリフはそんな様子は見せなかった。巨漢のグリフはビッグ・チェットを容赦なく殴り、相手のカウンターを受け流すと、刑務所の独房の壁に穴を開けて出ようとするかのような勢いでビッグ・チェットの顔にジャブを見舞った。血と汗で視界が遮られても、グリフは不気味なほどビッグ・チェットの位置を察し、攻撃をかわした。

第二ラウンドが終わったときには、ビッグ・チェットの見事な攻撃はあれど、グリフの勝利は堅いと言うほかなかった。

「いい感じに見せてるな」とターナーは言った。

エルウッドがその演技に対する軽蔑で顔をしかめたので、ターナーは笑顔になった。エルウッドにとってその試合は、ターナーに話したことがある皿洗い競争のように腐りきった不正であり、黒人たちを抑えつける機械の歯車のひとつにすぎなかった。ターナーは友人が最近になって醒めてきたのを楽しんでいたが、彼自身は大一番の魅力に心を揺さぶられた。自分たちの敵でありチャンピオンでもあるグリフが白人のビッグ・チェットをやっつけるのを見ているといい気分になってきた。意外にも。いま、最終の第三ラウンドが始まると、ターナーはその思いを手放したくなかった。それは彼らの血と心のなかに、現にある思いだった。たとえ、それが嘘だったとしても。そんなことにはならないとわかっていても、ターナーはグリフが勝つと確信していた。ターナーもまた、かつがれやすいカモでしかなかったのだが、それでかまわなかった。

ビッグ・チェットが間合いを詰め、素早いジャブを連発し、グリフをコーナーに追い詰める。グリフは動けなくなった。**いまだ**、とターナーは思った。だが、グリフはクリンチで相手の動きを止め、まだ立っている。ボディーブローを何発かくらい、ビッグ・チェットはぐらついた。ラウンドが残り一分を切り、それでもグリフは容赦しなかった。ビッグ・チェットに鈍い音で鼻を潰されても、グリフははねつけた。ターナーから見て、わざと倒れるには絶好のチャンスになり、ビッグ・チェットの猛烈な攻勢のおかげで、どんなに演技が下手でもばれることはないと思えるたびに、グリフはその機会を拒んだ。

ターナーはエルウッドを肘で突いた。エルウッドの顔には恐怖が浮かんでいた。二人にもどういうことかわかった。グリフには、倒れる気はない。戦い抜くつもりだ。

あとでどういうことになるとしても。

最後のゴングが鳴ったとき、二人のニッケル・ボーイズはリングで絡まり合い、血にまみれて光り、人間のティーピー（北米先住民のテント小屋）のようにおたがいにもたれかかっていた。審判が割って入ると、二人は狂ったような足取りでそれぞれのコーナーに戻り、ぐったりしていた。

「なんてこった」とターナーは言った。

「試合を中止にしたのかも」とエルウッドは言った。

確かに、審判も一枚嚙んでいて、その方法で八百長をすることにしたのかもしれない。スペンサーの様子で、その説は消えた。二列目で座っているのは指導監督ただひとりで、その顔は敵意ある苦々しさに歪んでいた。大物のひとりが顔を真っ赤にして振り向き、スペンサーの片腕をつかんだ。

グリフは突然立ち上がり、重々しい足取りでリングの中央に出ると、何かを怒鳴った。観衆の立てる音で、その言葉はくぐもって聞き取れなかった。度を失ったように見える彼を、ブラック・マイクとロニーが押しとどめた。グリフはどうにかリングの反対側に行こうともがいた。

審判は全員に着席するよう呼びかけ、判定を下した。最初の二ラウンドはグリフが、最終ラウンドはビッグ・チェットが取った。黒人生徒が勝利したのだ。

グリフは勝ち誇ってカンバスの布の上をはしゃぎ回ることはせず、友人たちの手を振り解くと、リングを横断し、スペンサーが座っているところに向かった。何と言っているのか、今度はターナーにも聞こえた。「第二だと思ってた！　第二ラウンドだと思ってたんだ！」まだ叫び続けているグリフを、黒人生徒たちはクリーヴランド寮に連れて帰り、チャンピオンを称えて歓喜の声を上げていた。グリフが泣くのを初めて見た彼らは、勝利のうれし涙だと思った。

頭を強打されると、脳がおかしくなることがある。あんなふうに頭を殴られると、思考能力が低下して混乱することもある。そのせいで、二足す一を忘れてしまうとは、ターナーには思いもよらなかった。だが、グリフはもともと算数が苦手だったのだろう。

その夜、リングに立っていたグリフは、ひとりの黒い体でみんなを背負っていた。そして、白人の男たちによって裏の二本の輪のところに連れていかれたときも、みんなを背負っていた。その夜にグリフは連れ去られ、二度と戻ってはこなかった。グリフはみずからの誇りにかけてわざと倒れなかったのだ、という話が出回った。ひざまずくことを拒んだのだ。そしてもし、グリフは鎖を振り切ってシャバに脱走してのけたのだ、と少年たちが信じて自分を慰めていたのだとしても、それはちがうとは誰も言わなかった。学校が警報を鳴らさず、犬を放つこともないのは妙だと気がついた者はいたとしても。五十年後、フロリダ州によってグリフが掘り出されたとき、検死官は両手首にひびが入っていることに目を止め、何本も折れた骨が示す暴力行為に加え、死ぬ前には拘束されていたのだろうと推測した。

木の幹についた輪が何なのかを知っている者は、いまではほとんどが故人となった。鉄の輪は、まだそこにある。錆びついて。幹の深くに食い込んで。耳を傾けようという気がある者に、何があったのかを証言している。

第十章

不届き者たちが、トナカイの群れの頭を叩き潰していた。壊れやすいクリスマスの飾り付けをしまい込むために集合した生徒たちは、休日のあとにはそれなりの汚れや傷みがあるものと予想はしていた。曲がった枝角、関節のところでねじれてぼろ切れのようになった片脚。生徒たちの目の前にあるのは、悪意ある破壊行為だった。

「これを見て」とベイカー先生が言った。彼女は歯を食いしばっていた。ベイカー先生はニッケルの教師にしては若く、じりじりとした怒りを見せる癖があった。ニッケルでのベイカー先生の、頼りがいのある怒りの矛先は、有色人種用の美術教室の惨めな状態や、でたらめな備品、そして、彼女からすれば改善の努力に対する組織的抵抗としか考えられないものに向けられていた。若手教師たちは長続きせず、そのうちにいなくなってしまう。「あんなにがんばって作ったのに」

ターナーは、トナカイの頭から丸めた新聞紙を引き抜き、広げてみた。見出しは第一回のニクソン対ケネディの討論の勝敗を告げていた——大敗（一九六〇年の大統領選挙で行われたテレビ討論で、ケネディが形勢を逆転）。「こいつはもうだめだな」とターナーは言った。

エルウッドは片手を挙げた。「ベイカー先生、ぜんぶ新しいのを作りますか？　それとも頭だけ取り替えますか？」

「胴体のほうはまだ使えると思う」と彼女は言った。顔をしかめ、くせのある赤髪をねじって束ねた。「頭だけにして。胴体の毛皮は少し手直しして、来年は一から作りましょう」

フロリダ半島各地からの来訪者、ジョージア州とアラバマ州からの家族連れが、毎年のクリスマスの展示を見にやってくる。学校側にとっては自慢の種であり、矯正が単なる高邁な理想ではなく実行可能な計画なのだと証明する、資金集めのチャンスでもあった。ちょっとした操作で、あちこちの歯車を嚙み合わせるのだ。全長八キロもの彩色灯がイトスギから下がり、南側の敷地にある屋根を縁取っていた。私道に入ったところにある高さ九メートルのサンタクロース像は、クレーンを使ってつなぎ合わされていた。フットボール場の周囲をぐるぐる回って走るミニチュアの蒸気機関車セットの組み立て方法は、厳粛な教派の巻物のように数十年にわたって受け継がれていた。

前の年の展示には、十万人を超える来校者がいた。ニッケル校の優れた生徒たちがそれ以上の数を集められないわけがない、とハーディー校長は言い張った。

白人生徒たちが担当するのは、大型の展示の建設と組み立て直しだった。巨大なそり、キリスト生誕の模型、線路。黒人生徒たちは、塗装のほとんどを担当した。修正や、追加など。以前の、いいかげんな生徒たちのまちがいを直し、昔から使われてきたものを改装する。高さ一メートル近いキャンディーの棒が、それぞれの寮に向かう通路に立ち並ぶにあたっては、そろって赤と白のペンキで新しく塗る必要がある。怪物じみたポスター大のクリスマスカードの数々は、北極のいたずら小僧たちや、ヘンゼルとグレーテルや、三匹の子豚といったおとぎ話の人気キャラクター、そして聖書の再現場面を見せていた。カードは学校の道路沿いのスタンドに立てかけられ、大劇場のロビーを彩っているかのようだった。

生徒たちはこの季節が大好きだった。家でのクリスマスの惨めさを思い出してしまったとしても、それが人生で初めてのまともな祭日だったとしても。白人であろうと黒人であろうと、誰もがプレゼントをもらった。ジャクソン郡は、その点では気前がよかった。セーターや下着だけでなく、野球のグローブや、ブリキのミニチュア兵士が入った箱などもあった。その日の朝にかぎっては、生徒たちは上品な地区にある上品な家庭の少年たちのようだった。夜は静かで、悪夢も見ない。

ターナーですら、ジンジャーブレッドマンのカードを仕上げつつ、その民話の主人公が冷やかすように上げる声を思い出すと、微笑んでいた。「捕まえられるんなら、捕まえてみろよ」けっこうな人生じゃないか。そのお話がどう終わるのかは思い出せなかった。

ベイカー先生に仕事が完了したと確認してもらい、ターナーは紙張り子の持ち場にいるジェイミーとエルウッドとデズモンドに合流した。

「アールって、ジェイミーが言ってる」とデズモンドはささやいた。

そのブツを見つけたのはデズモンドだが、計画を思いついたのはジェイミーだった。〈開拓者〉に上がったばかりの、そろそろ外に出ようかという生徒の口から出るとは思いもよらない計画だった。ジェイミーはエルウッドとおなじくタラハシーの育ちだったが、ふたりが知っている共通の場所はほとんどなかった。地区がちがえば、街がちがうも同然だ。聞いたところでは、ジェイミーの父親はフルタイムのペテン師、パートタイムの地域担当掃除機セールスマンであり、半島を車で巡っては家の扉をノックして回っているということだった。ジェイミーの母親とのなれそめはよくわからないが、ジェイミーの存在と、短期間でころころ住まいが変わるたびに引きずっていく掃除機が、二人が出会ったという証拠だった。

ジェイミーの母親のエリーは、オールセインツ地区のサウスモンロー通りにあるコカ・コーラの瓶詰め工場の清掃をしていた。ジェイミーと遊び仲間は、近くにある鉄道の操車場でよくつるんでいた。サイコロ遊びをするか、かっぱらってきた《プレイボーイ》を回し読みするか。ジェイミーは根のいい少年で、真面目に学校に通うというわけではないが、ニッケルのなかを一時的にも目にすることになるような子どもではなかった。だが、そこに事件が持ち上がった。よく操車場をうろうろしている年寄りのアル中が、仲間のひとりのズボンに片手を突っ込んできたので、全員で袋叩きにしたのだ。保安官代理たちから逃げ切れなかったのは、ジェイミーただひとりだった。

ニッケルにいるあいだ、メキシコ系のジェイミーは、まわりを巻き込むようなつまらない口論からは一歩引き、心理的な縄張りや果てしない侵害をめぐる論争にも関わらなかった。しじゅう寮を変えさせられるということはあれど、ジェイミーはもの静かなままで、ニッケルでの振る舞いを定めた校則集に従っていた。しょっちゅう職員の話に出てくるが、誰もその校則集を目にしていないことを考えれば、それは奇跡だった。正義とおなじく、校則集は理論上の存在だった。

現場監督の酒に混ぜ物をする、というのは、そんな性格からは考えられない。

それでも、ジェイミーは、「アールだ」と言った。

デズモンドはサツマイモ畑で働いていた。不満はなかった。収穫の季節が迫ってきたときの、泥炭のようなサツマイモの温かい匂いが好きだった。仕事から帰ってきて、デズモンドがちゃんと寝ているのか確かめていた父親の汗の匂いと似ていた。

その前の週、デズモンドのいる班は、トラクターを収容する大きな灰色の物置小屋の整理を命じられた。照明の半分は切れており、各種の小動物がそこに棲みついていた。ある一角の天井はクモの巣が天蓋のようになり、いくつもの白い花のようになった塊をデズモンドは箒で刺し、何が飛び出てくるやらと用心していた。各種の缶がいくつか積んであり、それは何かわかったので収納場所に戻したが、ひとつだけ、ラベルが薄れていて読めなくなった緑色の缶があった。デズモンドはそれを振ってみた。完全に固体だった。上級生に相談したところ、本来はその小屋にないはずのものだと言われた。「そいつは馬用の薬だ。何か変なものを食ったときに吐かせるためのやつだよ」近くには昔の厩舎があった。そこを閉鎖したときに、がらくたとして小屋に紛れ込んだのかもしれない。ニッケルではすべてがしかるべき場所に収まるものだが、ときおり、怠け者かいたずらっ子の生徒がその秩序を乱すことがある。

デズモンドはその薬品をウインドブレーカーのなかに隠し、クリーヴランド寮に持って帰った。すべてが終わったときには、誰が言い出したのかはもうわからなかったが、ともかく誰かが、職員の酒にそれを入れてやろうぜと言い出した。そのためにデズモンドは持って帰ってきたはずだ。だが、落ち着き払って反論を退け、計画を現実のものにしたのは、ジェイミーだった。「じゃあ、誰に飲ませる？」と、ジェイミーは何か言いたげな雰囲気で仲間たちに訊ねた。ジェイミーには吃音があり、質問をするときにふと出てしまう。すぐに手を上げるおじがいたせいだ。それが、缶についての議論の最中には、まったく消え失せていた。

デズモンドは用務員のパトリックを挙げた。おねしょをしたときに殴られ、汚れたマットレスを真夜中に洗濯小屋まで引きずっていかされたのだ。「あの白人野郎。あいつが内臓をぜんぶ吐き出すのを見てみたいな」

少年たちは、放課後のクリーヴランド寮の娯楽室にいた。まわりには誰もいなかった。ときおり、スポーツグラウンドのどれかから上がった歓声が、ふわりと漂ってくる。**じゃあ誰に飲ませる？** ダギンはどうか、とエルウッドは言った。ダギンとエルウッドのあいだに何か一悶着あったとは、誰も知らなかった。ダギンはずんぐりした背中の白人の男で、眠たげな牛のような目つきでどすどすと歩き回っていた。水たまりか道路の穴のように、突然目の前に現れてくると、その肉厚の手が意外に早い動きで肩の骨をつかんできたり細い首に巻きついたりしてくる。病院で知り合った白人生徒と話をしていたところ、その監督に腹を思い切り殴られた、とエルウッドは仲間たちに言った。南北の敷地の生徒間の交流は生じないようにされていた。少年たちは「気持ちはわかる」と頷いたが、エルウッドが本心ではスペンサーを標的にしたいと思っていることはみんなわかっていた。両脚の傷の仕返しに。この白昼夢の近くでは、誰もスペンサーの名前を出せずにいたし、でなければそれに無駄な時間を使おうとは思わなかった。

「俺ならウェインライトにするな」とターナーは言った。最初にニッケルにいたときに、煙草を吸っていてウェインライトに見つかったときのことを話した。頭を横から強烈に殴られたターナーは、片方の頬にこぶが残った。ウェインライトは白い肌をしていたが、髪と鼻を見れば、黒人の血が混じっていることは黒人生徒の誰もが知っていた。自分では知らないふりをしていることが、黒人生徒たちには知られていたので、殴っていたのだ。「エルウッド、そのころの俺はお前よりもウブだったんだ」それからは、ターナーは一度も煙草を吸っているところを捕まらなかった。

ジェイミーの番だった。「アール」とだけ言い、それ以上詳しい話はしなかった。

どうして？

「あいつはわかってる」

何日も経ち、少年たちはチェッカーと卓球のあいまにそのいたずらの話をした。また新しい生徒が虐待されているところを見かけたり、きつく叱られたり横面を張り飛ばされたりといった個人的な恨みをふと思い出したときには、そのつどちがう名前が標的として挙がった。ひとつだけ、変わらない名前があった。アール。ある日、エルウッドは自分の候補からダギンを外し、アールに一票を入れた。ホワイトハウスに連れていかれた夜にアールから鞭打たれたわけではなかったが、スペンサーを外して、ほかから選ぶとなると、一番近いのはアールだった。

エルウッドは「クリスマスの午餐会って何だい？」と訊ねたが、もう答えを知っていたのかもしれない。

寮の玄関ホールにある大きなカレンダーのクリスマス午餐会の日付には、印がつけられていた。俺たち向けじゃなくて、職員向けのイベントなんだ、とデズモンドは言った。食堂でいい飯を食って、今年も北側の敷地で仕事をがんばったお祝いをする会だ。

「それで、肉の貯蔵庫から高級牛肉をかっぱらっていって自分らで食うんだ」とターナーは言った。生徒たちはその機会に給仕係を務めることで、点を上乗せしようとする。

「やるならちょうどいいタイミングじゃないか」とデズモンドが言った。言いつつも、何をとは言わずに。

いつもどおり、ジェイミーは「アール」と言った。

アールは南側の敷地の仕事をするときもあれば、北側にいるときもあった。いつもの場合であれば、ジェイミーと現場監督のあいだで何かあれば、その話が耳に入ってきただろうが、二人とも時間の半分は白人側にいたので、そちら側で何があったのかはわかりようがない。〈恋人たちの小径〉に連れていかれたか、陰口を叩かれたか、白人生徒の誰かに濡れ衣を着せられたか。アールは配車センターでの飲み会の常連だった。夜に配車センターの明かりがついており、飲んでいる男たちの声が聞こえると、生徒たちは祈る。鞭打ちが自分に降りかかってきませんように、〈恋人たちの小径〉でのデートに選ばれませんように。ろくでもない目に遭うからだ。

緑色の古い缶に入った、見知らぬ薬品。少年たちは正義のまじないの言葉や抑揚を寄せ合った。正義か、復讐か。自分たちがずっと温めているのは現実の計画なのだとは、誰も認めたがらなかった。クリスマスが近づくにつれ、少年たちはその話に何度も立ち戻り、案を交換したので、その形と重みをひとりひとりがじっくり考えた。ぼんやりとした思いつきから、よりはっきりとした形になっていき、「どうやって」や「いつ」や「もしも」の話が次々に出てくると、デズモンドとターナーとジェイミーは、そうとは気がつかないままエルウッドを外すようになった。そのいたずらは、エルウッドの良心に反している。マーティン・ルーサー・キング・ジュニア牧師が、アーカンソー州知事オーヴァル・フォーバスに二オンスもの灰汁を飲ませるところは想像できない。それに、ホワイトハウスでの鞭打ちによって、エルウッドは両脚だけでなく傷だらけになっていた。ゾウムシのように、鞭打ちはエルウッドの人格にも入り込んでいた。スペンサーが姿を見せると肩に力が入らなくなり、たじろいで縮こまってしまう。エルウッドが復讐の話をできるのは、現実を突きつけられるまでのことだった。

そして、あるとき何かが弾けたように、少年たちはその話をいっさいしなくなった。ジェイミーがまた「誰がいいか」の話を始めると、「俺たち墓場送りになってしまう」とデズモンドは言った。

「気をつけてやればいいだろ」とジェイミーは言った。

「俺、ちょっとバスケしてくる」とデズモンドは言い、そのまま抜けた。

ターナーはため息をついた。そのゲームに飽きてきたことを認めるしかなかった。しばらくは、自分たちをいたぶっていた誰かが、クリスマスの午餐会でごちそうをそこらじゅうに吐き、仲間の白人野郎どもをゲロまみれにする様子を思い描いて楽しんでいた。ズボンのなかにクソを漏らし、苦痛で顔をイチゴのように真っ赤にして苦しげに吐くうちに、もはや食べ物ではなく、自分の黒ずんだ血が出てくる。それを思うと気分がよく、べつの意味での薬になった。だが、実行に移すことはないという事実が、それに水を差した。ターナーが立ち上がると、ジェイミーは首を横に振り、バスケットボールに合流した。

クリスマスの午餐会当日の金曜日、地域奉仕班は巡回に出た。ハーパーとターナーとエルウッドが安物雑貨店での作業を終えたところで、監督のハーパーは、ちょっと用事があると言い出した。「一瞬で戻る」と二人に言った。「ここで待っててくれたらいい」

バンは見えなくなった。ターナーとエルウッドはみすぼらしい路地を歩き、通りに出た。以前、理事の家で作業をしていたときにも、ハーパーに置いていかれたことはあった。メインストリートでは初めてだった。路地裏でやりとりするようになって二カ月が経っていても、エルウッドは半信半疑だった。「歩き回っていいのか？」とターナーに訊ねた。

「騒ぐわけにはいかないけど、べつにいいんだ」とターナーは言い、この手のことは山ほどあったというふりをした。

メインストリートでニッケルの生徒を見かけるのは、珍しいことではなかった。独立記念日の花火か創立者記念日のパレードのあと、灰色の学校のバスから、州に支給されたデニムを着た生徒たちがぞろぞろと降り、ターナーやエルウッドがしているような特別な奉仕ではなく本物の地域奉仕で公園のゴミを片付けていた。三カ月に一度、聖歌隊がバプテスト教会を訪れて美しい歌声を披露し、そのあいだにハーディー校長の秘書たちが寄付を入れる封筒を渡していく。現場監督に付き添われた生徒がひとり、用事のために町に入っていく姿を見かけることもあった。だが、付き添いのない黒人の生徒二人は人目につく。昼食の時間だった。エレナーの白人たちは、二人がそこにいる理由を説明しようとした。こそこそしているようにも、怯えているようにも見えない。監督が、おそらくは金物店のなかにいるのだろう。ボンテンプスさんは黒んぼが嫌いだから、外で待たせているのだ。白人たちは通り過ぎていった。無視を決め込んでいた。

ねじ巻き式のロボットや空気銃、塗装された列車といったクリスマスのおもちゃが、雑貨店のウィンドウに並んでいた。小さな子ども用のものにまだ惹かれるとはいえ、盛り上がってしまわないようにするべきだと二人は心得ていた。足早に銀行の前を過ぎた。理事会のメンバーが姿を現しそうな、そうでなくとも少年院に関する法令といった公文書に署名するような権力のある白人の男が姿を現しそうな場所だった。

「ここにいるなんて、変な感じだな」とエルウッドは言った。

「大丈夫だって」とターナーは言った。

「誰も見てない」とエルウッドは言った。

昼の人通りが途切れ、歩道は無人だった。「たいていのやつは湿地に逃げ込もうって話をしてる」とターナーはあたりを見回し、笑顔になった。エルウッドが何を考えているのかはわかっていた。「たいていのやつは湿地に逃げ込もうって話をしてる」とターナーは言った。「匂いを消して、犬に捕まらないようにして、危険がなくなるまで身を潜め、それからヒッチハイクでどこかへ向かう。西か、北か。でも、だから捕まるんだ。みんなそこに逃げるからな。それに、自分の匂いを消せるなんてことはない。あれは映画での話だ」

「じゃあ、どうやるんだ?」

ターナーはそれを頭のなかで幾度となく練ってきたが、人に話したことはなかった。「湿地じゃなくて、こっちのシャバを目指すんだ。干してある洗濯物をかっさらう。北じゃなくて、南に向かう。そう出るとは誰も思わないからな。配達のときに通りかかる空き家がいくつもあるだろ? トリヴァーさんの家とか。いつも仕事で州都のほうにいるから、あの家は空いてる。そこから必要なものをかっぱらって、犬とのあいだの距離をできるだけ広げて、疲れさせる。連中が思ってもいないことをやるのがこつなんだ」そこで、一番大事なことを思い出した。「それに、誰とも一緒にやらないことだ。あののろまな連中とはだめだ。足手まといになるだけだからな」

ドラッグストアの前にさしかかっていた。窓の向こうでは、女性が乳母車にかがみ込み、自分の赤ん坊の口にスプーンでアイスクリームを運んでいた。男の子の赤ん坊はチョコレートまみれになり、楽しそうに大声を上げていた。

「お前さ、金持ってるか？」とターナーは言った。

「君よりあるよ」とエルウッドは言った。

二人とも一文無し、ということだ。二人は笑った。ドラッグストアは有色人種の客を入れてくれないことはわかっていたし、笑えば、人種分離の高く長い壁からいくつかレンガを外せることもあったからだ。それに、アイスクリームを欲しいなどとはこれっぽっちも思っていなかったからだった。

エルウッドがアイスクリームを避けるのは当然だった。「アイスクリーム工場」に行った痕がまだ残っているのだから。ターナーがアイスクリームを嫌いなのは、十一歳のときにやってきて同居するようになった叔母の恋人のせいだった。メイヴィスは母親の妹であり、ターナーにとってはたったひとりの親戚だった。フロリダ州はメイヴィスのことを何も知らず、記録に名前があるべきところは空欄のままにしていたが、ターナーが彼女としばらく暮らしたことは事実だった。父親のクラレンスはちょっとした「さすらい人」だったが、ターナーもおなじ癖があるので言われるまでもなくわかった。ターナーにとって父親の記憶は、茶色い大きな手と、擦るような音のくすくす笑いだった。風に吹かれて転がる落ち葉の音を耳にすると、あのくすくす笑いをターナーは思い出した。ニッケルの生徒たち（ニッケル・ボーイズ）が、何十年もあとになっても、革が何かに鋭く当たる音を耳にすると、ホワイトハウスに行ったときのことを思い出してしまうように。

最後に父親の姿を見たのは、ターナーが三歳のときだった。そのあとは、父親は風の便りでしかなかった。母親のドロシーはもっと長く、自分の嘔吐物で窒息するまで粘った。酒が粗悪であればあるほど好んで飲む、それが母親の嗜好だった。死んだ夜に飲んでいた酒のせいで、正面の居間のソファで体はねじれ、青く冷たくなっていた。母親がどこにいるのかはわかっている。セントセバスチャン墓地の土のなかだ。それは、実直な性格である友達エルウッドとはちがっていた。エルウッドの両親は、西部に向かったまま、葉書の一枚も送ってこなかった。子どもを捨てて真夜中に出ていくなんて、どんな母親なのか。どうでもいいと思っている母親だ。エルウッドと本気の喧嘩になったら、その一言をボディーブローとして繰り出してやろう、とターナーは心に留めていた。自分が母親から愛されていたことはわかっていた。ただ、酒のほうがもっと好きだっただけだ。

ターナーは叔母のメイヴィスに引き取ってもらい、学校に着ていけるいい服と、三度の食事を与えてもらった。毎月の最終土曜日には、メイヴィスは上等な赤いドレスを着て首に香水を振りかけ、女友達たちと出かけていたが、それを除けば、看護師として働いている病院とターナーが生活のすべてだった。彼女は誰からも可愛いとは言ってもらえなかった。小さく黒い目と、申し訳程度のあごがあり、イシュメイルが言い寄ってきたとき、メイヴィスはあっさり落ちた。可愛いとか、それまで聞いたこともない数々の言葉を、イシュメイルは口にした。ヒューストン空港の整備員をしている彼が花を持ってきたときには、肌に染みついてしまってどんなに洗っても落ちない工業的な匂いがほとんどしなくなった。

イシュメイルは悪意を秘めた男だった。電池のように暴力を溜めていた。それ以降、ターナーはその手の男を見分けられるようになった。イシュメイルのことを考えると叔母は明るい顔になり、大好きなミュージカル映画の曲を歌いながら、廊下を仕切って作ったバスルームに閉じこもり、トランジスタラジオの乾いた音を背景に電熱櫛を当てていた。歌の音程は合ったり外れたりした。ターナーにはまったく思い当たらなかった。あのとき、メイヴィスが二週間もつづけてサングラスをかけていたのはなぜなのか。朝に部屋から出てこず、昼過ぎに姿を見せたと思ったら、足を引きずって呻いていたのはなぜなのか。

メイヴィスとイシュメイルの拳のあいだに割って入ると、次の日、イシュメイルにアイスクリーム店に連れていかれた。マーケット通りのほうにある、A・J・スミスの店だった。「この若者に、一番でかいサンデーを持ってきてくれ」それを頬張るたびに、ターナーは口に靴下が入っているような気分になった。惨めにスプーンですくって平らげ、それ以来、大人というのは子どもを買収して自分の悪い行いを忘れさせようとするのだ、と腑に落ちた。最後に叔母の家から逃げ出したときも、口にはその味がしていた。

ニッケルでは、月に一度バニラアイスクリームが出る。甲高い声を上げて喜ぶ生徒たちは、豚小屋にいる馬鹿な子豚の群れのようで、ターナーは全員を殴り倒してやりたくなった。毎月の第三水曜日、ターナーとエルウッドは北側の敷地のアイスクリームの割り当てのほとんどを、エレナーの薬局に裏口から運び込んでいた。ターナーからすれば、仲間の生徒たちがアイスクリームを食べずにすむように奉仕活動をしているようなものだった。

金髪の女が扉に向かって乳母車を押してくると、エルウッドは扉を開けて持ち、通りやすくした。女からは一言もなかった。

そこにハーパーが車を停め、前部座席に乗るようにと手を振ってきた。「お前ら、何か企んでるか？」

「そりゃもう」とターナーは言った。そしてエルウッドにささやいた。「エル、俺の計画をパクったりするなよ。純金なみの値打ちだからな」二人はバンに乗り込んだ。

車が本部棟を過ぎて有色人種用の敷地に向かうと、緑地にいる生徒たちが心配そうな様子で集まって立っていた。ハーパーは速度を落とし、白人生徒のひとりに声をかけた。「どうした？」

「アールさんが病院に運ばれました。具合が悪くなって」

ハーパーは倉庫のそばにバンを停め、病院に走った。エルウッドとターナーはクリーヴランド寮に急いだ。エルウッドはリスのようにあらゆる方向をうかがい、ターナーは落ち着いた態度を崩すまいとしたせいで宇宙ロボットのような動きになっていた。どういうことか確かめなければ。学校内では人種隔離がされていたが、黒人と白人の生徒たちは身の安全のために情報を伝え合っていた。ときとして、ニッケルにいると家にいるように思えることがある。嫌いなはずの兄か姉が、親のどちらかの機嫌が悪いとか一日じゅう飲んで酔っ払っているとか教えてくれるおかげで、準備ができるのだ。

有色人種用の食堂の前に、デズモンドがいた。ターナーはなかを覗き込んだ。職員用のテーブルは、まだ食事直後のまま配膳されている。半分配膳されている、というべきか——ひっくり返ったいくつかの椅子が騒ぎを物語り、血の汚れが、アールが引きずっていかれた場所を示していた。

「薬のせいじゃないと思う」とデズモンドは言った。低い声のせいで不吉さが増していた。

ターナーはデズモンドの肩を殴った。「俺たちが殺されるじゃないか！」

「俺じゃない！　俺じゃないって！」とデズモンドは言った。ターナーの肩越しにホワイトハウスのほうを見た。

エルウッドは片手で自分の口を覆った。血の跡に、作業靴の跡が半分ついている。はっと我に返り、丘の下を向いた。自分たちを捕まえるために誰かが向かってきていないかどうかを確かめた。「ジェイミーは？」

「あの野郎」とデズモンドは言った。

三人は食堂の正面階段で策を練った。みんなであちこちに行ってみて、ほかの生徒たちからアールの容態について聞き出そう、とターナーは言った。そこは敷地の東側を縁取る道路までまっすぐだったので、その場にいたいとは言わなかった。もしスペンサーが仲間を引き連れてきたら、全速力で逃げるつもりだった。**捕まえてみろよ、俺はジンジャーブレッドマンだぞ。**

ジェイミーは一時間後に現れた。髪はぼさぼさで、少しぼんやりした様子は、遊園地で回転ティーカップに乗ってきたばかりのように見えた。ジェイミーの話で、ほかの生徒たちから聞いた話のピースがすべて埋まった。クリスマスの午餐会は、いつもどおりに始まった。年に一度だけ出される特別なテーブルクロスが職員用テーブルにかけられ、上等な皿から埃が拭き取られた。監督たちは席についてビールを飲み、下品な話や、胸の大きな秘書や教師たちについて猥褻な推測を披露しあった。騒々しく、楽しんでいた。食事が始まって数分したところで、アールが突然立ち上がり、腹をつかんだ。喉を詰まらせたか、とまわりは思った。すると、アールは胃のなかのものをあたりにまき散らし始めた。血が出てきたところで、丘の下の病院に担ぎ込まれた。

病棟の表にいる生徒たちと一緒にジェイミーが待っていると、アールは救急車で運ばれていった、という話だった。

「狂ってるよ」とエルウッドは言った。

「俺がやったんじゃない」とジェイミーは言った。無表情だった。「フットボールをやってたんだ。みんな見てる」

「あの缶が俺のロッカーからなくなってたぞ」とデズモンドは言った。

「俺が取ったんじゃないって言っただろ」とジェイミーは言った。「誰かがお前のブツを盗んで、やったんじゃないのか」デズモンドの肩を叩いた。「馬用の薬だって言ってたくせに！」

「そう聞いたんだよ」とデズモンドは言った。「お前だって見ただろ。馬の絵が描いてあった」

「ヤギだったかもな」とターナーは言った。

「馬用の毒だったのかも」とエルウッドは言った。

「それかヤギ用の毒か」とターナーは言い足した。

「バカかよ、ネズミとはちがうんだぞ」とデズモンドは言った。「馬は毒を飲ませるんじゃなくて、撃ち殺すんだ」

「じゃあ、死んでないだけましだな」とジェイミーは言った。エルウッドとデズモンドで問い詰めてみたが、ジェイミーの話は変わらなかった。

　ときおり、ジェイミーの口元に浮かぶ微笑みは見逃しようがなかった。ジェイミーに面と向かって嘘をつかれたからといって、ターナーは怒ってはいなかった。真っ赤な嘘だとわかっていてもそれを堂々と押し通す嘘つきは見事だと思っていたが、それに対して何かができるわけではない。これもまた、他人に対して人は無力だという証拠だ。ジェイミーが認めようとしないので、ターナーは丘の下の生徒たちや人の動きを見守るだけにした。

　アールは死ななかった。ただし、仕事には復帰しなかった。医師からの指示だった。続く数日のうちに、少年たちはそれを知ることになる。そして、それから数週間後、アールの代役である長身のヘネピンという男はさらに性根が腐っており、多くの生徒がその残酷な気まぐれの犠牲になることにも気がつく。だが、最初の夜には誰も捕まらずに切り抜け、クック医師がその発作はアールの体質のせいだと考えているという噂が出回ると――どうやら、家族に病歴があったらしい――ターナーは逃亡計画を練るのをやめた。

　消灯の直前、エルウッドは寮の表にある一本の大きなオークの木のそばにいた。敷地は静まり返っていた。ターナーは一服したかったが、煙草の箱を倉庫の屋根裏に置いてきていた。かわりに、巡回に出るときずっとハーパーが歌っていたエルヴィスの曲を口笛で吹いた。

夜の虫の鳴き声が始まり、波になった。「アールか」とターナーは言った。「まあ、どうしようもないな」

「でも、その場で見たかったな」とエルウッドは言った。

「ハハ」

「スペンサーだったらよかったのに」とエルウッドは言った。「そしたら気分がよかったのにな」太ももの裏を片手で押さえていた。思い出すと、そこをさする癖がついていた。

歓声が聞こえてきた。丘の下で、監督たちがクリスマスの照明を点灯したのだ。生徒たちはここ数週間の努力の成果をすべて見ることができた。緑、赤、そして白の電球が、木々と南側の敷地の建物に沿って、クリスマスの喜びのルートを形作っている。遠くの暗がりでは、入り口のところにいる巨大なサンタクロースが内側から光り、悪魔的な火を見せていた。

「大したもんだよな」とターナーは言った。

ホワイトハウスを過ぎたところで点滅する光が、かつての給水塔の輪郭を見せていた。白人の生徒がひとり、その照明を釘で打ちつけようとしたとき梯子から落ちて鎖骨を折っていた。照明は筋違の木材が作るX字形に浮かび、大型タンクをぐるりと回り、三角形の頂上を形どっていた。発射を待つ宇宙船のように。ターナーは何かを思い出しそうになり、そして思い出した。テレビのコマーシャルで見た娯楽施設、〈ファンタウン〉だ。あの馬鹿らしく陽気な音楽、バンパーカーやローラーコースター、そして〈原子力ロケット〉。ほかの少年たちも、その施設の話はときおりしており、シャバに出られたら行くつもりでいた。間抜けな話だ、とターナーは思っていた。そんないいところに有色人種は入れない。だが、それは目の前にあった。星空に向けられ、百ものまたたく光に彩られ、発射の瞬間を待っている。ロケットだ。暗闇のなかで打ち上げられ、彼らには見えない、もうひとつの暗い惑星を目指すのだ。

「きれいだな」とターナーは言った。

「がんばったよな」とエルウッドは言った。

第三部

第十一章

「エルウッド？」

答えるかわりに、彼は居間からうなり声を上げた。窓からは、わずかにブロードウェイ通りが見えている。サミーの靴修理店、廃業した旅行代理店、そして大通りを走る中央分離帯。その角度から見ると眺めは台形になり、彼なりの街のスノードームになっていた。煙草を吸うにはちょうどいい場所だったし、腰痛がひどくならないように窓枠に腰掛けるやりかたも見つけていた。

「氷を一袋買ってくる。もう我慢できない」とデニーズは言うと、玄関扉を閉めて出ていった。先週、彼女には鍵を一式渡してあった。

暑さは平気だった。確かに、この街は惨めな夏を味わわせてくるが、あのころの南部の猛暑に比べれば何でもない。ここにきてからずっと、地下鉄やワイン店などで夏の暑さに不平を言うニューヨーカーたちに、彼は忍び笑いをしてきた。到着したころにも、街ではゴミ回収のストライキがあったが、あのときは二月だった。それほどの悪臭ではなかった。今回は、一階の玄関ホールから出るたびに、悪臭が藪のようになっている。それを鉈でめった切りにして進みたくなる。まだストライキの二日目だった。

一九六八年の、組合員の独断でのストライキは、街からの歓迎の挨拶としてはあまりに悲惨で、彼はそれをしごきだと思うしかなかった。金属製のゴミ箱が歩道で群れをなし、溢れたまま何日も放置され、束ねた袋や段ボール箱に入った新しいゴミがそのまわりを固めている。彼は土地勘ができるまでは新天地で公共交通機関には乗らないことにしており、それまでの人生で地下鉄に乗ったことはなかった。ミッドタウンにあるポート・オーソリティー・バスターミナルから、ひたすら北に向かって歩いた。まっすぐ歩くのは不可能で、ゴミの山を次々によけていった。九九丁目にある、シングルのみの宿泊施設〈スタットラー〉にさしかかると、そこの住民は、二つの巨大なゴミの山を蹴り、正面玄関への道を作っていた。ドブネズミがさっと行き来している。二階にある部屋に押し入りたければ、ゴミの山を登っていけばいい。

支配人から、五階の裏にある部屋の鍵を渡された。廊下の奥にトイレのある、ホットプレートのような部屋だった。ボルティモアで一緒に働いていた男から、その安宿がいかにひどいかという話を聞かされていた。その話にあったほどひどくはなかった。もっとひどい場所をいくつも見てきていた。

二日後に、彼は雑貨チェーン店で磨き粉を買ってくると、トイレとシャワーの掃除に取りかかった。ほかの誰も気にしていない、その手の安宿だ。彼はそれまで、ごまんとある場所で、ごまんとある汚いトイレを磨いてきた。

悪臭のなか、膝をつく。ニューヨークへようこそ。

いま、座ってブロードウェイ通りを見ていると、その視界をデニーズが横切っていく。通りに立った高さから見ると、中央分離帯はたいていの日はきれいに見える。三階からベンチや木々を覗き込むと、地下鉄の通気口の鉄格子や敷石にゴミが詰まっているのが見える。紙袋、ビール瓶、タブロイド紙。いたるところにがらくたが溜まっている。最新のストライキが進行中となると、彼がずっと見てきたことに、みんなようやく気がついた。この街はめちゃくちゃだ。

彼はティーカップで煙草をもみ消し、ゴングをひとつも鳴らすことなくソファまで行った。ぎっくり腰をやってしまって以来、調子がいいとつい忘れていきなり動こうとしてしまい、そしてゴングが鳴る。腰椎で爆発が起きる。トイレで座っていると、ガン。ズボンを拾い上げようとすると、ガン。犬のように鋭い叫び声を上げ、しばらく床で体を丸める。トイレのタイルがひんやりと肌に当たる。自分のせいだ。引き出しや箱に何が入っているのかは、持ってみないとわからない。ウクライナ系の老人の引っ越しを担当していたとき――年金生活に入った元警官が、姪のいるフィラデルフィアに転居することにしたのだ――ナイトテーブルを持ち上げようとかがむと、腰がぱちんと弾けた。廊下からでも聞こえたな、とラリーは言った。元警官はナイトテーブルの引き出しにダンベルを入れていた。百三十キロもの重さのウェイトを、真夜中に筋トレをしたくてたまらなくなったときに備えて入れていたのだ。先週のぎっくり腰を招いたのは、一見どうということのない大型の木製たんすだったが、そのときは金を稼ごうと余分に仕事をしていた。寝不足で、ぼんやりしていた。「あのオランダ製のモダンなやつには気をつけろよ」と、ラリーからは言われていた。デニーズが戻ってくれれば、台所でラムコークを作ってくれるだろうから、湯たんぽをもう一個頼もうと思った。

たいていの夜、近所ではサルサ音楽が鳴り響く。今夜はとりわけ騒々しかった。暑さでどこも部屋の窓を開けているうえに、独立記念日を翌日に控えているせいでもある。みんな休みを取っている。腰をやられていなかったならコニーアイランドに花火を見にいくつもりだったが、今夜は家から出ずに、四チャンネルで『手錠のまゝの脱獄』を観ることにしていた。シドニー・ポワチエとトニー・カーティス、二人の囚人が手錠につながれたまま沼地を逃亡していき、狩猟犬や、散弾銃を持った愚鈍そうな保安官代理たちから逃れていく。嘘くさいハリウッドの紛い物だが、たいていは『レイト・レイトショー』の枠で放映されると必ず観ていた。デニーズはシドニー・ポワチエが好きだった。

アパートメントのどの部屋にも、仕事先に捨てられていた家具が入っていた。ある意味では、街のあちこちのニューヨーカーの家具のショールームであり、新しい品が入ってくれば古い品は出ていく交代制だった。お気に入りの、ひときわ硬いタイプのマットレスのクイーンサイズのベッド、お洒落な飾り鋲のついた化粧たんす、ランプや敷物。引っ越すとき、人はかなりのものを捨てていく。ときとして、住む場所だけでなく人格まで変えるのだ。「経済的な梯子」を上がる人、下がる人。もしかするとベッドが引っ越し先には合わないか、ソファが角張りすぎていると思ったか、あるいは新婚夫婦が新しい居間の家具一式を購入しているか。ロングアイランドやウェストチェスターといった郊外に向から白人の家族の多くは、一からスタートを切ろうとする。街での生活を振り払い、かつての自分たちの姿とはおさらばしようとするのだ。彼も含めた〈ホライゾン引越社〉のチームは、屑物屋が手を付けるよりも先に分け前にあずかった。いま横になっている寝椅子は、七年間で十二個目だった。入れ替えるごとに上等になっていく。引っ越し業者で働いている役得だったが、ときどき腰をやられてしまう。

短期滞在客のように家具を漁ってはいても、根はしっかりと張っている。子どものころの家を除けば、ここには一番長く住んでいた。ワンルームの安宿でニューヨーク生活を始め、数カ月したところで〈4ブラザーズ〉で皿洗いの仕事をもらった。アップタウンやスパニッシュハーレムなどを転々として、ついに〈ホライゾン〉での安定した仕事へのつてを得て、ブロードウェイのすぐそばのここ、八二丁目にたどり着いた。家主が扉を開け放ったとき、ここだ、自分はこのアパートメントに住むことになる、とわかった。あれから四年。「もう中流階級だな」と、独り冗談を言った。ゴキブリですら上品であり、バスルームの明かりをつけると、彼の存在を無視するのではなくこそこそ隠れていく。その慎ましさには気品を感じた。

デニーズが戻ってきた。「外で声を出したの聞いた？」台所に入ると、袋に入った氷にバターナイフを突き立てた。

「何だって？」

「ドブネズミが足の上を走っていったから叫んだ。あれは私」とデニーズは言った。

デニーズは背が高く、筋金入りのハーレム育ちであり、バスケットボールの女性リーグでプレーすることもできた。何も怖れないたぐいの都会の女だった。通りを歩いているときに筋骨隆々としたろくでなしから無作法な言葉をささやかれても臆することなく対決していたが、ドブネズミとなると小さな女の子のように金切り声を上げる。デニーズはどう見ても小さな女の子ではないので、その部分が表に出てきたときにはいつも驚かされた。彼女は一二六丁目の、空き地と暑さの隣に住んでおり、いま、その空き地はゴミによっていつもより生き生きとしていた。あの忌々しいネズミどもはいたるところにいて、地下の隠れ場所から飛び出してくる。昨夜は犬ほども大きいドブネズミを見た、と彼女は言っていた。「しかも犬みたいに吠えてくるし」じゃあ犬だったんじゃないか、と彼は思った。

今日のデニーズは自分の家には戻らない予定で、泊まっていってくれるのはうれしかった。

独立記念日を翌日に控え、デニーズの水曜夜の授業は休講になっていた。その日の午後は彼の仕事も休みで、眠っているところに彼女がやってきて、ベッドに入った。デニーズのシルバーの大きなイヤリングを、ベッドのそばのテーブルに置く音がして――アトキンソン家が、三人の子どもと犬一匹、ギンベルスのダイニングセットと一緒に、タートル・ベイからヨーク・アヴェニューに引っ越すときに厚意でくれたテーブルだ――彼は目を覚ました。いまでは、腰のどのあたりが痛むのか彼女は心得ており、そこを揉み、仰向けになるように言うと、上にまたがった。ことが終わり、二人が手足をもつれさせているときには、部屋の温度は五度以上高くなっていた。温かいラムコークがしばらくは効き、それが効かなくなると、氷を買いに出ることになる。

二人が出会ったのは、一三一丁目の高校だった。夜間に成人向けの授業が開講されていた。彼は高卒資格を取ろうとしており、彼女は隣の教室でドミニカ人やポーランド人たちに第二言語としての英語を教えていた。彼は自分の課程を修了するまで待ってから、デートを申し込んだ。証書を勝ち取って誇らしい気分なのに、ごくたまに得られた勝利を一緒に喜んでくれる人がいない、そんな瞬間だった。高卒資格を取ろうという案は、しばらく頭の片隅にあった。ロウソクの火を片手で風から守るようにして、それを温めていた。地下鉄では、「ご都合に合わせて夜間に課程を修了できます」という広告が目についた。そしてついに、その紙切れを手にしたときの喜びで、いっちょやってみるか、と彼は言い、そのまま彼女のところに歩いていった。大きな茶色の目、橋のように鼻にかかるそばかす。**ご都合に合わせて。**彼はほかのやり方をしたことはほとんどなかった。

デートを申し込んだところ、断られた。付き合っている人がいるから、と。ひと月して、彼女から電話があり、キューバ系中華料理を食べにいった。

デニーズはラムコークに氷を入れて持ってきた。「それと、サンドイッチを買ってきた」と言った。彼はテレビ用の折りたたみ式テーブルをセットした。ウォーターズ氏が、アムステルダム・アヴェニューからブロンクスのアーサー・アヴェニューに転居したときに置いていったのをもらってきたのだ。折りたたむと、寝椅子とエンドテーブルのあいだの隙間にぴったり収まる。これを発明したやつはノーベル物理学賞ものだ。

「さっさとケツを上げて、ぜんぶ回収すればいいのに」デニーズが台所から言った。「ビーム(一九七四年－一九七七年のニューヨーク市長）が電話をかけて、あの人たちと話をしなきゃ」

市長は怠け者だと彼女は思っており、ストライキは愚痴を言う絶好の機会だった。彼がV字形のテレビアンテナを動かして、四チャンネルが一番きれいに映るようにしていると、彼女は不平を並べ立てた。まず、あの悪臭。生ゴミが腐り、その上に管理人たちがスプレーで漂白剤をかけている。ゴミの山の上に大きな霞のように群がるハエと、歩道でのたくるウジ虫対策の漂白剤だった。それから、煙。人々はゴミを片付けようと火をつけ——人についてはよく知っているはずの彼にも、それは理解できなかった——建物のあいだを力なく通るそよ風で、煙がそこらじゅうに広がった。消防車は街の大通りや路地に散らばり、金切り声を上げていた。

そこに、ドブネズミまでいる。

彼はため息をついた。どんな議論でも、彼は「大物」に立ち向かう側につくことを第一にしていた。警官や政治家、大物ビジネスマンや判事など、梃子を動かしている連中。「あいつらのタマを握ってるんだから、ねじってやればいい」と彼は言った。「働く男たちなんだ」ビーム市長、ニクソンと嘘だらけの発言、それだけで投票したい気持ちになるまであと一歩だった。だが、できるかぎり行政との関わりは避け、自分のちょっとした運は試さないことにしていた。

「まあ座れよ」と彼は言った。「あとは任せてくれ」

「もう作ってあるから」湯たんぽのためのやかんも、もう置いてあった。蒸気が高い音を立てていた。

ゴミが燃える煙が窓から入ってきていたので、彼はベッドルームの窓も開けて風が抜けていくようにした。彼女の言うとおりだ。このストライキが前回とおなじくらい長引くなら、本物の大混乱になる。ひどい状態だ。だが、ここの人々にとっては、自分たちがほんとうはどんな街に住んでいるのかを目にするいい機会になる。

たまには、彼の視点に立ってみればいい。みんながどう思うか見ものだ。

ニュースキャスターが休日の天気を告げ、ストライキの状況には「話し合いが続いています」と手短に触れ、『九時のロードショー』をお見逃しなく、と視聴者に言った。

彼は自分のグラスを彼女のグラスに軽く当てた。「俺と結婚してるんだぜ――これが指輪だ」

「何のこと？」

「映画のセリフだよ。シドニー・ポワチエの」白人の男と自分を縛り付ける手錠の鎖を掲げ、そう言うのだ。

「言葉に気をつけなさい」

確かに、誰がそのセリフを言うのか、誰に向かって言うのかで、会話はまったくちがうものになる。その映画の結末のように。一方で、囚人のどちらも逃げられはしない。それとも、逆の見方をすれば、どちらの囚人も、相手を死なせれば自由の地にたどり着けた。それも結局はおなじことだったかもしれない。どちらにしても、二人ともどうしようもなかったのだ。数年後に彼がその映画を観るのをやめたのは、物語がわざとらしいとか、事実が正しく描かれていないとか、自分がどこまでたどり着いたのかを教えてくれるのが理由ではなく、観ていると悲しくなってくるうえに、自分の心のひねくれた部分がその悲しみを求めているのだ、と気がついたときだった。ある時点で、自分を落ち込ませるものは避けたほうが賢明だと学んだのだ。

だが、その夜に映画の結末を観なかったのは、デニーズがデニムのスカートをはいており、出ている大きな太ももに気を取られすぎたせいだった。胃酸中和薬のコマーシャルになると、彼は手を伸ばした。

『手錠のまゝの脱獄』、それからセックス、そして睡眠。夜に響く消防車の音。翌日の朝になれば、彼は起き、腰痛があろうとなかろうと外に出なければならない。十時に待ち合わせてバンを買うことにしているからだ。ベッドの下にあるブーツのなかに札束が入れてあり、給料日にそこに二十ドル札を足す満足感は味わえなくなる。コインランドリーにあった、中古バン売りますというチラシを、誰かに先を越されないように破り捨てた。六七年型のフォード・エコノライン。新しい上塗りが必要だが、一二五丁目に貸しのある連中がいる。そうすれば、〈ホライゾン〉での給料に、自分の仕事の稼ぎを足すことができる。ラリーと一緒に土日も働いて、ラリーが元妻に借金を返せるようにする。市の衛生局はあてにならないが、子どもの養育費のことで不平を言っているラリーなら、USスチールくらい頼りがいがある。

自分の会社は〈エース（ACE）引越社〉と名づけることにした。〈AAA〉はもう取られており、電話帳の最初に出てくる名前にしたかった。半年したところで、ニッケルにいたころにちなんだ名前だと気がついた。エース。シャバに出て、ジグザグに進んでいくのだ。

第十二章

ニッケルから出る方法は四つある。

その一、刑期を務め上げる。たいていの判決は半年から二年のあいだになるが、その前に、学校本部は独自の判断で合法的に釈放する権限を持っている。生徒が気をつけて行儀よくしていれば、点を稼いで〈エース〉になれるきっかけになる。そうなると、その生徒は家族の胸に向けて解き放たれる。家族は彼の帰還を心から喜ぶか、その顔が歩道を上下に揺れているのを見て顔を引きつらせ、次の災難へのカウントダウンがまた始まる。家族がいれば、の話だ。いなければ、フロリダ州の児童福祉課が保護救済措置を取りそろえており、なかには比較的ましな措置もある。

年齢を重ねることで刑期を終えることもできる。十八歳になると、生徒は出口に案内され、手早く握手をしてもらうと小銭を渡される。自由の身になって家に帰るか、無関心な世界に歩み出していき、おそらくは人生のより厳しい道を歩んでいく。ニッケルにやってくる前に、少年たちはさまざまなひどい目に遭っており、在校中にさらに凹みや傷ができる。しばしば、より深刻な過ちや、より残忍な施設が待っている。一般的な道筋をまとめるならば、ニッケル・ボーイズは学校にくる前も、学校にいるあいだも、学校を出たあとも、だめになってしまうのだ。

その二、裁判所が介入してくるかもしれない。魔法のような出来事だ。ずっと会っていなかったおばや、年上のいとこが姿を現し、後見人になると申し出てくれる。愛するママに財力があれば、状況の変化を口実に減刑を申し出てくれる。**父親が亡くなったので、私たちの家には稼ぎ手が必要なのです。**ひょっとすると、担当する判事が新顔だろうといつものひねくれ者だろうと、自分なりの理由で干渉してくるかもしれない。たとえば、金銭の授受があったせいで。だが、賄賂に使える金があったなら、その少年はそもそもニッケル送りになってはいないはずだ。それでも、法はさまざまな具合に腐敗していて移り気であり、ときとして、神の手が介入したということで生徒がふらりと出ていくことはあった。

その三、死ぬという手がある。「自然死」のこともあるが、非衛生的な環境や栄養不足や、無情な怠慢の蓄積もそこに手を貸す。一九四五年の夏、ある下級生が、当時は人気の矯正手段だった懲罰房に監禁されていたときに心不全で死んだが、医学検査官は自然死と判定した。その手の鉄の箱に入れられてうだり、やがて自分の体が力尽きてねじれているさまを想像してみるといい。インフルエンザや結核や肺炎もそれなりに死者を出したし、事故死や溺死や転落死もあった。一九二一年の火災では二十三人の命が失われた。寮の非常口のうち半分はボルトで締められていて、三階にある光の入らない独房に入っていた二人の生徒は逃げることができなかった。

死んだ生徒たちは〝ブートヒル〟の土に埋められるか、遺族に引き渡された。ひときわ非道な死に方もあった。不完全だとはいえ、学校の記録を当たってみるといい。鈍器による外傷、散弾銃の一撃。二十世紀前半は、地元の家庭に貸し出されていた生徒が死んでしまうこともあった。「非公認の休暇中」に命を落とす生徒たちもいた。トラックに轢かれた生徒は二人。そうした死はいっさい調査されなかった。南フロリダ大学の考古学者たちは、複数回にわたって脱走を試みた生徒たちの死亡率が、脱走を試みなかった生徒たちに比べて高いことに気がついた。どういうことなのか。印のない墓地のほうは、秘密を明かしはしなかった。

そしてその四、脱走する。運を天に任せて逃げ出すのだ。

生徒のなかには、逃げおおせてべつの場所でべつの名前を名乗り、沈黙したままの未来でひっそりと暮らす者もいた。残りの一生をずっと、ニッケルに見つかる日を怖れて生きる。たいていの場合、脱走者は捕まり、「アイスクリーム工場」に連れていかれてから、光の入らない独房に二週間ほど入れられて態度を矯正される。脱走するのは狂っているし、脱走しないのも狂っている。学校の境界線の向こうを見た生徒が、自由で生きた世界を目にして、思いきって駆け出して自由の身になろうと思わずにいられるだろうか。今回こそは、自分の物語を自分で書いてみよう、と。一瞬の、蝶のようにひらりと消えていくものではあっても、脱走するという思いを禁じるのは、自分の人間性を殺すことに等しい。

ニッケルからの有名な脱走者に、クレイトン・スミスがいる。その物語は何年にもわたって語り継がれていた。現場監督や用務員たちが、その物語の命を長いものにしていた。

一九五二年。クレイトンはいかにも脱走しそうな生徒ではなかった。頭がいいわけでも体が丈夫なわけでもなく、反抗的でも活発でもなかった。単に、耐える意思がなかったのだ。学校の土を踏むまでにも散々苦しめられてきていたが、ニッケルは世界の残忍さを増大させてそれに磨きをかけており、クレイトンの目は寒々とした世界観に開かれた。生きてきた十五年間でこのすべてを味わってきたのなら、この先には何が待ち受けているというのか。

クレイトンの一家の男たちは、かなり似通っていた。近所の人々は、鷹のような横顔や薄茶色の瞳、話しているときに手や口をひらひら動かす仕草で、すぐに一家を見分けられた。そうした類似は表面上のものにとどまらなかった。スミス家の男たちは、運にも長寿にも恵まれていなかったのだ。クレイトンについても、似た要素は見まちがえようがなかった。

クレイトンが四歳のとき、父親が心臓発作を起こした。片手がかぎ爪のようにシーツに食い込み、口は大きく開き、目も見開いていた。十歳のときにクレイトンは学校をやめ、三人の兄と二人の姉とともに、マンチェスターのオレンジ果樹園で働き始めた。一家の末っ子が手を貸すことになったのだ。母親は肺炎にかかってから体を壊してしまい、フロリダ州が一家の後見を引き受けた。そして子どもたちを四散させた。タンパでは、ニッケルはまだ「フロリダ男子工業学校」と呼ばれていた。問題児だろうが単にほかに行き場のない少年だろうが、若者の人格を向上させてくれるという評判だった。

姉たちから手紙がくると、クレイトンはまわりの生徒たちに読んでもらった。兄たちは掃き散らされるようにしてあちこちを移動していた。

クレイトンは喧嘩のやり方を教わったことはなかった。兄や姉たちが近くにいて、いじめっ子たちをビビらせてくれるのだから教わる必要もなかった。ニッケルでの彼は、小競り合いでは散々だった。そのとき気分がよく落ち着いていられるのは、厨房で働いてジャガイモの皮を剝いているときだった。そのときは静かだし、決まった手順がある。当時のルーズヴェルト寮の寮父はフレディー・リッチという男であり、その職歴は無力な子どもたちの地図になっていた。マーク・G・ギディンス館、ガーデンヴィル男子学校、クリアウォーターにあるセント・ヴィンセント孤児院。ニッケル男子学校。フレディー・リッチの餌食候補は歩き方と姿勢で選ばれ、学籍記録で補強され、ほかの生徒たちから受けている扱いが最後の決め手になった。彼は若いクレイトンを手早く選び、二つの椎骨を探るその指が、クレイトンに告げた。**逃げろ**。

フレディー・リッチが寝泊まりする部屋は、ルーズヴェルトの三階にあったが、彼はニッケルの伝統に従い、獲物は白人用校舎の地下室に連れていくことにしていた。最後に〈恋人たちの小径〉に行ったあと、クレイトンはもう限界だった。その夜、校内を歩いていくクレイトンを見かけた二人の現場監督は、彼が付き添いなしで寮に歩いて帰る姿はもう見慣れていた。二人はそのまま行かせた。クレイトンは先手を打った。

クレイトンの計画は、ゲインズヴィルの外れにある女子宿泊所に身を寄せていた姉のベルを当てにしていた。ほかの家族とはちがい、ベルの暮らし向きはよくなっていた。その宿泊所を運営している人々は優しく、人種の問題についても理解があった。コーンマッシュやほつれたワンピースとはおさらばだ。ベルは学校に戻り、働くのは土日だけで、ほかの女の子たちと裁縫をしていた。わたしがちゃんとした年齢になったら迎えにいくからね、また一緒に暮らせるよ、とクレイトンへの手紙に書いていた。クレイトンが小さかったころは、ベルが服を着せてくれて体も洗ってくれていた。人生で感じた心地よさはすべて、うろ覚えのその時期のものだった。脱走した夜、彼は湿地の縁までたどり着いた。暗い水に入れ、と常識の声は言ってきたが、どうしてもできなかった。そこは幻影の怪物たちに囲まれた暗黒であり、動物たちの性と攻撃のシンフォニーは、あまりに近寄りがたかった。クレイトンはいつも暗闇を怖がっていたが、ベルだけがそれを落ち着かせる歌を知っており、弟を膝枕して自分の髪を指でいじらせていた。クレイトンは東のライム畑に向かい、そのうちジョーダン・ロードに出た。

夜明けの光から午後までは、道路沿いの森を這うようにして進んだ。車が通りかかるたびに、いがや下生えのなかに体を隠した。もう一歩も動けなくなると、ぽつんと建つ灰色の家の下に入り、床下の嫌な臭いの水のなかでしゃがんだ。虫の夕食にされたクレイトンは腫れた肌をさすり、引っ掻いて傷口を開けずにかゆみを抑えようとした。家に住む一家が帰ってきた。クレイトンに見えたのは、父親と、母親と、十代の女の子の足と膝だけだった。女の子は妊娠中で、そのせいで家庭の和が乱れているとわかった。あるいは、この家はいつも荒れ気味で、今回もいつもどおりなのか。口論が終わり、一家が寝静まると、クレイトンはこっそりと出た。

道路脇は薄暗く、恐ろしかったうえに、どの方角に向かっているのかも見当がつかなかったが、クレイトンは気にしなかった。猟犬の声がしないかぎりは大丈夫だ。蓋を開けてみれば、アパラチーの犬たちはべつのところに放たれ、ピードモントからの三人の脱走者を追っていた。それに、フレディー・リッチは自分が生徒を食い物にしていたことが露見するのを罠にかかったネズミのように怖れ、クレイトンの脱走を二十四時間は報告していなかった。それまでの仕事からも解雇されてきた彼は、褒美がすぐに手に入る今回の職場を気に入っていた。

クレイトンがひとりきりだったことはあっただろうか。タンパの袋小路にある家では、兄や姉たちがいつも上にいて、ぎしぎしと音を立てる縦長の家の三部屋に詰め込まれていた。それから、ニッケルの共同での屈辱。これほど時間があり、頭のなかをサイコロのように思考が駆けめぐることには慣れていなかった。家族との再会より先の将来については考えていなかった。三日目に、道筋をこしらえた。二年ほど料理人をして、それから貯金をして自分のレストランを開こう。

クレイトンがオレンジの果樹園で収穫の仕事をするようになってすぐ、〈チェッツ・ドライブイン〉が、郡道がジグザグになったところに開店した。仕事に向かうトラックの荷台の、小割り板の隙間からクレイトンは外を覗き、赤と白と青がほとばしるそのレストランの正面とスチールのひさしが見えてくるのを待った。店は垂れ幕をいくつも出し、道路沿いのあちこちにも看板が見えるようになり、そして、〈チェッツ〉が開店した。白人の給仕係の若い男女が、垢抜けた緑と白のストライプの入ったジャンプスーツを着て、笑顔を浮かべながら、ハンバーガーやミルクセーキを駐車場に運んでいく。その洒落た服装は、勤勉さや独立性といった長所を示していた。高そうな車や、注文を受け取ろうと突き出てくる手。それを見ていると、自分でもやりたいと思った。

クレイトンはレストランで食事をしたことはなく、その安食堂の豪華さを過大評価していた。それに、食事の店を持つという発想には、空腹も一役買っていたかもしれない。逃げていく彼に、自分のレストランの光景がついてきた――客のあいだを歩いていき、食事を楽しんでいただけていますかと訊ね、映画で観たような奥のオフィスでその日のレシートを確認する。

四日目、十分遠くまできていたクレイトンは、ヒッチハイクをすることにした。ニッケルの作業用ズボンとシャツでは目立ってしまう。大きく白い農家の家からおんぼろのピックアップトラックが苦労しつつ出ていったことを確認して、クレイトンは紐にかけて干してある作業着をひったくった。しばらくその家を下検分し、大丈夫だろうと思うとつなぎの服とシャツも取った。二階にいた年配の女は、クレイトンが森から駆け出てきてその服をつかむところを見ていた。その作業着は彼女の亡くなった夫のものであり、孫息子が使っていた。服が取られていくのを見て、彼女はうれしくなった。べつの人が着ている姿を見せられるのはつらかったからだ。とりわけ孫息子は、動物に冷酷なうえに口汚かった。

乗せてもらった車がどこへ向かおうと、二時間ほど遠くへ連れていってもらえるのならクレイトンはかまわなかった。腹ぺこだった。これほど長く食べないまま過ごすのは初めてで、どう対処すればいいのかわからなかったが、一番大事なのは距離だった。通りかかる車はそれほど多くはなく、意を決して道路まで出られても、白人の顔を見ると怖気づいてしまった。黒人の運転する車はなかった。州のこの地域では、黒人は車を持っていないのかもしれない。ついに、紺色の内装の白いパッカードが角を曲がってきたとき、彼はなんとか親指を立てた。運転しているのが誰なのかは見えなかったが、パッカードは最初に見分けられるようになった車種であり、クレイトンには愛着があった。

運転席には、クリーム色のスーツを着た中年の白人の男が座っていた。もちろん白人だろう。その車を、ほかに誰が持っているというのか。金髪を分け、こめかみのあたりの銀色がかった髪は四角い形にしている。ワイヤーフレームの眼鏡の奥にある目の色は、日光の当たり具合によって、青から氷のような白にまで変わった。

男はクレイトンを上下に眺め回した。そして手招きした。「どこに行くのかな?」

クレイトンは最初に浮かんだ名前を口にした。「リチャーズ」自分が育った通りの名前だった。

「知らないな」と白人の男は言った。クレイトンが聞いたことのない名前の町を男は口にして、そこまでは連れていってやるよ、と言った。

パッカードに乗るのは生まれて初めてだった。右太もものそばの座席の布地、男からは見えないところを撫でた。波状にうねっていてしなやかだった。ボンネットの下にある、迷路のようなピストンやバルブに思いを馳せた。工場にいる立派な男たちがそれを組み立て終わったところを目にするのは、どんな気分だろう。

「そこに住んでるのか?」と男は訊ねた。「リチャーズに」学のありそうな口調だった。

「そうです。父さんと母さんと住んでます」

「そうか。名前は?」

「ハリーです」とクレイトンは言った。

「シモンズさんと呼んでくれたらいい」わかり合っているかのように、男は頷いた。

しばらく走った。クレイトンは自分から話をするつもりはなく、間抜けな言葉が飛び出してしまわないように、唇をしっかりと閉じていた。自分ののろまな足を動かしてはいないとなると、妙に神経がたかぶり、警察の車はないかとあちこちを見た。まだ隠れておけばよかったじゃないか、と自分を責めた。フレディー・リッチが懐中電灯を持ってならず者の一団を率いているところを思い描いた。日光をきらめかせる、バッファローの姿が彫り込まれた大きなベルトバックルを、クレイトンはよく知っていた。その見た目も、コンクリートの床に当たるときの大きな音も。家と家の間隔が短くなり、パッカードは短いメインストリートをゆっくり抜けていき、クレイトンは座席に沈み込みつつも男には気がつかれないようにしていた。そのあと、また静かな道路に出た。

「何歳なんだ?」とシモンズさんは訊ねた。車はちょうど、閉まっていて給油ポンプが錆びてかかしのようになったガソリンスタンドと、白い教会のそばにある小さな墓地を通り過ぎたところだった。地面が沈下して墓石が外れてしまっているせいで、墓地は虫歯だらけの口のようだった。

「十五歳です」とクレイトンは言った。そして、その男が誰と似た雰囲気なのかに気がついた。かつての大家、ルイスさんだ。月の最初の日に家賃を支払っておかないと、次の日には路上に放り出されてしまう。クレイトンは落ち着かない気分になった。片方の拳を握りしめた。男が太ももに手を置いてきたり、あそこに触ろうとしてくれば、どうしてやるかはわかっていた。フレディー・リッチの顔面を思い切り殴ってやる、と何度も誓ったものの、いざそのときになれば固まってしまったが、その日はほんとうにやれる気がした。シャバから力をもらったのだ。

「学校には行ってるか？」

「はい」今日は火曜日のはずだ。クレイトンは日にちを遡ってみた。フレディー・リッチは土曜日の夜によくやってきた。**ニッケル・ボーイズは十セントでダンスするよりお得だよ、おなじ金でもっと大勢使えるよ。**

「教育を受けることは大事だ」とシモンズさんは言った。「いろいろな扉を開いてくれる。とくに、君らの人種には」その瞬間は過ぎ去った。クレイトンは座席の革の上に、バスケットボールをつかむように指を広げた。

あと何日すれば、ゲインズヴィルに着けるだろう。ベルが住んでいる宿泊所の名前が〈ミス・メアリーズ〉だということは知っていたが、あちこち訊ねて回ることになるだろう。ゲインズヴィルはどんな街だろうか。クレイトンの計画には、自分の暮らしを始める前に知っておかねばならないことが多くあった。ベルは頭がいいから、自分しか知らない秘密の暗号や待ち合わせ場所を考え出してくれるはずだ。また姉が寝かしつけてくれて、安心してもいい理由を次々に挙げてくれるようになるのは、ずいぶん先のことだろうが、姉が近くにいるのなら、そのときまで待つことはできる。「しーっ、静かにね、クレイトン……」

それを考えていたとき、パッカードは何本も並ぶ石柱の横をするすると通っていった。ニッケルの車寄せの入り口だ。シモンズさんはエレナー町長の職から退いたばかりだったが、理事職には残っており、学校の近況についてはよく知っていた。金属加工所に向かう途中の三人の白人生徒が、車から降りるクレイトンの姿を見かけたが、それが脱走した生徒だとは知らなかった。真夜中に送風機の音が轟き、眠りかけた少年たちに知らせを届けたが、誰がアイスクリームをもらっているのかまでは告げなかった。当時は、真夜中に学校のゴミ捨て場に何台か車が向かっているのは、秘密の墓地が新たな住人を迎え入れたということなのだとは、生徒たちは知らなかった。フレディー・リッチが、最新の獲物に選んだ少年に教訓の具体例としてその話をしてようやく、クレイトン・スミスの末路は生徒たちみんなが知るところになった。

走ってみて、逃げきれるという望みをかけることはできる。逃げきれる者もいる。ほとんどは逃げきれない。

ニッケルから出る五つ目の方法がある、とエルウッドは考えていた。面会日に祖母に会ったあと、それを思いついた。二月の暖かい午後だった。食堂の表のあちこちにあるピクニックテーブルに家族が集まっていた。地元出身の生徒もおり、その両親は毎週末、食べ物を入れた袋や、新しい靴下や、近所の知らせを持って訪れていた。だが、生徒たちはペンサコーラからフロリダキーズまで州全土からきており、ほとんどの家族は、道を踏み外した息子に会おうと思えばかなり長い移動をせねばならない。蒸し暑いバスに乗り、ジュースがぬるくなって、サンドイッチのかけらはパラフィン紙から膝下にこぼれ落ちる。仕事が入ってしまったか、遠すぎるせいで面会にこられないか。家族から縁を切られたと知っている生徒たちもいる。面会日になると、礼拝のあと、面会のために丘を上がってくる人がいるかいないかを用務員たちから知らされる。誰もこなければ、その生徒たちはグラウンドで忙しくするか、木材加工所のテーブルか水泳プールで気を紛らわせて——プールは午前は白人生徒、午後は有色人種の生徒が使っていた——丘の上での再会から目をそらした。

祖母のハリエットは、月に二回エレナーにきていたが、前回は体調が悪くて姿を見せていなかった。風邪で咳がある、とエルウッドに手紙を書き、孫が気に入るだろうと思った新聞記事を同封してきた。ニュージャージー州ニューアークでの、マーティン・ルーサー・キングの演説の報道と、宇宙開発競争をめぐるカラー版の大きな数段抜き記事だった。一気に老け込んだ様子で、彼のほうに歩いてくる。すでに痩せ細った体が、病気のせいでさらにやつれ、緑色のワンピースの上に鎖骨の線がうっすら見えていた。エルウッドを見つけると足を止め、彼のほうから近づいて抱擁するようにした。それで一瞬休んでから、エルウッドが確保していたピクニックテーブルへの最後の数歩を進んでいった。

エルウッドはいつもより長く祖母を抱きしめ、肩に鼻先を埋めた。それから、まわりの生徒たちのことを思い出して体を引いた。あまり心のうちをさらけ出さないにかぎる。祖母が戻ってきてくれるのを待つ時間は長かった。今度タラハシーからくるときにはいい知らせがあるから、と祖母が約束していたことだけが理由ではない。

ニッケルでの生活は、おとなしく足を引きずってのろのろ進むようになっていた。新年からは、さしたる出来事もなかった。エレナーでの配達は、いつもの店を何度か回るだけで、立ち寄る先でどうなるのかはもう心得ていたし、煙草店でマルコーニ氏を手伝っていたときのように、今週の水曜日は〈トップ・ショップ〉とレストランを回る日だ、とハーパーに思い出してもらうことまでした。寮はどこも、秋のあいだとはちがって静かだった。殴り合いや取っ組み合いはめったになく、ホワイトハウスは空のままだった。アールがお陀仏（だぶつ）にはならないとわかると、エルウッドとターナーとデズモンドはジェイミーを許した。たいていの日は、午後に四人でモノポリーをして遊び、示し合わせた家のルールやわかりにくい契約書や仕返しを繰り出した。コインがなくなっていたのでボタンを使った。

日中が変わりばえしないほど、夜は手に負えなくなった。エルウッドは真夜中過ぎに目を覚まし、死んだように静まり返っている寮で、想像の物音にびくっとした。戸口のところの足音、天井を叩く革。暗闇に目を凝らす——何もない。そして何時間も眠れず、ぐらぐらする思考に焚きつけられ、気持ちは衰えてぐったりとしてしまう。壊れてしまったのは、スペンサーのせいでも、現場監督の誰かのせいでも、二号室でまどろんでいる新しい敵のせいでもなく、自分が戦いをやめてしまったせいだった。頭を下げたままにして、災難に遭わずに消灯時刻に帰れるように気をつけて動く。そうすることで、勝ったのだと自分を騙していた。自分はうまくやっている、トラブルには巻き込まれていない。だからニッケルを出し抜いているのだ、と。実際のところは、彼はだめになっていた。キング牧師が拘置所から書いた手紙で語っていた黒人と何も変わらず、何年も抑圧されてきたせいで満足して眠たげになってしまい、すっかり順応し、そこを唯一の寝床として眠るようになっているのだ。

気分がすさみがちなときには、祖母ハリエットもおなじだと思うこともあった。しゅんとなった様子は、まさにおなじに見える。覚えているかぎり吹きすさんでいた風が、弱まっている。

「ここに入ってもいいかな？」

クリーヴランド寮にいるチャックのひとり、バートが、ピクニックテーブルを使いたがっていた。バートの母親は二人にお礼を言って微笑んだ。まだ若く、おそらくは二十五歳くらいで、誠実そうな丸顔だった。困難な状況ではあっても、膝元で座って虫に歓声を上げるバートの妹を上品に扱っていた。そうしてふざけて遊んでいる様子に、祖母が話していてもエルウッドは気もそぞろだった。バートの一家は騒々しく遊んでいる。そのそばにいるエルウッドと祖母は、教会のように静かだった。バートは騒々しい少年だったが、エルウッドが見てきたかぎりでは根は優しかった。バートのことはあまり知らなかったし、何の問題を起こしたのかも知らなかったが、外に出ればしゃきっとしてまっとうに生きるかもしれない。シャバで母親が待ってくれているのだし、その意味は大きい。ほとんどの生徒よりも恵まれている。

エルウッドが外に出たとき、祖母はもうこの世にいないかもしれない。初めて、そのことに思い当たった。祖母はめったに病気にならず、なったとしても寝ていようとはしなかった。生き延びてきた祖母を、世界は散々痛い目に遭わせた。若くして夫と死別し、娘は西部に姿を消し、ただひとりの孫はここで刑に服している。世界から渡されただけの不幸を、祖母は飲み込んできた。そして、家族がひとり、またひとりと連れ去られていき、いまはブルヴァード通りで独りになっている。もういなくなってしまうかもしれない。

祖母に悪い知らせがあることは、エルウッドにもわかった。フレンチタウンの自分たちの近所についての話が、いつもよりも長かったからだ。クラリス・ジェンキンスの娘がスペルマン大学に入った。タイロン・ジェームズが寝煙草をしていて、家が全焼してしまった。マコーム通りに新しい帽子の店ができた。公民権運動について、孫の気分が明るくなるような話をした。「リンドン・ジョンソンがケネディ大統領の公民権法案を引き継ぐって。議会にかけるそうよ。あの人がうまくやってくれたら、世の中は変わるでしょうね。あんたが帰ってくるときには、まったくちがう世界になるよ」

「親指が汚れてるぞ」とバートが言った。「口から出せって。ほら、俺のを入れろよ」バートが自分の親指を突き出すと、妹は顔をしかめてくすくす笑った。

エルウッドはテーブルの反対側に手を伸ばし、ハリエットの両手をつかんだ。そんなふうにして祖母に触れるのは初めてだった。「お祖母ちゃん、どうしたの?」

たいていの面会者は、面会日のどこかの時点で泣くことになる。道路の先にニッケルに入る分かれ道が見えたときか、息子に背を向けてニッケルから離れるときか。バートの母親は、エルウッドの祖母にハンカチを渡した。祖母は顔を背けて目元を拭った。

ハリエットの指が震えていた。エルウッドがそれを抑えた。

弁護士がいなくなってしまった、と祖母は言った。きちんとして礼儀正しい白人弁護士のアンドリュース氏は、エルウッドの件の控訴についての見通しはかなり明るいと言っていたが、一言もなくアトランタに引っ越してしまった。そして、一家の二百ドルも持っていった。マルコーニ氏は弁護士と会ったあと、もう百ドルを寄付してくれていた。そんなことはめったにないが、アンドリュース氏は揺るぎなく、説得力抜群だった。一家に起きたのは、典型的な正義の流産だった。弁護士に会いにバスに乗ってダウンタウンに行ってみたら、オフィスはもぬけの殻だった、と祖母は言った。家主がそこを、新しく入居を考えている歯科医に案内しているところだった。二人とも、まったく相手にする気のない目を彼女に向けてきた。

「エル、期待を裏切ってしまったね」と祖母は言った。

「大丈夫だよ」とエルウッドは言った。「ちょうど〈探検者〉になったところなんだ」頭を下げていたら、褒美をもらった。あちらが望んでいたとおりに。

外に出る方法は四つある。次に、真夜中の不眠に苦しんでいるとき、五つ目がある、とエルウッドは思った。

ニッケルをなくせばいい。

第十三章

マラソンを見逃したことはなかった。勝者たち、世界記録を追いかけるスーパーマン的なランナーたちが、ニューヨークのアスファルトをひたひたと走りながら橋を渡り、各地区の幅の広い通りを抜けていく姿には、彼は興味がなかった。車に乗り込んだカメラクルーがそのあとを追い、落ちる汗の一粒一粒や、首筋に浮かぶ血管をとらえようとする。白人警官たちがバイクで並走し、頭のおかしな連中が沿道から走り出てきて先頭集団の邪魔をしないように見張っている。そのランナーたちは十分に喝采を浴びているのだから、彼の出る幕はない。去年の優勝者はアフリカ人の同胞、ケニア人の男だった。今年はイギリス人の白人。肌の色を除けば、体型はおなじだ。脚を見れば、新聞記事に載るような選手だとわかる。年中トレーニングを積んでいるプロたちであり、世界中を飛び回って大会に出ている。勝者を応援するのは簡単なことだ。

それとはちがい、彼が好きなのは、パンチを頭に食らったようにふらついているランナーたちだった。三十七キロ付近で半分歩くようなペースになり、ラブラドール犬のように舌がだらりと出ている。どうにかこうにか、よろめきつつゴールし、ナイキのシューズのなかの足は血だらけの肉塊になっている。落ちこぼれ、足を引きずって歩くそのランナーたちは、コースを踏みしめるというよりは自分の人格深くに踏み込んでいく。洞穴に入っていき、そこで見つけたものをつかんで光のなかに戻ってくるのだ。彼らがコロンバス・サークルにたどり着くころには、テレビのスタッフは解散しており、水やスポーツドリンクを入れていた紙コップが散乱したコースはヒナギクが咲く牧草地のようになり、銀色の保温用ブランケットが風でねじれている。そこで待ってくれている人がいるかもしれない。いないかもしれない。それを祝福せずにいられるだろうか。

勝者たちは離れた先頭を走り、そのあとコースは大集団になった一般ランナーたちで埋め尽くされる。彼が表に出るのは、しんがりを務めるランナーたちや、歩道や街角にいる観衆を見るためだった。ニューヨークの雑多な人々の変人ぶりと愛らしさに、彼はアップタウンにあるアパートメントから、親近感と呼ぶほかないような力によって連れ出される。毎年十一月のマラソン大会は、彼の人間不信に抗い、みんなこの街に住む不思議な縁のいとこ同士なのだという事実を突きつけた。

観衆はつま先立ちになり、大会や暴動や大統領の登場のときに警察が出してくる青い木製の柵に腹を押しつけ、よく見える場所を確保しようと押し合い、父親やボーイフレンドに肩車をしてもらっている。汽笛や高低さまざまな口笛、大型のラジカセが昔のカリプソの曲をがなり立てている音が、あたりを包んでいる。「がんばれ！」や「まだいける！」や「その調子！」という声。風向き次第で、サブレットのホットドッグ屋台の匂いがすることも、すぐ近くにいるタンクトップ姿の若い女の毛深い腋の匂いがすることもある。あのニッケルの夜、音といえば涙と虫だけというなか、六十人の少年とおなじ部屋に詰め込まれて眠りながらも、自分は地上でたったひとりの人間なのだという思いを嚙み締めていた。みんながまわりにいると同時に、誰もいなかった。ここでは、みんながまわりにいて、しかも奇跡によって、その人たちの首を絞めるのではなく、抱きしめたい気持ちになる。街全体、貧しい人もパーク・アヴェニューに住んでいそうな人も（パーク・アヴェニューはマンハッタンの通りで、高級アパートが立ち並ぶ）、黒人も白人も、プエルトリコ人も歩道に出て、プラカードや星条旗を掲げ、前日にはスーパーのレジでいがみ合ったり地下鉄の最後の席を奪い合ったりした相手に声援を送り、いかにも動きの鈍いセイウチのようにのっそりと歩道を移動している。アパートメントや学校や、空気そのものをめぐる競争など、苦労の末に手にして後生大事にする対立のすべてが数時間は棚上げにされ、忍耐と代理的な苦しみの儀式が祝われる。**まだいける。**

明日になれば前線に戻るが、今日の午後は、最後のランナーの最後の声援まで休戦が守られる。

太陽が沈んだ。十一月は誰の王国に住んでいるのかをみんなに思い知らせるべく、強風を呼び起こしていた。彼は六六丁目から公園を出て、馬にまたがった二人の警官のあいだをさっと走り、警官のサングラスには黒い小魚として映った。散っていく観客がまばらになるころには、セントラルパーク・ウエストを出た。

「おい！　なあ、ちょっと待ってくれ！」

多くのニューヨーカーとおなじく、彼にはコカイン常用者への警戒システムが備わっていた。彼は体をこわばらせて振り向いた。

その男は満面の笑みになった。「俺を知ってるだろ。チッキーだよ、チッキー・ピートだ！」

確かにそうだった。クリーヴランド寮にいたチッキー・ピートは、もう立派な大人だった。

かつての知り合いに出くわすことは、あまりなかった。北部に住んでいるおかげだ。一度、マディソン・スクエア・ガーデンのプロレスの試合でマックスウェルを見かけたことがあった。金網デスマッチで、「スーパーフライ」ことジミー・スヌーカが、巨大なコウモリのように空中を舞っていた。マックスウェルは売店のひとつで列に並んでおり、すぐ近くにいたので、額から目を飛び越えて顎まで達している十五センチの切り傷が見えた。それから、スーパーの〈グリステデス〉の外では、内股歩きのバーディーを見たような気がした。癖のある金髪は以前のままだったが、バーディーは彼のほうを向いても気がついていなかった。まるで、彼が変装しており、偽の書類で国境を越えようとしているかのように。

「元気にやってるか？」かつてのニッケルの同志は、緑色のジェッツのジャージと、サイズがひと回り大きな赤い借り物のジャージズボンという格好だった。

「まあ、なんとかな。お前は元気そうだな」チッキーの元気の原因は、正確に見極められていた。コカイン常用者ではなかったが、いろいろと経験してきており、刑務所か療養所から出たばかりの麻薬常用者のぞんざいさがあった。そしていまは、彼と派手に手を合わせ、肩をつかんできて、人付き合いの騒々しい演技を見せている。おどおどしながら出歩いているのだ。

「久しぶりだな!」

「チッキー・ピートか」

「どこに行くんだ?」ビールを一杯飲もう、俺がおごるから、とチッキー・ピートは言った。彼は辞退したが、チッキー・ピートは聞く耳を持たなかった。マラソンが終わったとなると、自分の仲間への善意を示さねばと思ったのかもしれない。それが暗い日々での仲間だったとしても。

〈チップス〉は、アップタウンに移る前の八二丁目にあった時代から知っている店だった。彼がニューヨークにたどり着いたとき、コロンバス通りは眠たげだった。どの店も、せいぜい八時までしか開いていなかった。そのあと、地元の店がその大通りに開店した。独身者向けバーや、予約がいるようなレストランだ。街はどこもそうだった。みすぼらしい通りが、あっというまに流行りのスポットになる。〈チップス〉はちゃんとした酒場だった。バーテンダーたちは客がいつも頼むハンバーガーを覚えているし、会話がしたい客には付き合い、そうでない客にはただ頷く。人種差別的な出来事といえば一度だけだった。レッドソックスの野球帽をかぶった白人の男が、黒んぼがどうの黒んぼがこうのと言い始め、たちまちのうちに追い出されたのだ。

〈ホライゾン〉の仕事仲間たちは、月曜日と木曜日、アニーが店で働いているときによくここを訪れた。アニーの払い戻しのポリシーと胸は、どちらも気前がよかったからだ。〈エース〉社を立ち上げて動かすようになると、彼は従業員たちをここに誘うこともあったが、そのうち、一緒に飲むと従業員はつけ上がってしまうと学んだ。遅刻したり、見え透いた言い訳で欠勤したりする。あるいは、だらしなくなり、制服がしわだらけになる。制服にはしっかり金をかけてあった。ロゴも自分でデザインしたものだった。

試合が低い音量で放送されていた。彼とチッキーがバーの席につくと、バーテンダーはジョッキを出した。コースターには、かつては通りを二、三ブロック北に行ったところにあったお洒落なバー〈スマイルズ〉のロゴが入っていた。バーテンダーは白人の新顔だった。田舎くさい、赤毛の男。筋トレ好きで、Tシャツの袖は二頭筋でゴムのように張っていた。店が混んできたら土曜日の夜に雇うゴリラタイプだ。

チッキーにはおごるからと言われていたが、彼は二十ドル札を出した。「お前はトランペットを吹いてたよな」と言った。チッキーは黒人の吹奏楽団員で、新年のタレントショーでは「グリーン・スリーヴズ」のジャズっぽい演奏でみんなをあっと言わせていた。彼の記憶では、ほとんどビバップになったアレンジだった。

チッキーは自分の才能を思い出して微笑んだ。「あれは大昔のことさ。手がこれじゃな」と言って、カニの脚のように曲がった二本の指を上げた。酒を絶ってからちょうど三十日経ったところなんだ、と言った。

いまバーにいるじゃないかと言うのは、失礼なように思えた。

だが、チッキーはいつも自分の欠点とうまく折り合いをつけていた。ニッケルにきたときにはひょろっとしたちびで、一年目はいつもおどおどしていたが、そのうちに喧嘩のやり方を覚え、そのあとは自分より小さな生徒たちを標的に選び、クローゼットや備品室に引きずり込んだ。教わったことを、今度は教えるわけだ。それ以外では、トランペットのことしか、このニッケル・ボーイについては思い出せなかったが、チッキーは卒業後の人生について語り始めた。何年も聞かされてきた、おなじみの曲のようなものだった。ニッケル・ボーイズからではないが、似たようなところで過ごした連中から聞かされてきた話だ。日課と規律に惹かれて、軍隊に入ったのだという。「少年院から軍に入るやつは多いんだよ。そうするのが自然な感じなんだ。帰る家とか、帰りたい家がないときはとくに」チッキーは十二年間軍にいたが、それから精神を病んでしまって追放された。結婚歴は二回。手に入る仕事は何でもした。一番よかったのは、ボルティモアでステレオを売る仕事だ。音響装置の話ならいつまでもできる。

「ずっと酒は飲んでた」とチッキーは言った。「それが、あるときから、落ち着こうとすればするほど、毎晩だめになってしまうようになって」

昨年の五月には、バーで男をひとり殴り倒した。刑務所か更生プログラムかどちらかしかない、と判事は言った。ニューヨークにきているのは、ハーレムに住んでいる姉を訪ねているからだ。「次にどうするか決めるまで泊めてもらってる。ここは昔から好きだったし」

お前はどうしてるんだ、とチッキーに訊かれたエルウッドは、会社のことを言うのが気まずくなり、トラックや従業員の数は半分に減らし、レノックス通りにある新しいオフィスのことは言わずにおいた。自慢のオフィスだった。十年契約の賃貸。いままで取り組んだことのなかでは一番長かったし、考えてみれば妙だった。心に引っかかるのは、何も引っかかることがないという一点だけだったのだ。

「さすがだよ」とチッキーは言った。「右肩上がりだ！　女は？」

「身を落ち着けられなくてってとこかな。仕事がそれなりのときにはデートするくらいで」

「だよな、だよな」

より背の高い建物が一足早く夜の時間に入っていくと、通りからの光が影を作った。それは日曜の夜に、明日は仕事だという憂鬱な気分を嚙み締める合図で、彼だけの心境ではなかった。バーは混み始めていた。筋骨隆々のバーテンダーは二人の金髪の女子大生にまず酒を出した。おそらくはまだ未成年で、通っているコロンビア大学の溜まり場よりも南でのアルコールの取り締まりを試しているのだろう。チッキーは彼よりも早いペースでビールのおかわりを注文した。

二人は昔の思い出話を始め、すぐに暗い方面、最悪だった用務員や監督の話に入っていった。スペンサーの話は出なかった。それを口にすると、南部白人の亡霊のように、胸に抱えたあの少年時代の恐怖をコロンビア通りに呼び出してしまうとでもいうように。チッキーは、いままでにばったり顔を合わせたニッケル・ボーイズを挙げた。サミー、ネルソン、ロニー。あいつはずるいやつだったな。あいつはベトナムで片腕を失ったよ。あいつは麻薬中毒だ。チッキーが出した名前を、彼はずいぶん長いあいだ考えてもいなかった。まるで「最後の晩餐」の絵で、十二人の負け犬たちの中央にチッキーがいるかのようだった。それが、あの学校が生徒に与える仕打ちだ。外に出ても、終わりはしない。

あらゆるところで人間性を曲げられ、ついにはまともな生活に不適合になり、出るころには、根はいいがねじ曲がった人間になっている。

それで、自分はどこに置かれたのだろう。どれくらい曲がってしまったのだろう。

「出たのは六四年だっけ？」とチッキーは言った。

「覚えてないのか？」

「何を？」

「べつに。務め上げて」――思わず少年院のことを口にしてしまったときに、何度もついた嘘だ――「それで放り出された。アトランタに行って、そのまま北上した。そんな感じさ。ここには六八年からいる。もう二十年になるな」そのあいだずっと、自分の脱走は当然ながらニッケルの伝説になったのだと思っていた。生徒たちに語り継いでもらい、自分は伝承の英雄のように、スタッガー・リー（十九世紀末にセントルイスで殺人を犯した黒人男性。後年の歌に取り上げられた）を十代に縮めた存在になったのだと。だが、そんなことはなかった。彼がどうやって出たのかすら、チッキー・ピートは知らなかった。もし記憶してもらいたいのなら、みんなのようにベンチ席に名前を彫り込んでおけばよかった。彼はまた煙草に火をつけた。

チッキー・ピートは目を細めた。「そういえばさ、お前といつも一緒にいたやつ、何ていったっけ？」

「どいつのこと？」

「あれがあったやつだ。思い出そうとしてるんだけど」

「ええと」

「そのうち出てくるさ」とチッキーは言い、席を立ってトイレに行った。その途中で、誕生日を祝っている女たちのテーブルに声をかけた。そして男性トイレに入ると、女たちは笑い声を上げた。

チッキー・ピートのトランペット。プロとして演奏できたかもしれない。ちがうだろうか。ファンクバンドかオーケストラの、スタジオ用のミュージシャン。もし、事情がちがっていたなら。少年たちは、あの学校に潰されさえしなければ、いろいろな未来に進むことができた。病気を治したり脳手術を行ったり、人の命を救う何かを開発する医師。大統領候補。失われてしまった天才たち。確かに、全員が天才だったわけではなく、チッキー・ピートだって特殊相対性理論を解いていたわけではないが、彼らには平凡であるという単純な喜びすら与えられなかった。レースが始まる前から、すでに足を引きずってハンデを背負わされ、どうすれば普通になれるのかはわからずじまいだ。

前回このバーにきたときから、テーブルクロスが変わっていた。赤と白の市松模様のビニールだ。あのころは、テーブルがべたべたするとデニーズは文句を言っていた。デニーズ——それを彼はだめにしてしまった。まわりでは一般市民がチーズバーガーを食べ、ビールをジョッキで飲み、シャバを楽しんでいる。救急車がさっと表を通り過ぎていき、酒が並ぶ暗がりにある鏡に映る自分の姿は鮮やかな赤色に縁取られ、よそ者としてのかすかなオーラをまとっている。最初の二つの音でチッキーの物語がわかるように、みんなにそれは見えている。どうやって学校から出たとしても、彼らはつねに逃亡中なのだ。

彼の人生には、誰も長居はしない。

戻ってきたチッキー・ピートは、彼の肩を軽く叩いた。唐突に、怒りがこみ上げてきた。チッキーのようなのろまがまだ息をしているのに、あの友達はそうではない。彼は立ち上がった。「もう行かないと」

「いや、いや、わかるよ。俺もそうなんだ」と言うチッキーの口調には、何もすることがない人間の確かさがあった。「こんなこと頼みたくはないんだけどさ」とチッキーは言った。

さあ、くるぞ。

「でもさ、もし働き手が必要だったら、俺ならやれるから。いまはソファで寝てるんだ」

「そうか」

「名刺はあるか？」

彼は〈エース引越社〉の名刺が入った財布に手を伸ばした――〝社長　エルウッド・カーティス〟――だが、思い直した。「いまは持ってないな」

「まあ要するに、俺ならその仕事をやれるってことさ」チッキーはバーの赤いナプキンに姉の電話番号を書いた。「電話してくれるよな。昔のよしみで」

「するとも」

チッキー・ピートの姿がもうなくなったことを確かめると、彼はブロードウェイ通りに向かった。柄にもなく、一〇四番のバスに乗ってブロードウェイを上がりたかった。眺めのいい路線を使い、街の活気を浴びたかった。その思いは断ち切った。マラソンはもう終わったのだから、人に愛想よくする気分も終わりだ。ブルックリンで、クイーンズで、ブロンクスで、マンハッタンで、通行止めされていた通りを車やトラックがふたたび占拠し、マラソンコースは一キロまた一キロと消えていった。アスファルト上の青いペンキがコースを示していた。毎年、気がつけばそれが剝がれている。跳ねるように街角を飛んでいく白いビニール袋やあふれ出す金属のゴミ入れが戻り、マクドナルドの包み紙と、先が赤いコカイン用の小型瓶が足の下でぱりぱりと音を立てる。彼はタクシーを捕まえると、夕食は何にしようかと考えた。

自分の大脱走が学校の語り草になっている、と考えていい気分になっていたなんておかしなものだ。生徒たちがその話をしているのを耳にした職員は怒り出すだろう、とか。この街のいいところは、誰も彼のことを知らないということだと思っていた。そして、自分のことを知っているたったひとつの場所とは、自分がいたくはない場所だという矛盾も気に入っていた。それによって、故郷やもっとひどいところから逃れてニューヨークにきた人々とのつながりが生まれていた。だが、ニッケルですら、彼の物語を忘れてしまったのだ。

だめになったチッキーを見下しつつ、自分は誰もいないアパートメントに帰ろうとしている。

チッキー・ピートから渡された赤いナプキンを破り、窓から捨てた。「ゴミ捨ては不人気のもと」という言葉がふと浮かんだ。市の生活習慣向上運動のおかげだ。こうして頭に残っているということは、キャンペーンとしては成功だった。「じゃあ違反切符をくれよ」と彼は言った。

第十四章

ハーディー校長は授業を二日間休みにして施設の見映えを整え、州の査察に備えることにした。抜き打ちの査察だったが、大学男子寮の友愛会仲間がタラハシーで児童福祉を担当しており、校長に電話をかけてきたのだ。生徒たちの日頃の仕事ぶりはあれ、長らく使用されてきた施設の外見に手を入れる必要があった。日光のせいでひび割れたバスケットボールのコートには新しいコート面とリングが必要だ。農場のトラクターやまぐわは錆に悩まされている。印刷所の天窓についた何世代ものもの埃を拭き取ると、見慣れない光が降り注いだ。病院から、校舎から、車庫まで、ほとんどの建物の外壁には新しくペンキを塗らねばならず、なかでも寮、とくに有色人種用の寮の塗装は急務だった。体格に関係なく、全生徒が一丸となって仕事にかかり、顎にペンキがつき、チャックたちはディクシーペンキの缶を持ってよろよろと敷地を行き来している。なかなかの見ものだった。

クリーヴランド寮では、用務員のカーターが建設業の仕事をしていた経験を活かし、ニッケルの上質なレンガの隙間に入ったひびを山形目地で仕上げるやり方を実演してみせていた。腐った床板がバールで剝がされ、新しい床板が切り出されて置かれる。校長は専門的な仕事に外部から人を呼んできた。二年前に配達されていた新品のボイラーが、ついに設置された。配管工たちは二階の壊れた小便器を二つ取り替え、がっしりした職人は屋根にできた水ぶくれや小さな穴の手当てをした。二号室の生徒たちは、もう早朝の水漏れで起こされることはない。

ホワイトハウスにも新しく塗装の手が入った。誰がその作業をしたのか、見た者はいなかった。ある日には薄汚い姿だったのが、次の日には見る者の目に日光を震わせるようになっていた。

進捗を見て回るハーディー校長の顔色を見るに、生徒たちはいい点を稼げそうだった。二、三十年ごとに、新聞が学校での横領や体罰の問題を報じ、それによって州の調査が行われていた。そのあと、「お仕置き」や光のない独房や懲罰房の使用が禁じられた。なにかと消えてしまいがちな備品や、これまた消えがちな各種の生徒事業からの利益について、学校本部はより厳格な会計制度を導入した。地元の家庭や仕事に生徒を送り出す仮釈放は廃止され、医療スタッフは増員された。長年勤めてきた歯科医はクビになり、抜歯するごとに請求しない歯科医が着任した。

ニッケルに何らかの疑惑の目が向けられたのは、もうずいぶん前のことだった。今回は、学校は一応視察するべき公的施設のリストに載っていただけだった。

畑仕事、印刷、レンガ作りなどの仕事の割り当ては、いつもどおり続けられた。責任感をもたらし人格を育む云々という理由に加え、重要な収入源だったからだ。査察の二日前、ハーパーはエルウッドとターナーを、エドワード・チャイルズ氏の家で下ろした。かつての郡教育指導主事であり、ニッケル男子学校の長年にわたる後援者でもあるチャイルズの一家と学校は長い付き合いだった。エドワード・チャイルズとキワニス・クラブは、五年前にフットボールのユニフォームの代金を折半して出していた。うまく誘導すれば、その気前のよさをまた発揮してくれるかもしれない。

チャイルズ氏の父親バートラム・チャイルズは、地元の行政で働いていたほか、学校の理事の座にもあった。バートラムは囚人の強制的労働が許されていたころにはその熱心な支持者であり、仮釈放の生徒をしばしば借りていた。裏にまだ厩舎があったころは、生徒たちはそこにいた馬と鶏の世話をしていた。その日の午後、エルウッドとターナーが片付けをした地下室は、労働契約をした生徒たちが寝泊まりした部屋だった。満月の夜には、その生徒たちは簡易ベッドの上に立ち、ひびの入ったひとつだけの窓から、月の乳白色の目を見つめていた。

エルウッドとターナーは、その地下室の歴史については知らなかった。二人に課せられた仕事は、六十年分のがらくたを運び出し、そこを市松模様の床と羽目板のついた娯楽室に改装できるようにすることだった。チャイルズ家の十代の子どもたちから頼まれていたことでもあり、エドワード・チャイルズのほうも、毎年八月になると妻が子どもたちを連れて実家に二週間帰るときには独りになるので、地下室について自分なりの案がないわけではなかった。奥に自宅用のバーを作り、モダンな照明を取りつけ、雑誌で見かけたような空間にする。そうした夢を叶えるにはまず、古い自転車や、大昔の船旅用トランクの数々、壊れた糸車をはじめとする埃をかぶったがらくたを処分せねばならない。

エルウッドとターナーは、地下室に続く重い扉を開け、仕事に取り掛かった。ハーパーはバンのなかに残り、煙草を吹かしながらラジオの野球中継を聴いていた。

「屑物屋に大喜びされるな」とターナーは言った。

エルウッドは《サタデー・イヴニング・ポスト》の埃っぽい山を持って階段を上がり、道路脇の《インペリアル・ナイトホーク》紙の横に置いた。《インペリアル》はKKKの新聞だった。一番上にある号には、黒いローブを着た男が火のついた十字架を持ち、馬にまたがる姿が載っている。古紙を結えている麻紐をエルウッドが切ってみたなら、その絵が一面によく登場していることがわかっただろう。彼がその山をひっくり返して見えないようにすると、クレメンタインのシェービングクリームの広告が出てきた。

ターナーが声をひそめて冗談を言い、マーサ&ザ・ヴァンデラスの曲を口笛で吹いている一方で、エルウッドの思考は一本の溝をたどっていった。新聞がちがえば、国がちがうも同然だ。自分が百科事典で「アガペー」の項目を読んだのは、《ディフェンダー》紙でキング牧師の演説を読んだあとだったことを思い出した。その新聞には、牧師がコーネル・カレッジで登壇したときの演説全文が掲載されていた。何年もその事典のあちこちをめくっていたので、前にも「アガペー」という言葉に出会っていたのかもしれないが、頭には残っていなかった。キング牧師はこう言っていた。アガペーとは、人の心に宿る神聖な愛なのだと。無私の愛、光り輝く愛であり、至高のものなのだ。牧師は黒人の聴衆に対し、その純粋な愛を抑圧者たちに向けて育みましょう、と呼びかけていた。それにより、この闘いを越えたところに行けるかもしれない、と。

エルウッドはそれを理解しようとした。いまはもう、去年の春に自分の頭を漂っていたような抽象的な言葉ではない。それは現実なのだ。

私たちを刑務所に放り込んだとしても、私たちはあなたがたを愛するでしょう。私たちの家を爆破し、子どもたちを脅したとしても、どれほど困難であっても私たちはそれでもあなたがたを愛するでしょう。頭巾をかぶった暴力の手先たちを、真夜中過ぎに私たちの住む地区に送り込んできて、私たちに暴行を加えさせて半殺しにしたとしても、それでもあなたがたを愛するでしょう。だが、これは断言しておきます。私たちは、耐え忍ぶという能力によってあなたがたを疲労させ、いつの日か自由を勝ち取るのです。

耐え忍ぶという能力。エルウッドも、ニッケル・ボーイズすべても、その能力において存在していた。そのなかで息をし、食べ、夢を見ていた。それが自分たちの人生だ。でなければ、もう死んでいるだろう。鞭打たれ、レイプされ、情け容赦なく自分をふるいにかける。彼らは耐えている。だが、機会があれば自分たちを破壊してくるような人々を愛するとなると、話はべつだ。そこまでの飛躍ができるのか。**あなたがたの物理的な力に、私たちは魂の力で立ち向かいます。私たちを相手に好きなようにすればいい、それでも私たちはあなたがたを愛するでしょう。**

エルウッドは首を横に振った。何ということを求めるのか。何という、ありえないことを。

「聞いてるか?」とターナーが言った。エルウッドのぼんやりした顔の前で指を振った。

「何を?」

　ターナーは家のなかで手伝ってもらいたがっていた。いつものような引き延ばし作戦をしていても、二人の作業は順調に進み、階段の下にしまってある船旅用トランクをいくつも引っ張り出していた。二人でトランクを地下室の中央に引きずっていくと、シミやムカデが逃げていった。ぼろぼろの黒いカンバス地を飾るシールは、ダブリンやナイアガラ・フォールズ、サンフランシスコといった遠い寄港地への旅行の思い出を語っていた。過ぎ去った日々の、異国への旅。少年たちが生きているうちに目にすることなどない土地。

　ターナーは荒い息遣いになった。「こういうのって何が入ってるんだ?」

「ぜんぶ書き留めてある」とエルウッドは言った。

「ぜんぶって何を?」

「配達だよ。庭仕事も雑用も。みんなの名前も、日付も。地域奉仕のことはぜんぶ」

「おいおい、何だってそんなことするんだよ?」なぜかは知っているが、エルウッドがそれをどう言葉にするのかを知りたがっていた。

「自分で言ってただろ。ここから誰かが出してくれるわけじゃない。自力で出るしかないって」

「俺の言ってることなんて誰も聞かないって。何でお前がやり始めるんだ?」

「どうしてやってるのかは、最初は自分でもわからなかった。ハーパーと行った最初の日に、自分が見たものを書き留めた。それからずっと続けた。いつか誰かに伝えるためだったんだろうなって思うし、いまはそうするつもりだ。査察官たちが来たら、渡そうと思ってる」

「そいつらがどうすると思う？　《タイム》の表紙にお前の写真でも載せてくれるのか？」

「やめさせるために書いたんだ」

「またひとりバカがきたな」二人の頭上で、乱暴な足音がする。その日はずっと、チャイルズ家の誰も見かけていなかった。すると、ターナーは一家がX線で見ているかのようにせっせと動いた。「お前はうまくやってる。あのとき以外は問題も起こしてない。そんなことをすれば、裏に連れていかれてケツごとそこに埋められるし、その次は俺の番になる。何を考えてるんだよ？」

「それはちがうって、ターナー」エルウッドは風雨にさらされた茶色いトランクの取っ手を引っ張った。取っ手は真っ二つに割れた。「障害物競走じゃないんだ」と言った。「よけて走ることはできない。突っ切るしかないんだ。何を投げつけられても、頭をちゃんと上げて進むんだよ」

「俺はお前を推薦してやった」とターナーは言い、ズボンで両手を拭いた。「叱られたから、吐き出してすっきりしたかったんだよな。べつにいいよ」それで話を終わりにした。

すべてを外に出した二人は、手術を終えていた。家の腐った組織を切除して、通りの縁石というトレーに立てかけたのだ。ターナーはバンの扉を手荒に叩いてハーパーを起こした。ラジオからは雑音だけが流れていた。

「こいつどうしたんだ？」とハーパーはエルウッドに訊ねた。ターナーが黙っているとは、いつもとちがう展開だった。

エルウッドは首を横に振り、窓の外を見つめた。

真夜中過ぎ、彼の思考はあてもなくさまよい歩いた。自分が抱えていた不安に、ターナーの怒った問いかけが加わってくる。白人たちがどうすると思っているのか、ではなく、白人たちが動いてくれると信頼しているのか、という問いだった。

今回の抗議活動では、エルウッドは独りぼっちだった。《シカゴ・ディフェンダー》に二度手紙を書いてみたが、まだ返事はなく、かつて別名で書いた投書のことを出してみても効果はなかった。二週間、なしのつぶてだった。新聞社はニッケルの内情には興味がないのかという思いよりも重苦しいのは、似たような手紙や訴えが多すぎて、すべてには対応できていないのではないかという思いだった。アメリカという国は広く、偏見や強奪への欲求は果てしない。大小さまざまな不正義の数々を、ひとつひとつ追えるはずがない。ここはひとつの場所でしかない。ニューオーリンズの食堂のカウンター、黒人の子どもがつま先を浸けるよりはとセメントを注ぎ込んでしまったボルティモアの公営プール。ここもそんな場所のひとつだが、ひとつあるということは、何百とあるということだ。何百というニッケルとホワイトハウスが、痛みを作り出す工場のようにこの地に散らばっている。

もし、手紙がちゃんと学校の外に出たのかという心配を減らすために祖母に手紙を預けたとすれば、祖母はたちまちのうちに開封し、ゴミ箱に捨ててしまうだろう。孫の身に何が起きるかと怖れて。そして、これまでに何が起きたのかすら、祖母は知らないのだ。見ず知らずの人に、正しい行動をしてくれると信頼を託すしかない。自分を破壊したいと思っている人を愛するのとおなじくらい不可能なことだ。だが、それこそが公民権運動のメッセージなのだ――究極の良識が、あらゆる人の心に息づいていると信頼すること。

これか、これか。不正義によって、自分がおとなしく、足を引きずるようになってしまったこの世界か、より真実で、自分が追いついてくるのを待っているこの世界か。

州の査察の当日、朝食の席で、ブレイクリーをはじめとする北側の寮父たちは、その日のメッセージをはっきりと伝えた。「へまをしたら、自分のケツは自分で拭け」ブレイクリー、リンカーン寮のテランス・クロウ、そしてルーズヴェルト寮で生徒の面倒を見ているフレディー・リッチ。彼は毎日おなじバッファローのベルトバックルをつけ、股間と太鼓腹のあいだにそれが収まっている様子は、丘のあいだを縫っていく動物のようだった。

ブレイクリーは生徒たちに査察の予定を告げた。寝酒を絶っていたので、眠たげな様子はなく、はきはきしていた。黒人生徒の出番は午後までない、と彼は言った。査察は白人用の敷地から始まる。校舎、寮、それに病院や体育館といった大型の施設。ハーディー校長は運動場や新しいバスケットボールのコートを見せびらかしたがっていたので、タラハシーからきた男たちは次にそこを見てから、丘を越えて農場や印刷所、そして名高いニッケルのレンガ工場に向かう。最後が有色人種用の敷地だ。「いいか、お前らがシャツをだらしなくズボンから出していたり、汚い服がフットロッカーから見えていたら、スペンサーさんから話をしてもらうからな」とブレイクリーは言った。「優しい話にはならないぞ」

三人の寮父が立つ前には食事用の金属の浅い箱があり、生徒たちが毎朝食べるはずの料理が入っていた。炒り卵、ハム、フレッシュジュース、梨。

「ここにはいつくるんですか?」と、チャックのひとりがテランスに訊ねた。テランスは背が高くがっしりしており、まばらな白い顎ひげと、潤んだような目をしていた。ニッケルで勤めて二十年以上になるということは、さまざまな卑しさを目にしていた。つまり、より悪質な共犯者だ、というのがエルウッドの見立てだった。

「いつきてもおかしくない」とテランスは言った。

寮父たちが席に着くと、生徒たちは食べることを許される。

デズモンドが自分の皿から顔を上げた。「こんなうまい飯を食ったのは……」いつ以来か、思いつかなかった。「いつも査察が入ってくれたらいいのにな」

「私語は禁止だ」とジェイミーは言った。「食え」

生徒たちは喜んでがつがつ食べ、皿を擦るようにしてすくい取った。言葉はきついとはいっても、賄賂はちゃんと効いていた。食べ物、新しい服、塗装し直した食堂。少年たちはいい気分だった。裾や膝がほつれていた生徒は、新しいズボンをもらっていた。靴はどれもぴかぴかだった。床屋の表に伸びる行列は、建物を二周していた。生徒たちは頭がよさそうに見えた。白癬にかかっている生徒でさえも。

エルウッドはターナーの姿を探した。ターナーは、最初にニッケルにいたときに一緒に寝泊まりしていたルーズヴェルト寮の少年たちと一緒にいた。作り笑いを浮かべているわけだから、エルウッドに見られていることには気がついている。地下室での一件があった日から、ターナーはエルウッドとはほとんど口をきいていなかった。ジェイミーとデズモンドとはまだつるんでいたが、エルウッドが姿を見せるとこっそり消えてしまう。娯楽室でもほとんど見かけないということは、自分の屋根裏にいるのだろう。ハリエットとおなじくらい、沈黙のお仕置きがうまい。とりわけ、祖母にあれだけ長くしつけられたとなるとよくわかる。今回のお仕置きの教えは、口をつぐんでおけ、というものだった。

いつもであれば、水曜日は地域奉仕の日だが、言わずもがなの理由でエルウッドとターナーはべつの仕事を割り当てられた。朝食のあとでハーパーに捕まり、スタンド席担当班に入るように言われた。フットボール場のスタンド席はささくれだらけのひどい状態で、ぐらぐらで腐りかけていた。その改装を、ハーディーは査察の日まで取っておいた。そうした大掛かりな作業を、学校では日常茶飯事だとでも言わんばかりに披露するのだ。十人の生徒が派遣され、グラウンドの片側で材木に紙やすりをかけ、取り替え、ペンキを塗る。その反対側では、もう十人がスタンド席の手入れをした。査察官たちが白人用の敷地を見終えるころには、二つの班はちょうど佳境に入ったところを見せられるだろう。エルウッドとターナーはべつべつの班に入れられた。

エルウッドは弱くなってきているか腐った板の調査に取り掛かった。灰色の小さな虫が湧き出てきては、日の光からこそこそ逃げていく。いいリズムになってきたところで、信号が上がった。査察官たちが体育館を出て、フットボール場に向かっているのだ。ターナーなら彼らにどんなあだ名をつけそうか、エルウッドは考えようとした。太った査察官はジャッキー・グリーソンにそっくりで（アメリカ合衆国のコメディアン）、坊主刈りの男はメイベリー（一九六〇年代の人気コメディ番組『アンディ・グリフィス・ショー』の舞台の街）からの難民みたいだし、背の高い男はＪＦＫだ。その男は、死んだ大統領とおなじく角ばったアングロ・サクソン系白人の顔立ちで、目を見張るようなあの白い歯もあり、その似た外見を際立たせる髪型だった。外の日が当たるところに出てきた査察官たちは、スーツの上着を脱いで——蒸し暑い日になりそうだった——袖の短いシャツにクリップで留めた黒ネクタイを締めていたので、それを見たエルウッドは、ケープカナベラル空軍基地（合衆国の宇宙ロケット打ち上げ基地）や、ありえないような軌道計算を頭に詰め込んだ優秀な男たちを連想した。

書いた手紙は、ニッケル支給の制服のポケットに入っていた。鉄床のように重い。**闇は闇を追い払うことはありません**、と牧師は言っていた。**それをできるのは光だけです。憎しみは憎しみを追い払うことはありません。それをできるのは愛だけです。**四カ月間の配達や受取人、名前や日付や、米の袋や桃の缶や牛のわき肉やクリスマスハムなどの取引された品を書き写してあった。ホワイトハウスや「黒い美人」のことに加え、生徒のグリフがボクシングの決勝戦のあとに姿を消してしまったことについても、三行ほど書いてあった。すべて、丁寧な字で書いた。自分の名前は書かず、誰が書いたのかわからないだろうと思って悦に入っていた。もちろん、誰がたれ込んだのかは学校関係者に見破られるだろうが、そのときには彼らはもう刑務所に入っている。

デモ行進とは、こんな気分だったのだろうか。通りの真ん中で人々と腕を組み、生きる鎖の輪のひとつになり、次の角を曲がれば、バットや消防用ホースや罵声とともに白人の暴徒が待ちかまえていることは知っている。だが、あの日に病院でターナーに言われたように、今回は自分ひとりだ。

生徒たちは、話しかけられるまでは白人とは話をしないように教えられていた。真っ先に覚えることだ。学校で、自分たちの埃っぽい町の通りや道路で。それをニッケルで強化される。お前は白人の世界に生きる黒人の少年なのだ、と。手紙を渡す舞台をどこにすべきか、いろいろ考えた。校舎か、食堂の表か、本部棟のそばにある駐車場か。今回の解放記念日の劇については、中断なしには想像できなかった。ハーディーとスペンサー、たいていはスペンサーが舞台に飛び乗ってきて、その場面を台無しにしてしまう。校長と指導監督が査察の案内をしているのだろうと覚悟していたが、州の査察官たちは付き添いなしで歩き回っていた。コンクリートの小道をぶらつき、あれやこれやを指しては話し合っている。人を呼び止めては少し話をし、図書室に走っていく白人生徒のひとりに声をかけ、ベイカー先生ともうひとりの女性教師をつかまえてお喋りをしている。

やれるかもしれない。

JFKとジャッキー・グリーソンとメイベリーは、ハーディーの抜け目のない作戦どおり新しいバスケットボールコートのそばでぐずぐず手間取り、それからフットボールのグラウンドのほうに近づいた。「忙しそうにしとけよ」とハーパーは呟くと、査察官たちに手を振った。五十ヤードラインを歩いて反対側のスタンド席に行き、生徒たちには自由にやらせているふうを装った。エルウッドはスタンド席から降り、松材の板をどうにかこうにか台に設置しようとしているロニーとブラック・マイクをよけていった。査察官をインターセプトするには絶好の角度だった。素早くボールを手渡すのだ。もしハーパーに見られ、封筒に何が入っているのかと訊かれれば、公民権運動が若い世代の黒人の人生をどう変えたのかというエッセイで、何週間もかけて書いたのだと言おう。お涙頂戴の話だな、とターナーなら文句を言いそうな言い訳だった。

エルウッドは白人たちまであと二ヤードに迫った。胸が詰まった。もう、その鉄床を動かすことができない。彼は方向を変え、材木が積んであるところに行き、膝にがくりと両手をついた。

査察官たちは丘を上がっていく。ジャッキー・グリーソンが冗談を言い、ほかの二人が笑った。彼らはホワイトハウスには一瞥もくれずに通り過ぎていった。

厨房係が昼食に用意したものを見ると、ほかの生徒たちは大騒ぎしたので——ハンバーガーとマッシュドポテトと、〈フィッシャーズ・ドラッグストア〉に流されずにすんだアイスクリームだった——静かにしろ、とブレイクリーは言った。「ここでサーカスでもやってると思われたいのか？」エルウッドのお腹は食べ物を受けつけなかった。へまをやらかしてしまった。もう一度、クリーヴランド寮で挑戦してみよう、と誓った。娯楽室か、廊下で、「ちょっとすみませんが」と言ってみる。屋外の、芝生の中央で言うのではなく。そうすれば隠れられる。JFKに渡そうか。でも、査察官がその場で開けてしまったら？　あるいは、丘を下りながら読んでいるところに、学校から出る付き添いをしようとハーディーかスペンサーが追いついてきたら？

彼らはエルウッドを鞭打った。だが、それを受けてもまだ、自分はここにいる。白人が黒人にやってきたことは、もう使い果たしている。これまでにやってきたことでもあり、たったいまも、モントゴメリーやバトンルージュのどこか、ウールワースの表の通りで白昼堂々とやっていることだ。あるいは、名もない田舎道で、それを語る者もなくやっている。鞭打たれるだろうし、ひどく鞭打たれるだろうが、殺されはしない。ここで何が起きているのか、州政府が知っていさえすれば。エルウッドの思考は脱線した——州兵たちが乗り込んだ深緑色のバンの車両隊がニッケルの校門に入っていき、兵士たちが飛び出てきて整列する光景が目に浮かんだ。もしかすると、兵士たちは派遣された任務が気に入らず、正しいことよりも古い秩序のほうに共感しているかもしれないが、この地の法には従わねばならない。リトルロックで彼らが隊列を作り、九人の黒人の子どもたちがセントラル高校に入れるようにしたように（一九五七年に初めて同高校に入学した黒人生徒たちは、軍の兵士たちに守られて登校した）。怒れる白人たちと黒人生徒たちとのあいだ、過去と未来のあいだの、人間の壁となったのだ。フォーバス知事にはどうすることもできなかった。アーカンソー州やその遅れた邪悪さを超えて、それはアメリカ全体の問題だったからだ。その正義の機構を動かしたのは、座るなと言われたバスの座席に腰を下ろしたひとりの女であり、禁じられたカウンターでライ麦パンとハムのサンドイッチを注文した、ひとりの男だった。あるいは、一通の証拠の手紙だ。

私たちは魂のなかで、自分はひとかどの人物であり、重要なのであり、価値があるのだと信じなければなりません。その尊厳をもって、ひとかどの人物なのだという感覚をもって、人生という通りを

歩かねばならないのです。それがなければ、自分に何が残っているだろう。次こそはひるんだりするまい。

スタンド席担当班は、昼食のあとで作業に戻っていた。ハーパーはエルウッドの腕をつかんだ。

「エルウッド、ちょっと待て」

ほかの生徒たちは丘を下っていく。「ハーパーさん、何ですか？」

「農場のほうに行って、グラッドウェルさんを見つけてほしい」とハーパーは言った。グラッドウェル監督と助手の二人は、ニッケルでの作付けと収穫をすべて担当していた。エルウッドは話をしたことはなかったが、麦わら帽と農家特有の日焼けで、リオ・グランデ川を渡ってきたような見た目になり、誰が見ても農場の監督だとわかった。「州の査察官たちは、今日は農場に行かない」とハーパーは言った。「べつの専門家たちが後日、農場を特別にチェックすることになる。監督を見つけて、もう楽にしていいと言ってきてくれ」

エルウッドはハーパーが指した方角を見た。中央道路の先で、ちょうど三人の査察官がクリーヴランド寮に入る階段を上がろうとしている。三人はなかに入っていく。グラッドウェルさんは北側のどこだかにいて、何エーカーもひたすら広がるライムかジャガイモの畑にいる。戻ってくるころには、査察官たちはいなくなっているだろう。

「ハーパー、塗装が気に入っていて。下級生の誰かに行ってもらっても？」

「ハーパーさん、だろ」構内では規則どおりにせねばならない。

「その、スタンド席の作業のほうがいいんですが」

ハーパーは眉をひそめた。「お前らみんな、今日は変だな。俺が頼んだとおりにやれば、金曜日にはいつもとおなじに戻る」ハーパーは食堂の階段にエルウッドを置いて去っていった。昨年のクリスマスには、ターナーとここに立ち、アールの腹がおかしくなった話をデズモンドから聞いていた。

「俺がやるよ」

ターナーだった。

「やるって何を？」

「お前がポケットに入れてる手紙だ」とターナーは言った。「いいから、俺が届けてやるって。お前ときたら──ひどい顔色だな」

かつがれているという気配をエルウッドは探した。だが、ターナーは世界のペテン師たちとおなじだった。ペテン師はゲームを裏切ることはない。

「やると言ったら、ちゃんとやってやる。ほかに頼める相手がいるか？」

エルウッドは手紙を渡し、何も言わずに北へ走った。

一時間かけて見つけ出した監督のグラッドウェルは、サツマイモ畑の端にある大きな籐の椅子に座っていた。立ち上がると、目を細めてエルウッドを見た。

「おや、何だって？　じゃあ一服できるな」と彼は言うと、葉巻にまた火をつけた。伝言係のエルウッドを見て手を止めていた、担当の生徒たちに怒鳴った。「だからってお前らがやめていいわけじゃないぞ。さっさとやれ！」

エルウッドの帰り道は長かった。ブートヒルを迂回する小道を通り、厩舎や洗濯室の前を過ぎていった。足取りは重かった。ターナーが手紙をインターセプトされてしまったのか、それとも密告されたか、自分の隠れ場所に持っていってマッチで燃やしてしまったのか、知りたくはなかった。向こう側で自分を待ち受けているものは、いつ着いたとしても自分を待ち受けているだろう。そこで、小さいころから覚えているブルースの曲を口笛で吹いた。歌詞も、歌っていたのが父親だったのか母親だったのかも思い出せなかったが、その曲がふと蘇ってくるといつも気分がよくなり、どこからともなく、より大きな雲からちぎれてきた雲が影を作ってくれたような涼しさを感じた。その雲はつかのま自分のものになり、そしてまたべつのところに向かっていく。

夕食前に、ターナーはエルウッドを倉庫の屋根裏に連れていった。ターナーはうろつき回る許可をもらっていたが、エルウッドはもらっていなかったので、押し寄せる恐怖をどうにか振り払った。あの手紙を書けたのなら、許可なく倉庫に入るくらいの度胸はあるはずだ。隠れ場所は想像していたよりも小さく、ニッケルという洞窟をターナーが削って作った狭苦しい一角だった。木箱を積んだ壁、薄汚い軍用毛布が一枚、そして娯楽室の寝椅子のクッションがひとつ。抜け目のないやり手の隠れ家というよりは、雨宿りをしようと、襟元をしっかり締めて戸口から入ってきた家出少年の貧相な逃げ場だった。

ターナーは機械用オイルの箱に背中を預けて座り、両膝を抱えた。「やったよ」と言った。「《ゲイター》のなかに入れた。ガーフィールドさんがボウリング場で警官たちに賄賂を渡すときみたいに、新聞に挟んでおいた。そいつの車に走っていって、〝一部ご覧になりたいかと〟って言った」

「誰に渡した?」

「JFKに決まってるだろ」吐き捨てるような口調。「『ハネムーナーズ』に出てたほう(ジャッキー・グリーソンのこと)に渡すとでも?」

「ありがとうな」とエルウッドは言った。

「エル、俺は何もやっちゃいない。郵便物を配達したってだけだ」ターナーが片手を差し出すと、エルウッドはそれを握った。

その夜、厨房の担当が、もう一度アイスクリームを出した。寮父たち、そしておそらくハーディー校長は、査察の出来に満足していた。翌日の学校でも、その週の金曜日の地域奉仕でも、エルウッドは反応を待っていた。まるでリンカーン高校に戻り、理科の授業の実験で火山から泡と煙が吹き出してくるのを待っているように。州兵たちがタイヤを軋ませて駐車場に突入してくることはなく、スペンサーが冷たい手をエルウッドの首に置いて、「なあ、ちょっと困ったことになってな」と言ってくることもなかった。そういうことにはならなかった。

いつもどおりのことが起きた。夜中に、寮で、懐中電灯の光が這い上がってきて顔を照らされ、ホワイトハウスに連れていかれたのだ。

第十五章

彼女は《デイリー・ニュース》でそのレストランの記事を読み、切り抜きを彼が寝る側のベッドに置いておき、見落とさないようにした。二人で食事に出たのは、もうずいぶん前のことだった。ここ三カ月、彼の秘書のイヴェットが母親の世話をするために早くオフィスを出るせいで、彼は毎日の仕事終わりにその分の穴埋めをすることになった。イヴェットの母親は耄碌してきていたが、いまではそれは認知症と呼ばれている。彼の妻ミリーのほうは、もう三月が近いせいで毎年恒例の大学バスケットボールトーナメントが始まり、四月十五日の決勝戦に向けて誰もが大わらわになっていた。「みんなのストイックさはまちがいなく狂気よね」とミリーは言った。彼女はたいていは夜十一時のニュースに間に合う時刻に帰宅していた。彼はすでに二度、ナイトデートをキャンセルしていたので――〝ナイトデート〟はどこかの女性雑誌に載っていた言い回しで、いまや木の棘のように彼の語彙に食い込んでいた――ミリーは今回を逃すつもりはなかった。「ドロシーが二回行って、すごくよかったって」とミリーは言った。

ドロシーはいろんなものをすごくいいと思っていた。ゴスペルのブランチ会、『アメリカン・アイドル』、開設を控えた新しいモスクに反対する請願。彼は何も言わないことにした。

イヴェットが〈エース引越社〉のために掘り出してきた新しい保険プランを解読しようと試みたあと、彼は七時にオフィスを出た。格安なプランだったが、長い目で見れば、共同支払いなんてぼったくりではないか？　その手の書類の処理にはいつも手を焼かされてきた。イヴェットが翌日出社してきたら、もう一度説明してもらおう。

ブロードウェイ通りのシティ・カレッジ停留所で降りて、ひとりで坂を上がっていった。三月にしてはいつもより暖かかったが、四月のマンハッタンで一度ならず吹雪になったことを覚えていたので、まだ春だと言う気にはなれなかった。「コートをしまい込んだ矢先にやってくるんだ」と彼は言った。

洞窟に住んでるコウモリみたいな世捨て人の台詞ね、とミリーは言った。

〈カミールズ〉は一四一丁目とアムステルダム・アヴェニューの角にあり、七階建ての共同住宅の一階に店を構えていた。《デイリー・ニュース》の評によると、レストランはヌーヴォー南部料理で、「南部の田舎風の品にひねりが加えられている」ということだった。ひねりとは何だろうか。ソウルフードを白人が作っている、とか？　豚の腸料理の上に、白いピクルスが載っていたりするのか？　窓にはローンスタービールのネオンサインが点滅しており、入り口の横にあるメニューを、変形したアラバマ州のナンバープレートが光輪のように囲んでいた。彼は目を細めた。かつてのような視力はもうない。田舎らしさの演出には警戒したが、メニューはよさそうで、飾り立てた感じもなく、接客係のカウンターに行ってみると、客のほとんどは近所の人々だった。黒人と、おそらくはこの地域の、大学で働くラティーノたち。お堅い連中だが、ここにいるということは保証にはなる。

接客係は水色のヒッピー風ワンピースを着た、その手の白人の女の子だった。針金のように細い両腕に沿って漢字のタトゥーがあるが、その意味はまったくわからない。彼のことが見えていないようなそぶりなので、いつもの「人種差別か、劣悪なサービスか」と考え始めた。それを深く突き詰める前に、お待たせしてしまってすみません、とその女の子は謝ってきた。新しいシステムがダウンしてるんです、と言い、灰色の光を発する台に向かって顔をしかめた。「もう席に着かれますか？　それともお連れさまをお待ちですか？」

長年の習慣で、外で待つよと彼は言い、歩道に出ると、いかにもおなじみの失望を味わった。ミリーに禁煙させられているのだ。ニコチンガムをひとつ、包装から出した。

冬の終わりの、暖かい夕べだった。この街区にきたのは、たぶん初めてだ。一四二丁目まで行けば、前の仕事で行った建物を覚えていた。まだトラックに乗っていたころだ。その日々のことは、まだ腰にときおり感覚が残っていた。刺すような痛みと震えの感覚が。いまでは、ここは「ハミルトン・ハイツ」と呼ばれている。トラックの管理係のひとりが、ハミルトン・ハイツはどこなのかと訊いてきたとき、「ハーレムに引っ越すんだって伝えとけ」と彼は言った。だが、その地名はしぶとく残っている。不動産会社は古い土地を新しい名前で演出するか、古い土地に古い名前を蘇らせ、その地区が生まれ変わろうとしていると宣伝したがる。若者たち、白人たちが戻ってきているのだ、と。彼はオフィスの家賃と給与を支払うことはできる。もし、ハミルトン・ハイツだかロウアー・誰それヴィルだか、とにかくどこかに引っ越したいから金を払うという人がいれば、三時間料金からで喜んで手を貸すつもりだった。

逃げ出した白人たちの流れが、逆になっている。もうずいぶん前にマンハッタンから逃れ、暴動や財政破綻した市や、文字が何であれ要するに「お前なんかクソだ」と書いてある落書きを逃れていった白人たちの、子どもや孫たちが戻ってきている。彼がやってきたとき、街はまさにゴミ捨て場だったので、出ていく人々を責めようという気にはなれなかった。彼らの人種差別と恐怖と失望が、彼の新生活の資金になったのだから。ロングアイランドのロズリンに引っ越すので業者を探しているのなら、〈ホライゾン〉が喜んでお手伝いします。そのころの彼は時給をもらう立場で、時給を払う立場ではなかったが、ベッツ氏が遅れることなく、会計帳簿に記入せず現金で支払ってくれることはありがたかった。彼の名前が何だろうと、出身地がどこだろうと関係なく。

《ウエストサイド・スピリット》が一部、角にあるゴミ入れから突き出ていた。インタビューは受けないとミリーに言おう、と彼は心に留めた。この夜を台無しにしないように、ベッドに入るときか、明日に言おう。ミリーが入っている読書会にいる女が、その新聞の広告担当で、地元のビジネスにスポットライトを当てた連載記事に彼の名前を出そうかとミリーに言ったのだ。「起業家の企業」というコーナーだった。彼を選ぶのは自然な成り行きだった。黒人が自分の引越会社を運営し、地元の人々を雇い、助言もしているのだから。

「誰にも助言なんてしてない」と彼はミリーに言った。台所にいて、ゴミ袋の口を縛っているところだった。

「とっても名誉なことなんだけど」

「人から注目されたいタイプじゃないんだ」と彼は言った。

話は簡単だった。手短なインタビューを受け、それから一二五丁目にある会社のオフィスにカメラマンが派遣されてくる。トラックが並ぶ前に立っている写真を撮られるのかもしれない。どう見ても、ビッグ・ボス。論外だ。礼儀正しくして、一回か二回広告を出して終わりにしよう。

ミリーは五分遅れていた。彼女にしては珍しい。

彼は苛立った。一歩下がり、さらに下がって建物をしっかり見てみると、前にもきたことがあるところだった。七〇年代に。レストランはかつてはコミュニティーセンターかその手の施設で、司法扶助をしており、並んだデスクの人たちはみんなおなじに見えた。フードスタンプなどの公的プログラムの申請書を記入し、役所言葉を嚙み砕く手助けをしてくれる、おそらくは、かつてのブラックパンサー党のメンバー数名が運営していた。まだ〈ホライゾン〉の仕事をしていたころだから、七〇年代のはずだ。最上階、真夏で、エレベーターは故障中だった。白と黒の六角形のタイルを踏んでせっせと上がっていき、階段は無数の足ですり減って微笑んでいるようで、階ごとに十二の微笑みがあった。そうだった。老婦人が亡くなっていたのだ。その息子に雇われて、すべてを梱包してロングアイランドにある息子の家まで運び、地下室に持っていくと、ボイラーと何本かの未使用の釣竿のあいだにこぢんまりと収まった。そこに置かれたまま、息子が死んで、その子どもたちはどうすればいいのかわからず、またおなじことが繰り返されるのだろう。一家は老婦人の持ち物を半分梱包したところで音を上げた。遺品整理があまりに大変で、人が圧倒されているときの兆候は知っておかねばならない。いまだに、その午後の光景がいくつか記憶に残っていた。共同住宅の階段を上り下りする。自分たちのホライゾン社のTシャツが、汗でぐっしょり濡れている。閉まったまま動かなくなった窓が、孤立と死のどんよりとした臭いを閉じ込めている。空の戸棚。老婦人が息を引き取ったベッドはシーツを剝がされ、青と白の縞模様のマットレスと、彼女がつけた染みが見えている。

「マットレスも持っていきますか?」

「マットレスは持っていかない」

誰も知らないが、当時の彼はそんな死に方をするのが怖かった。誰にも気がつかれないままで、やがて近所の人たちが異臭を不審に思い、いらいらした管理人が警官たちを入れる。いらいらしたといっても、それは死体を見るまでの話であり、それからあとは、人生の物語がつなぎ合わされていく。その住人は郵便物が溜まるに任せ、あるときは隣に住む上品な婦人を罵り、あんたの猫に毒を食わせてやると言い放った。昔の部屋のどれかで寂しく死ぬ、その間際に頭をよぎることは——ニッケル。最期の瞬間、脳が破裂するか心臓が潰れるときまで、ニッケルが追ってくる。さらに、その先までも。ひょっとすると、ニッケルとは彼を待ち構えている来世そのものなのかもしれない。丘を下ったところにホワイトハウスがあり、終わりのないオートミールの食事と、壊れてしまった少年たちの果てしない友情がある。そんな自分の死に様を考えるのはずいぶん久しぶりだった。その思いは箱に入れ、心のなかの地下室へ、ボイラーと置きっ放しの釣竿のあいだに置いてあった。かつての日々の品々と一緒に。その妄想に細かな飾りをつけるのは、とっくの昔にやめていた。人生で大事な人がいるからではない。その大事な人がミリーだからだ。悪くなったところを、彼女は削り取ってくれた。自分もそうありたい、と彼は思った。

ふと思った。ミリーをデートに誘うようになったときのように、花をプレゼントしたい。ハーレムのヘイル・ハウス孤児院の募金イベントで、くじのチケットにきっちり書き込んでいるミリーを見かけてから、もう八年になる。普通の夫はそうやって、なんとなく花を買ったりするものなのだろうか。あの学校から出てから、どれほどの歳月を経ても、まだ、普通の人はどう生きているのかを解読しようとして手間取ってしまう。幸せに育てられ、一日に三度の食事とおやすみのキスをもらい、ホワイトハウスや〈恋人たちの小径〉や、地獄行きの判決を下してくる白人判事のことなど、考えもよらない人たち。

ミリーは遅れていた。急いでいけば、彼女が到着するまでにブロードウェイ通りまで行き、韓国系のデリで安い花束を買ってこられる。

「何のための花？」とミリーは訊くだろう。

全世界の自由のためだ。

もっと早く花のことを思いついておけばよかった。オフィスの表にあるデリを通りかかったときか地下鉄から出てきたときに買っておけば。次の瞬間に、ミリーが、「あら、こんなところにハンサムな夫がいた」と言い、ナイトデートになった。

第十六章

彼らは父親たちから、どうやって奴隷たちを抑えつけておくかを教わり、その残虐な一家の伝統を受け継いだ。奴隷を家族から引き離し、鞭のことしか思い出せなくなるまで鞭で打ち、鎖のことしか知らなくなるように鎖でつなぐ。鉄製の懲罰房にしばらく入れ、太陽で脳をうだらせれば、黒人の若者は正気に戻る。光の入らない独房、暗くて高いところにある部屋で、時の外に追いやってしまうのもいい。

南北戦争のあと、ジム・クロウ法による罪状ひとつにつき五ドルの罰金が課せられ――浮浪罪、許可なくべつの雇用者のもとで働くこと、〝傲慢な接触〟など諸々――黒人の男も女も、借金による労働という胃袋のなかに放り込まれていたとき、白人の息子たちは一家に語り継がれた話を思い出した。穴を掘り、横棒を作り、育む太陽を禁じた。フロリダ男子工業学校ができて半年も経たないうちに、彼らは三階にある物置のクローゼットを監禁用独房に作り変えた。便利屋のひとりが寮から寮へ回り、そこだと言われたところにボルトをねじ込んだ。光の入らない独房は、一九二一年の火災のときに閉じ込められていた少年二人が死んだあとですら使用された。息子たちは昔ながらのやり方を大事にしていた。

第二次世界大戦後、州は少年更生施設における光の入らない独房や懲罰房の使用を法律で禁じた。当時はいたるところで志の高い改革が行われ、ニッケルも例外ではなかった。だが、部屋そのものは、人もなく、静かで風を通さないまま、待っていた。態度を矯正せねばならない反抗的な少年たちを待っていた。いまでも、息子たち、さらにはその息子たちが覚えているかぎり、それは待っている。

エルウッドのホワイトハウスでの二度目の鞭打ちは、一度目ほど過酷ではなかった。エルウッドの手紙がどれほどの打撃になったのか、スペンサーにはわからなかった。ほかに誰が読んだのか、誰が真剣に受け止めたのか、州の議事堂ではどのような影響が生じているのか。「お利口な黒んぼだな」とスペンサーは言った。「どこからこの手のお利口な黒んぼを仕入れてくるんだか」指導監督は、いつものように陽気ではなかった。二十回の鞭打ちをエルウッドに加えると、初めて「黒い美人」をヘネピンに渡した。アールの後任に雇ったヘネピンがどれほど完璧な人選だったのか、スペンサーはわかっていなかった。類は友を呼ぶ。ヘネピンはいつもは、愚鈍そうな悪意ある顔つきで構内を歩き回っていたが、残虐行為のチャンスがあれば顔が明るくなり、にやりと笑ってすきっ歯を見せる。ヘネピンが少し鞭打ちをしたところで、スペンサーがその手を止めた。タラハシーの事情がどうなっているのかはわからない。二人はエルウッドを光の入らない独房に連れていった。

階段を上りきった右手には、ブレイクリーの部屋があった。反対側の扉を開けると、小さな廊下と三つの部屋があった。部屋は査察用に塗装し直され、寝具類や余ったマットレスが山のように入れられていた。ペンキを塗ったために、かつてその独房に入っていた生徒たちのイニシャルや、何年も暗闇のなかでつけられた引っ掻き傷は見えなくなっていた。イニシャルや名前、各種の罵りや哀願の言葉。扉が開き、書き手である少年たちに引っ掻いた跡が見えるようになったとき、それは、自分たちが壁につけたと思っていた象形文字とは似ても似つかなかった。そこにあったのは悪魔崇拝の跡だった。

スペンサーとヘネピンは、両側にある部屋にシーツとマットレスを運んでいった。空になった中央の独房にエルウッドを押し込んだ。翌日の午後、日中勤務の用務員がトイレ代わりにバケツを一個与えたが、それだけだった。扉の上部にある網の目の開口部からわずかばかりの光が入り、やがて、その灰色の光にエルウッドの目は慣れた。ほかの生徒たちが朝食に出ていったときに食事が出された。一日に一食だけだった。

その独房に入った最後の三人は、ろくな末路を迎えなかった。そこは、悪運よりもさらに運の悪い、呪われた場所だった。リッチ・バクスターは殴り返したかどで光の入らない独房送りになった。白人の現場監督に両耳を殴られ、リッチはその男の歯を三本へし折ったのだ。リッチはしっかりした右手の持ち主だった。その独房で一カ月過ごし、外に出たときには、白人の世界に対してどんな輝かしい暴力を振るってやろうかと考えていた。騒乱、殺人、暴行。血まみれの両拳を、作業着のズボンで拭う。そのかわり、彼は軍に入隊して死んだ。遺体の損傷がひどく、葬儀のときに棺は開けられなかった。朝鮮戦争が終わる二日前のことだった。その五年後、クロード・シェパードが桃を盗んだかどで最上階送りになった。そこの暗闇で数週間を過ごすと、すっかり人が変わった。少年が入り、大人の男がよろめき出てきた。非行はいっさいやめ、自分の全身に満ちた無価値さを直す方法を追い求める、しくじってばかりの求道者となった。三年後、クロードはシカゴにある安宿でヘロインを過剰摂取して死んだ。いまでは共同墓地に入っている。

エルウッド・カーティスの前の入居者である、ジャック・コーカーは、もうひとりの生徒テリー・ボニーと同性愛行為をしていたところを見つかった。ジャックはクリーヴランド寮の、テリーはルーズヴェルト寮の三階で光のない時間を過ごした。冷たい空間に入った、一対の星。出てきたジャックがまずやったのは、テリーの顔面を椅子で殴ることだった。いや、まずやったわけではない。夕食の時間までは待たねばならなかった。彼からすれば、テリーは、ぼろぼろになった自分を映し出す鏡だった。エルウッドがニッケルにやってくる一カ月前、ジャックはダンスホールの床で死んだ。見知らぬ男の一言を聞きまちがえ、殴りかかったのだ。その見知らぬ男はナイフを持っていた。

十日ほど経つと、スペンサーはびくびくすることに飽きてしまい――実のところはほとんどの時間を怯えつつ過ごしていたのだが、黒人生徒にその恐怖を焚きつけられることには慣れていなかった――エルウッドを見にいった。州議事堂は落ち着きつつあり、校長もそれほど悩んではいなかった。最悪の時期は終わった。州政府は口出しするには強力すぎる、というのがだいたいの問題だった。彼の見るところ、年々ひどくなる。スペンサーの父親はかつて、南側で監督をしており、生徒のひとりが窒息死したせいで降格処分を受けていた。大きな喧嘩が手に負えなくなり、スケープゴートにされたのだ。その前ですら、暮らしに余裕がなかった。それがさらに余裕がなくなった。スペンサーはその当時のことをいまだに覚えていた。缶詰のコーンビーフとスープを入れた鍋の嫌な匂いが台所から上がってくると、子どもたちは欠けたボウルを持って列を作る。祖父はアーカンソー州スパードラのT・M・マディソン石炭会社で働き、黒んぼの囚人たちの世話をしていた。郡からも、本社からも、祖父の仕事に口を出そうという者はいなかった。祖父は職人であり、その実績に対しては誰もが敬意を払っていた。スペンサーの生徒のなかから、手紙で密告する者が出てくるとは屈辱だ。

スペンサーはヘネピンを連れて三階に上がった。寮の生徒たちは全員朝食に出ていた。「いつまで入れられるんだろうと思ってるだろうな」と彼は言った。二人でしばらくエルウッドを蹴っていると、スペンサーは気分がよくなった。胸にあった不安が泡になって上がっていき、弾けたような感覚だった。

エルウッドに起こりうる最悪のことは、毎日起こっていた。目を覚ませば、その独房にいるのだ。暗闇でのその日々については、ぜったいに誰にも言わないつもりだった。誰が迎えにきてくれるだろう？　自分を孤児だと思ったことはなかった。自分がタラハシーにいるのは、母親と父親が求めているものをカリフォルニアで見つけられるようにするためだ。そのことについて、悲しんでも仕方がない。あることを可能にするためには、もうひとつのことが犠牲にならなければならない。いつか、自分が書いた手紙について父親に話そうとは思っていた。有色人種の兵士の扱いについて、父親が部隊指揮官に渡し、戦時中に表彰された手紙のようなものだ、と。だが、ニッケルにいる多くの少年たちとおなじく、彼も孤児だった。誰も迎えにくることはない。

マーティン・ルーサー・キング・ジュニア牧師がバーミングハムの拘置所から書いた手紙、塀の内側から牧師がしたためた力強い訴えについて、ずっと考えた。あることから、もうひとつのことが生み出される。独房がなければ、行動を訴える堂々とした呼びかけはない。エルウッドには紙も、ペンもなく、あるものといえば壁だけで、優れた思考はまったく出てこなかったし、知恵や言葉を自在に操るなど望むべくもない。生まれたときからずっと、世界からはルールをささやかれ続けたが、彼はそれを聞き入れず、そのかわり、ひとつ上の次元からの命令を耳にした。世界からは引き続き指導された。愛してはならない、どうせその人たちは消えてしまうのだから。信頼してはならない、どうせ裏切られるのだから。立ち上がるな、どうせ叩き潰されるのだから。それでも、あの次元からの命令が聞こえる。愛せ、そうすればその愛は報われる。公正な道を信じろ、そうすればきっと救われる。闘え、そうすれば人生は変わる。彼は世界にまったく耳を貸さず、火を見るよりも明らかなものを見ず、そしていま、世界から完全に引き抜かれてしまった。聞こえるのは、下にいる少年たちの怒鳴り声や笑い声や怯えた叫び声だけであり、自分は苦々しい天国を漂っているのかと思ってしまった。

監獄のなかの監獄。その長い時間で、キング牧師の示す等式と格闘した。**私たちを刑務所に放り込んだとしても、私たちはあなたがたを愛するでしょう……だが、これは断言しておきます。私たちは、**

耐え忍ぶという能力によってあなたがたを疲労させ、いつの日か自由を勝ち取るのです。私たちにとっての自由を勝ち取るだけでなく、あなたがたの心や良心に訴えかけるなかで、あなたがたのことも勝ち取り、私たちの勝利は二重の勝利となるのです。いや、そこまでの飛躍をして愛することはできない。その主張をしようとする衝動も、実行しようとする意志も、彼には理解できなかった。

小さかったころ、彼はリッチモンドホテルの食事室を見張っていた。自分の人種には閉ざされてきたが、いつの日か開かれるだろう。それをずっと待った。光の入らない独房で、その見張りのことを考えた。見たいと願っていた姿とは、茶色い肌にとどまらなかった。自分と似た、同胞だと言える人を待っていたのだ。ほかの人から、自分は同胞だと言ってもらい、おなじ未来が近づいてきているのを見てもらう。たとえそれが遅々とした動きで、田舎道や骨折り損の秘密の小道ばかりを好み、演説にあるもっと深い響きや手描きの抗議プラカードに合わせて進んでいるとしても。大いなる梃子に体重をかけて世界を動かす覚悟ができている者たち。そんな者たちが姿を現すことはなかった。食事室にも、ほかのどこにも。

階段に続く扉が開き、床に擦れて音を立てた。独房の外で足音がする。エルウッドはまた鞭打ちされるものと身構えた。三週間が経ち、どう処分されるのかがやっと決まったのだ。自分が裏の鉄の輪に連れていかれ、それっきり消息不明にならない理由はただひとつ、未確定だからだと彼は思っていた。いま、事態が落ち着いたとなると、ニッケルは通常の処罰と、何世代にもわたって受け継がれてきた慣習に戻ったのだ。

門が横に動く。扉のところに、ほっそりした人影がひとつ。しーっとターナーが言って、エルウッドを立ち上がらせた。

「明日にお前を裏に連れていくつもりだ」とターナーはささやいた。

「そうだね」とエルウッドは言った。ターナーがべつの誰かのことを話しているかのように。頭がくらくらした。

「俺たちは出ないと」

エルウッドは不思議に思った。**俺たち**とはどういうことだろう。「ブレイクリーがいる」

「あの野郎はもうぶっ倒れて寝てるって。しーっ!」ターナーはエルウッドの眼鏡と服と靴を渡した。エルウッドのフットロッカーから持ってきた、学校に到着した日に着けていたものだ。ターナーも、黒いズボン、紺色の作業用シャツという普段着だった。**俺たち**。

クリーヴランド寮の少年たちは、査察に備えて軋む床板を取り替えていた。ただし、何枚か見落としがあった。エルウッドは首を傾げ、寮父の部屋から物音がしないかと耳を澄ました。寝椅子は扉の近くにある。多くの生徒たちがその階段を上がっていき、起床時刻になっても寝ているブレイクリーを起こしてしまった。今回は、ブレイクリーは起きなかった。エルウッドの体は、監禁と二度の鞭打ちのせいでこわばっていた。ターナーは自分に寄り掛からせた。背中には膨らんだナップサックをひとつかけていた。

一号室か二号室から、生徒の誰かが小便をしに出てきたところに鉢合わせしてしまう可能性はあった。二人はできるかぎり静かに急ぎ、次の階の階段を下りて回った。「まっすぐ抜けよう」とターナーは言い、どういうことかエルウッドもすぐに理解した。娯楽室の前を通り、クリーヴランドの裏口に向かう。一階の明かりは夜通しついている。いまが何時なのか、エルウッドにはわからなかった。午前一時か、それとも二時だろうか。だが、夜の管理人たちがこっそりうたた寝をするには十分なくらい遅い時刻だった。

「連中は今夜、配車センターのところでポーカーをしてる」とターナーは言った。「じきにわかる」

窓からかかる明かりの外に出るとすぐ、二人は足を引きずりながらも全速力で主道に駆けていった。外に出た。

どこへ向かうのか、エルウッドは訊ねなかった。ターナーには「どうして？」と訊いた。

「どうしても何も――この二日間、あいつらはゴキブリみたいに走り回ってた。あの連中。スペンサーも、ハーディーも。そしたらフレディーから、レスターがサムから聞いた話だって教えてもらった。お前を裏に連れていく気だってな」レスターは、管理人のオフィスの清掃係をしているクリーヴランド寮の生徒で、進行中のあらゆる大掛かりなことについて情報を持っていた。紛れもない、ウォルター・クロンカイト的な存在だ（『CBSイヴニングニュース』のアンカーを長年務め、「アメリカでもっとも信頼される人」と呼ばれたジャーナリスト）。「てなわけだ」とターナーは言った。「今夜やるか、諦めるかだった」

「でも、どうして一緒に来てるんだ？」あっちに行けばいい、とエルウッドに教え、幸運を祈るだけにしてもよかったはずだ。

「お前のバカさかげんからして、ものの一分でお縄になるだろ」

「大事なのは誰も連れていかないことだって言ってたじゃないか」とエルウッドは言った。「逃げるときには」

「お前はバカ、俺はアホ」とターナーは言った。

ターナーは彼を町のほうに連れていき、道路沿いを走り、一台の車が見えると地面に倒れ込んだ。家と家の間隔が短くなってくると、二人は腰をかがめてゆっくりと動くようになり、エルウッドには楽になった。腰が痛かったし、スペンサーとヘネピンが「黒い美人」で切りつけてきた脚のところも痛んだ。自分たちが逃げているという目下の状況のおかげで、痛みは和らいでいた。三度、通りかかった家で飼っている忌々しい犬が吠え出したので、二人は全速力で逃げた。犬の姿は一度も見なかったが、吠え声で血がどっと巡った。

「今月はずっとアトランタにいる」とターナーは言った。向かっていた先は、チャールズ・グレイソン氏の家だった。ボクシングの試合の夜に、みんなで「ハッピーバースデー」を歌った相手の銀行家だ。地域奉仕の仕事として、二人は彼のガレージの大掃除と塗装をしていた。大きく、寂しい家だった。双子の息子たちはもう大学に入っていた。グレイソン家の息子たちが小さかったころの遊び道具のかなりの数を、エルウッドとターナーは捨てた。おそろいの赤い自転車があったことをエルウッドは思い出した。その自転車は、ガーデニング用品の横に置いたままだった。月光の明るさではっきりと見えた。

ターナーがタイヤに空気を入れた。空気入れは探すまでもなくすぐに見つけた。いつから、この計画を練っていたのだろう？　ターナーは自分なりに記録をつけていた。この家からはある助けが、あの家からはまたちがう助けが手に入る。エルウッドが自分の記録をつけていたようにして。

犬が追跡を開始したら、出し抜くのはむりだ、とターナーは言った。「できるのはせいぜい、できるだけ遠くに行くことだ。犬どもとのあいだの距離を稼ぐんだ」ターナーはタイヤをつまんで硬さを確かめた。「タラハシーがいいかな」と言った。「大きい街だし。北のほうがいいけど、北はよくわからない。タラハシーまで行けば、どこかに行く車にも乗れるから、犬どもに翼でも生えてないかぎり追いつけない」

「あいつらに殺されて、あそこに埋められるところだった」とエルウッドは言った。

「確実にな」

「それを逃してくれた」

「そうとも」とターナーは言った。べつのことを言いかけたが、やめた。「乗れるか？」

「乗れるよ」

タラハシーまでは、車なら一時間半かかる。自転車ではどれくらいだろう？　遠回りをしていく二人が、日の出までにどこまで行けるのかは誰にもわからない。最初に、後ろから一台の車が近づいてきて、もう道を変えるには手遅れになったとき、二人は無表情のまま漕いでいった。赤いピックアップトラックは、何ごともなく二人を追い越していった。そのあとも、二人は道路から出ず、エルウッドに出せるかぎりの速度で進んでいった。

太陽が昇った。エルウッドは故郷に向かっていた。タラハシーに留まるわけにはいかないとわかっていたが、白人の通りをこれだけ経験してきたあと、自分の街にいられると思うと心が落ち着いた。ターナーが指示するならどこでも行き、安全だと確かめれば、すべてを書き留めるつもりだった。《ディフェンダー》にもう一度送り、それから《ニューヨーク・タイムズ》も試してみよう。主要紙であるからには、体制を守ることを仕事にしているわけだが、公民権運動についてはかなり前から報道していた。またヒル先生に連絡を取ってみてもいい。ニッケルに行ってから、かつての教師に連絡しようとはしていなかったが――弁護士からは、どこにいるのか突き止めると約束してもらっていた――先生にはつてがある。学生非暴力調整委員会や、キング牧師の知り合いの人たちに。エルウッドは失敗したが、また挑戦するしかない。物事を変えたいと思うなら、立ち上がるしかないのだから。

一方のターナーは、列車に飛び乗ることや北部のことを考えていた。この南部ほどひどくはない。黒人でも、何がしかの人間になれる。独り立ちして、自分のボスになる。もし列車がなければ、這ってでも行くつもりだった。

朝が進むにつれ、車の往来が増えてきた。この道路がいいか、もうひとつの田舎道がいいか、ターナーはすでに考え抜いたうえで、この道路を選んでいた。地図の上では、交通が少なく、距離はおなじに見えた。車の運転手たちに見られていることはまちがいないと思っていた。まっすぐ前を向いているにかぎる。意外にも、エルウッドはついてきていた。カーブを曲がると、上り坂になった。もし閉じ込められて何度もこっぴどく暴行されたのがターナーだったとしたら、この軽い坂を上がるだけでもばったり倒れていただろう。堅実——それがエルウッドだった。

ターナーは片膝に手を当て、足を踏み込んだ。後ろから車の音がしても、振り返るのはもうやめていたが、ひりつく感じがあり、後ろを見た。ニッケルのバンだ。それから、正面のフェンダーに広がる錆が目に入った。地域奉仕のバンだ。

道路の片側は農場で、盛土が畝になっている。反対側は開けた牧草地だった。見るかぎり、どちらの奥にも森はない。牧草地のほうが近く、白い木の柵に囲まれている。ターナーは相棒に怒鳴った。走らねばならない。

二人は道路のでこぼこした側に曲がり、自転車から飛び降りた。ターナーより先にエルウッドが柵を越えた。エルウッドの背中の切り傷が一箇所出血してシャツに染み込み、乾いた跡があった。ターナーがすぐに追いつき、二人は並んだ。揺れる野生の長い牧草や雑草を抜けて走っていく。バンの扉が開き、ハーパーとヘネピンが素早く柵を越えた。散弾銃を一丁ずつ持っていた。

ターナーはそれをちらりと見た。「もっと速く！」

坂を下ったところにもうひとつ柵があり、その奥に木々が見える。

「やったぞ！」とターナーは言った。

エルウッドは激しい息遣いで、口は大きく開いていた。

散弾銃の一発目は外れた。ターナーはもう一度後ろを確かめた。撃ったのはヘネピンだ。その横にハーパーが立っている。子どものころに父親からお手本を見せてもらったような銃の持ち方だ。父親はあまり近くにはいなかったが、銃のことは教えてくれたのだ。

ターナーはジグザグに走り、散弾をよけようというかのように頭を低くした。**捕まえてみろよ、俺はジンジャーブレッドマンだぞ。**また振り返ると、ハーパーが引き金を引いた。エルウッドの両腕が大きく広がり、手も開いた――自分がずっと歩いてきて、終着点が見えない長い廊下の壁の頑丈さを確かめようとするかのように。前に二歩よろめき、草地に倒れ込んだ。ターナーは走り続けた。あとになって、エルウッドが叫んだり、何か音を立てたりしただろうか、と自問したが、それはわからずじまいだった。そのときは必死に走り、自分の血が駆け巡って荒れ狂う音しか聞こえていなかった。

エピローグ

どれだけ画面をつつき、呟きかけても、自動チェックイン機は受け付けてくれなかった。彼はカウンターに行ってチェックインした。今回の係員は、二十代半ばの黒人の女の子で、事務的な対応だった。この新しい世代は、ミリーの姪たちとおなじでごちゃごちゃしたことは受け付けないし、はっきりそう言ってくる。

「タラハシー行き」とターナーは言った。「苗字はカーティス」

「本人確認の書類は？」

一日おきに頭を剃り上げるようになったのだから、そろそろ新しい運転免許証にしたほうがいい。写真の顔とは似ていなかった。かつての彼。とにかく、タラハシーに着けばこの免許証は必要なくなる。もう過去のものだ。

ニッケルから出て二週間後、ダイナーの店主から名前を訊かれたとき、彼は「エルウッド・カーティス」と答えた。真っ先に思いついた名前だった。それがぴったりだと思えた。それ以来、人に訊かれればその名前を使い、友人の名誉を称えた。

彼のために生きるのだ。

エルウッドの死は新聞に載った。地元の少年。法の長い腕から逃れることはできない。その手の戯言だった。白黒の新聞紙に、もうひとりの脱走者であるターナーの名前は「黒人の若者」として出ていた。それ以外の描写はなかった。またひとり、問題を起こしている黒人の少年がいる。それさえわかればいい。ターナーは、かつてジェイミーがたむろしていた場所、オールセインツの操車場に隠れた。ある晩、思い切って貨物駅に行き、北に向かう貨物列車に乗った。あちこちのレストランや日雇い仕事や建設現場で働き、沿岸部を北上していった。ついにはニューヨークにたどり着き、そのまま残った。

一九七〇年に初めてフロリダに戻り、エルウッドの出生証明書の複写を申請した。建設現場や安食堂でいいかげんな男たちと仕事をして困るのは、彼らがいいかげんだということだが、怪しい知識を得ることもできる。たとえば、死んだ男の出生証明書をどうやって手に入れるか。死んだ少年の。生年月日、両親の名前、住所。フロリダ州が気がついて情報に保護をかける前のことで、すべてが簡単だった。二年後に彼が社会保障カードを申請すると、郵便受けに届いた。スーパーマーケットのチラシの上に乗っていた。

航空会社のカウンターの後ろにあるプリンターが、印字して紙を出してくる。「いってらっしゃいませ」と係員は言った。そして微笑んだ。「ほかにはありますか？」

彼は我に返った。「どうも」昔の記憶に浸っていた。フロリダを訪れるのは四十三年ぶりだ。その地はテレビ画面越しに手を伸ばしてきて、彼をぐいと引き戻した。

前日の晩、ミリーが帰宅すると、彼はニッケルと墓地についての記事を二つプリントアウトして見せた。「ひどい」とミリーは言った。「この人たちは何をやってもお咎めなし」記事のひとつによると、スペンサーは数年前に死んでいたが、アールはまだ生きていた。九十五歳で、惨めな姿だった。もう退職し、〝エレナーの町で尊敬を集める住民〟だったため、二〇〇九年には町から〝今年の善き市民賞〟を授与されていた。新聞に出ていた写真では、かつての監督はよぼよぼの老人になり、自宅のポーチに杖で寄りかかっていたが、あの冷たい鋼のような目に、ターナーは身震いした。

「革の鞭で生徒たちを三十回、四十回と叩いたことがあるのですか？」と記者が質問した。

「そんなことはいっさいありません。自分の子どもたちの命にかけて誓いますとも。ちょっとしたしつけだけです」とアールは言った。

ミリーは記事を返してきた。「この老いぼれの嘘つきはぜったいに生徒を鞭打ちしていた。〝ちょっとしたしつけ〟って」

彼女には伝わっていなかった。伝わるはずがない。生まれてからずっと、自由な世界（シャバ）で生きてきたのだから。「俺はそこで暮らしてた」とターナーは言った。

その口調。「エルウッド？」と言う彼女の声音は、踏んだら割れてしまわないかと氷を確かめているかのようだった。

「ニッケルにいた。そこだ。少年院にいたっていう話はしたよな。でも、名前は一度も言わなかった」

「エルウッド、こっちにきて」とミリーは言った。彼は寝椅子に座った。ずっと前にした話とはちがい、実際には刑期を務め上げはせず、脱走したのだ。そして、すべてを話した。友人の物語も含めて。

「そいつの名前はエルウッドだった」とターナーは言った。

二人はそこに二時間座っていた。途中でミリーが「ちょっと離れなきゃ。ごめん」と言って寝室に入り、扉を閉めていた十五分ほどがあいだに挟まっていた。彼女は赤い目で戻ってきて、二人はまた話を始めた。

ある意味では、あの友達を亡くしてからずっと、ターナーはエルウッドの物語を語ってきていた。何年も何年も修正を重ね、正しくしようとするなかで、彼は若かったころのやけっぱちな野良猫ではなくなり、エルウッドが生きていれば誇りに思ってくれるような大人になっていた。生き延びるだけじゃ十分じゃない、ちゃんと生きなきゃだめなんだ——日の光を浴びるブロードウェイ通りを歩いていくときや、会計帳簿にかじりついて過ごす長い夜の終わりに、エルウッドの声が聞こえた。ニッケルに入っていったとき、ターナーには戦略と、苦労の末に手に入れたごまかしと、まずい立場にならないためのこつがあった。牧草地の奥にあった柵を飛び越えて森に入ったとき、少年たちは二人とも消えた。エルウッドの名前で、彼はべつのやり方を見つけようとした。そしていま、ここにいる。どこに導かれてきたのだろう？

「トムと喧嘩別れしたことだけど」とミリーは言った。十九年前のいくつかの瞬間が、細かな粒子に分解していった。細かい点に集中するほうが楽だった。細かいことがしつこく残るせいで、彼女にはまだ全体像が見えていない。最初に引っ越し業の仕事をしていたときに一緒に働いていたトムと、彼は喧嘩をした。二人は長年の友人同士だった。独立記念日の、ポート・ジェファーソンにあるトムの家でのバーベキューパーティーだった。脱税容疑で収監されていたラッパーが出所した話になったとき、トムは「刑期を務められないんなら犯罪なんてしないことだな」と、昔の刑事ドラマのオープニングテーマを歌うように言った。

「だから逃げるんだよ」と彼はトムに言った。「お前みたいなやつらが、当然の報いだって思うせいで」どうして、彼はその怠け者の肩を持つのだろう？　そもそも、その彼とは誰だろう？　エルウッドなのかターナーなのか、とにかくミリーが結婚した男だ。あんな風に怒り出して。大勢の前で、馬鹿げたエプロン姿でハンバーガーの身をひっくり返すトムに怒鳴っている。マンハッタンに車で戻る道中、二人はずっと無言だった。ほかにも、こまごましたことがある。映画を観ていると、「退屈だ」とだけ言って出ていくときがあるが、それは暴力や無力さといった場面のせいでニッケルでの日々に連れ戻されてしまうからだ。いつもは落ち着いているのに、それでも、あの暗闇にそっと忍び寄られてしまう。警官や犯罪司法制度や加害者たちについて、声を大にして騒ぐ。誰もが警官は嫌いだが、彼に関しては話がべつで、その顔によぎる凶暴な何か、言葉の激しさから見るに、興奮し出したときには止めないでおくほうがいいと彼女は学んだ。悪夢に苦しめられているが、どんな夢だったのか覚えていないと彼は言う。少年院がひどいところだったことは彼女もわかっていたが、それがここだとは知らなかった。泣く彼の顔を膝で抱き、野良猫の切り込みのような片耳の傷を親指で撫でた。彼女はまったく気づかなかったが、傷は目の前にあった。

この人は誰なのだろう。いままでと変わらない、この人だ。わかった、とミリーは言った。その最初の夜にわかったかぎりで、彼は彼だった。二人は同い年だった。彼女も、おなじ国で、おなじ色の肌で育っていた。二〇一四年に、ニューヨークに住んでいる。ときおり、かつてはどれほどひどかったのかが思い出せなくなる。ヴァージニアにいる家族を訪ねるときには有色人種用の水飲み場で体をかがめねばならず、白人たちが彼らを苦しめるべく途方もない努力をしていた。だが、それから、細かいことをきっかけに、すべてが一気に蘇ってくる。たとえば、角に立ってタクシーを呼び止めようとすること。いつもの屈辱だが、忘れないと頭がおかしくなるので五分後には忘れる。一方で、大きなことがきっかけにもなる。あの途方もない努力によって光を消し去られてみすぼらしくなった地区を車で抜けていくときや、また少年が警官に撃たれたとき。この国の市民である私たちを、彼らは人間以下のように扱う。ずっとそうだった。この先も、ずっとそうかもしれない。彼の名前が何なのかはどうでもいい。それは大きな嘘だったが、彼女は理解した。彼が世界に揉まれてくしゃくしゃになったことを考えれば、さらにその物語がわかってきた。そこから出て、何がしかの人間になり、いまのように彼女を愛することのできる男に、彼女が愛する男になったのだ。人生で彼がやり遂げたことに比べれば、騙していたことなど何でもない。

「私は夫を苗字で呼んだりはしない」

「ジャックだ。ジャック・ターナーだ」彼をジャックと呼んだのは、母親と叔母だけだった。

「試してみる」とミリーは言った。「ジャック、ジャック、ジャック」

彼にはそれでよかった。彼女の口から出てくるたびに、真実として聞こえるようになった。

二人は疲れ果てていた。ベッドに入ると、ミリーは言った。「ぜんぶ話さなきゃだめ。これは一晩ですむことじゃない」

「そうだな。話すよ」

「監獄送りになったら？」

「どうなるのかはわからないな」

彼と一緒に行くべきだった。一緒に行きたい、と彼女は言った。彼はそうしようとはしなかった。

今回のことを自分ひとりで終えたら、二人で始めようと言った。どういう結末が南で待っていたとしても。

そのあと、二人は口をきかなかった。眠らなかった。彼女は体を丸めて彼の背中に当て、彼は後ろに手を伸ばして彼女の臀部に触れ、まだそこにいることを確かめていた。

搭乗口にいる女性係員が、彼の乗るタラハシー行きの便をアナウンスした。座席の列は独り占めだった。夜通し起きていた彼は横になって眠り、まだ飛行中に目を覚ますと、裏切りについて心のなかで議論を始めた。ミリーはすべてを変えてくれた。かつての自分から、まともな自分にしてくれた。それを裏切った。そして、あの手紙を渡したことで、エルウッドも裏切ってしまった。燃やしてしまい、馬鹿な計画はやめろと説得するべきだったのに、沈黙を渡してしまった。エルウッドが得たのは沈黙だけだった。「立ち上がるよ」と彼は言い、世界は沈黙したままだった。エルウッドと、立派な道徳的使命感と、人間がよりよくなれる能力についての立派な考え方。世界にはみずからを正す能力がある、と。彼はエルウッドを、裏にあるあの二つの輪から、秘密の墓地から救った。かわりに、エルウッドはブートヒル墓地に入れられた。

あの手紙を燃やしてしまえばよかった。

過去数年の、ニッケルについての記事を読んだかぎり、学校は死んだ生徒を手早く埋めることであらゆる調査を妨げ、遺族にはただの一言も知らせていなかった。とはいえ、遺体を故郷に運んで埋葬し直す金など誰にあっただろう。祖母のハリエットにはなかった。タラハシーの新聞のオンラインアーカイブに、ハリエットの死亡記事があるのをターナーは見つけた。エルウッドの死の翌年に死去し、娘のイヴリンが遺された。娘が葬儀に姿を見せたのかどうか、記事には書いていなかった。いまのターナーには、友人をきちんと埋葬するだけの金があったが、そうした救済措置はすべて保留だった。自分が誰なのかを示すべく、ミリーに何と言うかも保留していた。ニッケルに戻る。その先のことは、まったくわからない。

タラハシー空港の表でタクシーを待つ行列にいたターナーは、フライト中に我慢していた反動で煙草に火をつけた人から一本もらいたくなった。ミリーの厳しい顔を思い浮かべて思いとどまり、「ノー・パティキュラー・プレイス・トゥ・ゴー」（チャック・ベリーによる一九六四年のヒット曲）を口笛で拭いて気を紛らわせた。ラディソンホテルに向かって車が動き出すと、彼は《タンパベイ・タイムズ》の記事にまた目を通した。あまりに繰り返し読んでいたせいで、インクが指で滲んでしまった。いつ戻るにせよ、戻ったらイヴェットに、トナーか何かのことで文句を言っておかないと。〈エース引越社〉には未来がないかもしれない。

　記者会見は午前十一時だった。記事によると、エレナーの保安官が墓地の調査についての最新情報を発表し、南フロリダ大学の考古学教授が、死んだ生徒たちの検死結果を話すことになっている。それから、ホワイトハウスの経験者だった元生徒が数名、証言のため列席するはずだった。ここ二年ほど、彼は元生徒たちの動向をウェブサイト上で見守っていた。同窓会、在学中と卒業後の生活の物語、存在を認めてもらいたいという努力。彼らが求めていたのは、記念碑と、州政府からの謝罪だった。自分たちの声が届くことを求めていた。四十年も五十年も前にあったことでいまだに泣き言を言っているなんて哀れな、と彼は思っていたが、いまになって、嫌悪感を覚えるのは自分の惨めな状態に対してなのだ、と気がついた。学校の名前や写真を目にするだけで、怯えてしまう。いまもそうだし、あのときもそうだった。どんなに落ち着いたふりをして、エルウッドやほかの少年たちを相手に虚勢を張っていたとしても。彼はずっと怯えていた。いまでも怯えている。フロリダ州は三年前に学校を閉鎖し、いまになってすべてが明るみに出つつあった。まるで全員、生徒たちすべてが、学校が死ぬまで待ってから語り出したかのように。もう傷つくことはない。真夜中に連れ去られて残忍な仕打ちを受けることはない。昔の懐かしい傷があるだけだ。

ウェブサイト上で活動しているのは、みんな白人だった。黒人の生徒たちのために、誰が声を上げるのだろう？　そろそろ、誰かがしてもいいはずだ。

夜のニュースで、学校の敷地と呪われた建物の数々を見ると、戻らねばならないと思った。どんな目に遭おうとも、エルウッドの物語を語るために。自分は指名手配されているのだろうか？　ターナーには法律はわからなかったが、その体制の不正さをみくびったことは一度もなかった。あのときも、いまも。なるようにしかならない。エルウッドの墓を見つけ、牧草地でエルウッドが倒れたあと、自分がどんな人生を送ってきたのかを友達に話そう。あの瞬間がターナーのなかで大きくなり、人生の道筋を変えたことを。保安官に自分が誰なのかを伝え、エルウッドの物語と、彼らの犯罪を止めさせようとしたエルウッドがどんな仕打ちを受けたのかを話すのだ。

ホワイトハウスの経験者たちに、自分もそのひとりであり、自分も生き延びたのだと伝えよう。聞く耳を持つ人に、かつてそこで暮らしていたのだと言おう。

ラディソンホテルは、モンロー通りの市街中心部の角にあった。古いホテルの上に数階が増築されていた。黒っぽい現代的な窓と茶色い金属の壁板が並ぶ新しい階は、地上から三階の赤レンガとはちぐはぐだったが、建物全体を取り壊して一から建てるよりはましだった。最近、とくにハーレムでは、あまりに取り壊しが多かった。実にさまざまなものを目にしてきた建物がすべて、あっさりと更地にされてしまう。その古いホテルはいい基礎部分になっていた。若いころによく見た南部建築の屋外ポーチや、ティッカーテープのように各階のまわりを巡っている白いバルコニーを目にするのは久しぶりだった。

ターナーはチェックインして部屋に入った。スーツケースを開けたあとで腹が鳴り、ホテルのレストランまで下りていった。ちょうどランチとディナーのあいだで、店には人がいなかった。給仕係は接客カウンターで前かがみになっていた。十代の色白の女の子で、髪は黒く染めている。彼が聞いたことのない名前のバンドの、黒地に緑色の笑う骸骨がプリントされたTシャツを着ていた。ヘヴィメタルバンドか何かだ。読んでいた雑誌を置くと、「お好きな席にどうぞ」と言った。

ホテルチェーンは食事室を改装し、現代的なホテルのスタイルに変えていた。緑色のビニールのテーブルクロスだらけだった。傾いた三つのテレビは、それぞれの角度からおなじケーブルニュース局を放送しており、いつもとおなじく悪いニュースを伝え、見えないところにいくつかあるスピーカーからは八〇年代のポップソングが威勢よく流れていた。シンセサイザーを前面に出したインストバージョンだった。彼はメニューを眺め、ハンバーガーに決めた。レストランの名前、その名も〈ブロンディーズ〉が、膨らんだ金色の字でメニューの表紙から飛び出し、その下にはホテルの沿革が一段落で手短にまとめられていた。かつてはリッチモンドホテルであり、タラハシーの名所だったため、往年の堂々とした姿を保全すべく細心の注意を払いました、とあった。フロントの横にあるショップでは葉書が売られていた。

もし、彼があまり疲れていなかったなら、かつて若かったころに聞いた話のなかに、そのホテルの名前が出てきたことに気がついたかもしれない。調理室で冒険の物語を読むのが好きだった少年についての話のなかに。だが、彼は気がつかなかった。腹が減っているところに、店はどの時間帯でも料理を出してくれる。それで十分だった。

謝辞

この本はフィクションであり、登場人物はすべて創作だが、きっかけになったのはフロリダ州マリアーナにあるドジアー男子学校での実際の出来事である。二〇一四年の夏、初めてその学校のことを知り、それから《タンパベイ・タイムズ》でベン・モンゴメリーが詳細を報道していることを知った。元の情報に当たりたいなら、その新聞のアーカイブを調べてみてほしい。モンゴメリー氏の数々の記事から、エリン・キマール博士と、彼女が指導した南フロリダ大学の考古学専攻の学生たちの仕事に行きついた。墓地についてのこのチームの検死調査には計り知れない価値があり、チームがまとめた『前アーサー・G・ドジアー男子学校（フロリダ州マリアーナ）における死亡と埋葬の調査報告書』に収録されている。この報告書は大学のウェブサイトから入手できる。エルウッドが構内の病院で学校のパンフレットを読む場面では、学校の通常の運営についてのチームの報告書から引用させてもらっている。

ドジアーを生き延びた人々のウェブサイトは、officialwhitehouseboys.orgであり、そこにアクセスすれば、かつての生徒たちがみずから語った体験談を読むことができる。第四章で、スペンサーが体罰についての見方を語る場面では、「ホワイトハウス・ボーイ」であるジャック・タウンズリーの言葉を引用している。ロジャー・ディーン・カイザーの回想録『ホワイトハウス・ボーイズ　アメリカの悲劇』と、ロビン・ゲイビー・フィッシャーの『闇の少年たち　深南部での裏切りと償い』（マイケル・オマッカーシーとロバート・W・ストレイリーとの共著）はどちらも、とても優れた本だ。

ナサニエル・ペンが《GQ》誌に発表した記事、「生き埋めにされて　独房監禁の実態」で取材を受けた、囚人だったダニー・ジョンソンはこう言っている。「独房監禁で私に起きうる最悪のことは、毎日起きました。目を覚ますことです」。ジョンソン氏は、独房に監禁されて二十七年間を過ごした。その言葉を、第十六章では形を変えて使わせてもらっている。刑務所の元看守のトム・マートンは、ジョー・ハイアムズとの共著『犯罪の共犯者　アーカンソーの刑務所スキャンダル』で、アーカンソー州の刑務所制度について書いている。その本は刑務所での腐敗の実態を生々しく伝えており、映画『ブルベイカー』の原作にもなった。まだ映画を観ていない方は、ぜひ観てほしい。ジュリアン・ヘアの『歴史に刻むフレンチタウン　タラハシーの精神と遺産』は、その地区のアフリカ系アメリカ人共同体の歴史をたどった素晴らしい本である。

マーティン・ルーサー・キング・ジュニア牧師からはかなり引用している。頭のなかで牧師の声がしていたおかげで力をもらうことができた。エルウッドが引き合いに出すのは、牧師の「人種統合学校を求める若者の行進前の演説」（一九五九年）と、一九六二年に出たレコード『ザイオン・ヒルのマーティン・ルーサー・キング』の、とくに「ファンタウン」の部分、「バーミングハム拘置所からの手紙」、そして、一九六二年にコーネル・カレッジで行った演説である。ジェイムズ・ボールドウィンの「黒人はアメリカ人であり」というくだりは、『アメリカの息子のノート』のなかの「今はなき数千の人々」から引用した。

一九七五年七月三日に、テレビで何が放送されていたのかを知る必要があった。《ニューヨーク・タイムズ》のアーカイブにその夜のテレビ番組表があり、貴重な情報源になってくれた。

この本で、ダブルデイから出版するのは九冊目になる。担当してくれた優秀かつ気高い編集者にして発行者のビル・トーマスに、数えきれない感謝を。マイクル・ゴールドスミス、トッド・ダウティー、スザンヌ・ヘルツ、オリヴァー・ムンデイ、マーゴ・シックマンターの、惜しみない支援と努力、長年にわたる信頼に感謝したい。並外れたエージェントであるニコール・アラジなくしては、自分はただの怠け者の物書きでしかない。グレイス・ディーチュと、アラジのチームみんなにも感謝したい。それからブック・グループの素敵な人たちからの温かい言葉にも感謝を。そして、大きな感謝と愛を、家族に。ジュリー、マディー、ベケットに。こんな人たちに恵まれた男は幸せ者だ。

訳者あとがき

二〇一四年の夏、ニューヨークのスタテン島では黒人男性エリック・ガーナーが警官により窒息死させられ、ミズーリ州ファーガソンでは黒人青年マイケル・ブラウンが、やはり警官によって射殺された。相次ぐ事件の衝撃が全米に広がっていたその夏、本作『ニッケル・ボーイズ』（*The Nickel Boys*、二〇一九年）の作者コルソン・ホワイトヘッドは、閉鎖されたばかりのフロリダ州の少年院アーサー・G・ドジアー男子学校の存在と、そこで職員による虐待が長年にわたって横行し、相当数の生徒が殺されていたことを知る。

一九〇〇年に創設され、二〇一一年に閉鎖されたドジアー校は美しい敷地を誇り、毎年六百名の男子を受け入れ、社会復帰のための職業訓練と教育を施すプログラムを売りにしていた。そこでの実態を訴える告発は、虐待を受けた元生徒たちを中心として、二〇世紀終盤からインターネット上で続けられていた。二〇一〇年代に入ってようやく、敷地の墓地以外の場所から多数の遺骨が発掘され、少年院が隠蔽してきた実態が少しずつ明るみに出され、告発が正しかったことが証明されつつある。ただし、二〇二〇年になっても調査はまだ完全には終了しておらず、元職員は誰も罪に問われてはいない。

このような場所が実在したのだとすれば、似た場所はほかにも無数にあったはずだ。その経験が十分に語られていないのだとすれば、誰かが語らねばならない。その思いから、ホワイトヘッドは自分が物語としてそれを書くことを決意したのだという（NPRのインタビューより）。前作『地下鉄道』（二〇一六年、邦訳は二〇一七年刊行）が大胆な歴史改変小説であったのとは打って変わって、本作『ニッケル・ボーイズ』は、多くの点でドジアー校の実際の姿を忠実に踏まえたリアリズム小説として発表された。

『ニッケル・ボーイズ』の主人公となるのは、一九六〇年代前半、フロリダ州北部の都市タラハシーに暮らすアフリカ系アメリカ人の高校生、エルウッド・カーティスである。幼くして両親がカリフォルニアに旅立ち、祖母ハリエットのもとで育てられた優等生エルウッドは、人種差別がはっきりと残る南部社会を目の当たりにしつつ、フロリダ州でも本格化していく公民権運動に夢を託して成長していく。

マーティン・ルーサー・キング牧師の演説集レコードを繰り返し聴き込むエルウッドの前に立ちはだかるのが、「ジム・クロウ法」と呼ばれた南部諸州の法律である。学校やレストランなどでの人種隔離を定めた法律は、公民権法が成立する一九六四年まで存続していた。それがゆえに、エルウッドが幼いころに出入りしていた、祖母の職場であるホテルでは、食事客にアフリカ系市民の姿を見ることは一度もない。いつか自分と同じ肌の色をした客がそこに現れるはずだ、という願いは、幼いエルウッドの日常では夢でしかない。

白人の高校と黒人の高校が分けられた日常で、大学教育を受ける可能性に夢を膨らませるエルウッドは、学業の優秀さを認められ、地元の大学の授業を体験受講する高校生に選ばれる。胸を高鳴らせての登校初日に待っていた思わぬアクシデントにより、エルウッドの行先は大学ではなく、少年院であるニッケル校に変わってしまう。

ニッケルは白人と有色人種で敷地を分けられ、共用の施設を使う時間帯も別々にされるなど、外にあるフロリダの日常と変わらない人種隔離社会の縮図と言っていい。そこでエルウッドは、ターナーという少年と出会い、友情を育んでいくことになる。信念を貫けば社会を変えていくことは可能だと信じるエルウッドと、すべてに対してシニカルな皮肉屋のターナー、それぞれが抱え込んだ、人生や世界についての問いは、現在と過去を行き来する物語の巧みな構成とあいまって、『ニッケル・ボーイズ』の世界にさらなる奥行きをもたらしている。

職員による暴行、組織ぐるみの不正行為など、実在のドジアー校で起きた出来事を再現しつつも（ドジアー校で鞭打ちに使用された建物「ホワイトハウス」は、そのままの名称で本書にも登場する）、ホワイトヘッドの物語は、やがてひとつの問いを浮かび上がらせる。エルウッドが直面したような環境に置かれ、心に傷を負った者は、その後どうすれば立ち直ることができるのか、と。それは時代を問わず、アメリカ社会に埋め込まれた暴力にさらされた多くの人々が抱える問いでもあるだろう。

こうして一九六〇年代の物語は、二一世紀に入ってもアメリカ社会に残り続ける暴力に接続されていく。ホワイトヘッドが語っているように、制度化された人種差別あるいは人種主義のもとで人がどこまで邪悪になれるのかを描こうとするなら、一八五〇年であっても一九六三年であっても二〇二〇年であっても、どれも格好の舞台になってしまうのだ（《ガーディアン》紙のインタビューより）。ほかでもないホワイトヘッド自身も、理由なく警察官に呼び止められ、手錠をかけられて取り調べを受けた経験を持つ。人生がどの瞬間に百八十度変わってしまうかわからない、そのような経験を、アメリカ合衆国に暮らす有色人種の多くが共有しているはずだと彼は言う。

コルソン・ホワイトヘッドは、一九六九年にニューヨークのマンハッタンで生まれた。そのままニューヨークで育ち、大学を卒業後に《ヴィレッジ・ヴォイス》でテレビや音楽や書籍の批評を担当するかたわら、小説の原稿を書き溜めていった。そして一九九九年、『直観主義者』（*The Intuitionist*、未訳）でデビューし、新世代のアフリカ系アメリカ人作家として一躍注目の存在となる。その後も次々に話題作を発表し、二〇二〇年現在では七冊の小説と二冊のノンフィクションを送り出している。デビュー作『直観主義者』ではノワール、『サグ・ハーバー』（*Sag Harbor*、二〇〇九年、未訳）

では半自伝小説、『ゾーン・ワン』(*Zone One*、二〇一一年、未訳)ではゾンビの物語、と作品ごとにジャンルを変えることで知られるホワイトヘッドは、それに応じて文体も自在に使い分けている。

本作『ニッケル・ボーイズ』の文体についていえば、「抑制」が最大の特徴となるだろう。風景にせよ出来事にせよ、この小説でのホワイトヘッドは一貫して簡素な描写を選び、本人いわく「エレガントなシンプルさ」を追求している。その一方で、あくまで抑制された語り口がゆえに、エルウッドが体験するさまざまな不正の不気味な存在が示されるという効果をもたらしている。また、三人称の語りがしばしばエルウッドやターナーの心情にふと入り込むことで、硬質な文章は瑞々しく、ときにはロマンチックな瞬間すら感じさせてくれる。本作のハイライトのひとつである、ニッケルでのボクシングの場面には、それが凝縮されていると言っていい。ホワイトヘッドの絶妙な硬軟のさじ加減を、少しでも翻訳で再現することができていたらと願う。

前作『地下鉄道』によって、全米図書賞やピュリッツァー賞小説部門をはじめとする主要な文学賞を総なめにした感のあるホワイトヘッドだが、本作『ニッケル・ボーイズ』も二〇一九年七月の刊行から一貫して高い評価を受け、二作連続でピュリッツァー賞を受賞する快挙を成し遂げた。また、二〇二〇年にはアメリカ議会図書館主催の生涯功労賞にあたる「議会図書館アメリカ小説賞」を受賞している。過去の受賞者にはデニス・ジョンソン、アニー・プルー、ドン・デリーロ、ルイーズ・アードリック、トニ・モリスンなどがおり、選出当時五十歳だったホワイトヘッドは最年少でその仲間入りを果たしたことになる。

もちろん、作家本人の創作活動に陰りは見られない。すでに、『ニッケル・ボーイズ』に続く小説第八作として、二〇二一年秋に犯罪小説『ハーレム・シャッフル』（*Harlem Shuffle*、仮題）の刊行が予告されている。

本書の翻訳にあたっては、早川書房の永野渓子さんに最初から最後まで併走していただいた。脱稿まで辛抱強く見守っていただき、訳文に優れたアドバイスの数々をいただけたことに、改めてお礼申し上げたい。

また、ホワイトヘッドの前作にあたる『地下鉄道』には、谷崎由依さんによる優れた翻訳が存在する。本作『ニッケル・ボーイズ』の翻訳は、谷崎訳から多くを学びつつの作業でもあった。ただし、作者がこの二作品では異なる文体を採用していることもあり、日本語の文体は基本的に別々のものであるべきだろうと判断し、谷崎訳との漢字表記の統一なども部分的なものに留めている。

最後に、僕の家族に感謝を。コロナ禍で日常が大きく変わるなかで翻訳に取り組む訳者を支えてくれた、年々愛しさを増す妻の河上麻由子と、年々逞しさを増す娘に、本書の翻訳を捧げたい。

二〇二〇年十月

本書では作品の性質、時代背景を考慮し、現在では使われていない表現を使用している箇所があります。ご了承ください。

訳者略歴　同志社大学教授　著書『ターミナルから荒れ地へ』，『21世紀×アメリカ小説×翻訳演習』　訳書『海の乙女の惜しみなさ』デニス・ジョンソン，『戦時の音楽』レベッカ・マカーイ，『サブリナ』ニック・ドルナソ（早川書房刊）他多数

ニッケル・ボーイズ

2020年11月20日　初版印刷
2020年11月25日　初版発行

著者　コルソン・ホワイトヘッド
訳者　藤井(ふじい)　光(ひかる)
発行者　早川　浩
発行所　株式会社早川書房
東京都千代田区神田多町2－2
電話　03－3252－3111
振替　00160－3－47799
https://www.hayakawa-online.co.jp

印刷所　株式会社亨有堂印刷所
製本所　大口製本印刷株式会社

Printed and bound in Japan

ISBN978-4-15-209978-5 C0097

乱丁・落丁本は小社制作部宛お送り下さい。
送料小社負担にてお取りかえいたします。